EDGAR RAI
KATHRIN ANDRES

M.I.A.

DAS SCHNEEKIND

atb aufbau taschenbuch

Kathrin Andres, 1984 geboren, nach längeren Auslandsaufenthalten und dem Studium der Humanmedizin freie journalistische Tätigkeiten, Promotion zur Dr. med., derzeit in der Gesundheitssystemforschung tätig.

Edgar Rai, 1967 geboren, hat Musikwissenschaften und Anglistik studiert. Nach und neben diversen Jobs seit 2000 freier Schriftsteller. Seit 2012 ist er Mitinhaber der Buchhandlung Uslar & Rai in Berlin.

Im Aufbau Taschenbuch sind seine Roman »Nächsten Sommer«, »Sonnenwende«, »Wenn nicht, dann jetzt« sowie »Homer für Eilige« lieferbar.

Mehr zum Autor unter www.edgarrai.de

»Dass Sandra überhaupt atmet, empfindet sie als sonderbar. Noch immer steht sie halb über den Fahrer gebeugt neben dem Wagen. Die Schmerzen in ihren Fingern und Füßen lassen sie wieder zu sich kommen. Sie durchsucht den Mantel des Mannes. Weder Handy noch Portemonnaie, nur ein Parkschein, ein zerdrücktes Päckchen Kaugummi und ein Umschlag, mehr ist in den Taschen nicht zu finden. Als sie sich über den Toten hinweg zum Handschuhfach beugt, hört sie plötzlich eine Stimme aus dem Fond: ›Was ist mit Papa?‹«

Ein Roman über die die Gefahren menschlicher Hybris, die Liebe zu einem Kind und eine Frau, die über sich hinaus wächst.

EDGAR RAI
KATHRIN ANDRES

M.I.A.

DAS SCHNEEKIND

THRILLER

aufbau taschenbuch

MIX
Papier aus verantwortungsvollen Quellen
FSC® C083411

ISBN 978-3-7466-3740-2

Aufbau Taschenbuch ist eine Marke
der Aufbau Verlag GmbH & Co. KG

1. Auflage 2020
Vollständige Taschenbuchausgabe

Die Originalausgabe erschien 2017 bei Rütten & Loening,
einer Marke der Aufbau Verlag GmbH & Co. KG
Umschlaggestaltung www.buerosued.de, München
unter Verwendung eines Motivs von © Ilona Wellmann / Arcangel
Gesetzt aus der Whitman durch Greiner & Reichel, Köln
Druck und Binden CPI books GmbH, Leck, Germany
Printed in Germany

www.aufbau-verlag.de

Sehr geehrte Damen und Herren,
werte Kollegen,
liebe Freunde,

ich stehe auf diesem Podium, um Ihnen eine Frage zu stellen.

Diese Frage lautet:

WAS IST DER MENSCH?

(Pause)

Keine einfach zu beantwortende Frage, nicht wahr?

(Pause)

Nun, um uns dieser Frage anzunähern, schlage ich vor, wir tun zunächst etwas, das vielen von uns unzeitgemäß erscheinen mag: Ziehen wir die Bibel zu Rate. In der Genesis 1.27 ist zu lesen: »Gott schuf also den Menschen als sein Abbild. (…) Und Gott sprach (…): Seid fruchtbar und vermehrt euch, bevölkert die Erde, unterwerft sie euch und herrscht über die Fische des Meeres, über die Vögel des Himmels und über alle Tiere, die sich auf dem Land regen.«

Gott hat sich den Menschen also als ein sehr mächtiges Wesen gedacht. Allmächtig. Wie sich selbst. So steht es in der Bibel.

(Pause)

Doch verhält es sich auch so? Gleichen wir Gottes Abbild? Ist der Mensch im Jahre 2017 nach Christi Geburt wirklich die Krone der Schöpfung?

(Längere Pause)

Sehen wir uns zunächst, ganz banal, seine körperlichen Fähigkeiten an: Der Mensch hört Frequenzen zwischen 16 und 18000 Hertz. Das

Gehör einer Fledermaus hingegen kann Frequenzen bis zu 200 000 Hertz wahrnehmen. Manche Hunde riechen zwanzig Mal besser als der Mensch. Seehunde können dank ihrer Tasthaare Bewegungen von in vierzig Metern Entfernung schwimmenden Fischen erspüren. Der Hammerhai nutzt Elektroortung bei der Jagd. Der Fangschreckenkrebs kann 100 000 verschiedene Farben sehen. Die Grubenotter besitzt einen Infrarotsensor.

Was die sensorischen Fähigkeiten betrifft, ist der Mensch im Vergleich dazu ein taubstummes, blindes, nacktes, jämmerliches Kleinkind. Ein Statist im Film der Evolution.

(Sacken lassen)

Ich wiederhole meine Eingangsfrage: Was ist der Mensch?

+ EINS

Farbe bekennen! Sie lacht leise auf. Die Landschaft scheint sie zu verhöhnen. Alles weiß. Das nächtliche Schneegestöber, die Straße vor ihr, die schneebedeckten Zweige, die Berghänge. Sie erinnert sich an die Worte ihrer Klassenlehrerin zu Schulzeiten: *Weiß ist keine Farbe, weiß ist unbunt!* Sandra konnte die Frau nicht ausstehen. Weiß ist keine Farbe, und mein Leben ist kein Leben, denkt sie, während sie versucht, den Peugeot auf der vereisten Fahrbahn zu halten. Unbunter könnte es kaum sein, und mittendrin sie selbst: durchsichtig.

Das war es also. Acht Jahre hat sie geträumt, gewartet und gehofft. Immer wieder. Hat sich an die Idee geklammert, dass er sich endlich für sie entscheiden, endlich Farbe bekennen würde. Um bei der Wahrheit zu bleiben: Geträumt hat sie in den letzten Jahren nur noch selten, und Erwartungen hatte sie gar keine mehr. Was für eine Energieverschwendung! Sie hat mit Trauer gerechnet, mit Wut, Zorn, vielleicht sogar Hass. Nein, Hass nicht. Im Hassen war sie nie gut gewesen. Aber solche Gefühle sollte man doch haben, wenn man feststellt, dass man sich acht Jahre lang an eine fixe Idee geklammert hat. Doch sie spürt weder Zorn noch Erleichterung, im Grunde spürt sie nur Müdigkeit. Das hat sie auch Anwar gesagt, vorhin in der Berghütte.

Sie sei müde, sich zu verstecken, sei müde, im Hotel so zu tun, als hätten sie ein rein geschäftliches Verhältnis. Wo doch außer seiner Frau ohnehin jeder Bescheid wisse. Zu Beginn ihrer Affäre hatte sich Sandra noch heulend auf der Personaltoilette eingeschlossen, wenn seine Frau auf einem der Hotelempfänge aufgetaucht war. Ist lange her. Hoffentlich hält die Erkenntnis diesmal länger an.

Sie schließt die Augen, als könnte das den Gedanken an frühere Trennungsversuche vertreiben. Als sie sie wieder öffnet, blickt sie in das blendende Licht zweier Scheinwerfer. Mit einem Aufschrei tritt sie das Bremspedal durch, das Heck bricht aus, der Peugeot kommt ins Schleudern, sie sieht den anderen Wagen ausscheren. Links der Abhang, rechts die Bergwand. Sie hört den eigenen Schrei, dann kommt der Aufprall, Metall auf Metall, splitterndes Glas, ein weiterer Aufprall, der ihren Peugeot rotieren lässt wie einen Kreisel. Das war es also, denkt sie noch, dann Dunkelheit.

+

Wer atmet, kann nicht tot sein. Zumindest sollte das Atmen dann nicht so schwerfallen. Im Wageninneren ist es dunkel, eine feine Schneeschicht bedeckt die Windschutzscheibe. Lange kann sie nicht bewusstlos gewesen sein. Mit zitternden Fingern löst Sandra den Sicherheitsgurt, Luft strömt in ihre Lunge, der Druck lässt nach. Durch die zerbrochene Scheibe des Beifahrerfensters ist nichts zu sehen als dunkle Nacht. Und Schnee. Links von ihr die Bergwand. Sie muss sich noch auf der Straße befinden. Die Fahrertür lässt sich erst öffnen, als Sandra sich mit beiden Beinen dagegenstemmt, und auch dann nur zwei Handbreit. Sie zwängt sich aus dem Wagen, besser gesagt aus dem, was einmal ihr Wagen gewesen ist. Ihre Beine können ihr Gewicht kaum tragen, die Straße beginnt erneut, sich zu drehen. Sie schmeckt Magensäure und sinkt neben dem Auto auf die Knie. Denk an etwas Schönes, sagt sie sich. Dann denkt sie an Anwar und erbricht sich in den Schnee.

Nach wenigen Minuten ist ihr so kalt, dass sie ihre Hände und Füße nicht mehr spürt, doch der Schwindel hat nachgelassen.

Aufstehen, Krone richten, weitermachen. Der Wagen hängt in der Leitplanke, die Motorhaube ist eingedrückt. Eigentlich gibt es nichts mehr an ihm, das nicht eingedrückt ist. Ein Baum hat den Absturz verhindert. Der einzige Baum im Umkreis von … zweihundert Metern? Sie bleibt wackelig neben dem Auto stehen und betrachtet den Schaden, dann bemerkt sie die zerborstene Leitplanke einige Meter weiter, die Reifenspuren, die an der Kante enden. Sie tritt an den Fahrbahnrand und sieht den Wagen am Fuß des Abhangs im Schnee liegen. Den hat kein Baum gestoppt.

»Hallo!« Sie starrt ins Schneegestöber. Das Stöhnen des Windes bleibt die einzige Antwort. Sie tastet ihre Taschen ab. Wo zum Teufel ist ihr Smartphone? Vermutlich irgendwo im Wagen. Hat sie es überhaupt mitgenommen, als sie von der Hütte aufgebrochen ist? Im Grunde egal, Empfang gibt es hier oben ohnehin keinen. Und zu warten, bringt ebenso wenig. Seit vor zwei Jahren der Tunnel freigegeben wurde, benutzt kaum noch jemand die alte Serpentinenstraße. Schon gar nicht mitten in der Nacht und bei diesem Wetter. Sie muss in Bewegung bleiben. Tod durch Erfrieren – nicht nach allem, was sie hinter sich hat.

Der Weg den Abhang hinab ist mühsam, der Schnee reicht ihr bis zu den Knien, darunter loses Geröll und Eis. Sie stolpert die Schräge hinunter, Steine rutschen unter ihren Sohlen weg. Immer wieder verliert sie den Halt, zweimal findet sie sich kopfüber im Schnee wieder. Ihre Finger sind starr vor Kälte, ihre Füße taub, doch das Adrenalin pumpt weiter durch den Körper, lässt ihr Herz rasen und versorgt sie mit Wärme. Es rauscht in ihren Ohren, als sie endlich den Wagen erreicht. Halb von Schnee bedeckt liegt er in der Senke. Die eisige Nachtluft brennt in ihren Bronchien. Aus dem Wagen dringt kein Lebenszeichen. Der Sturm hat sich gelegt, die Stille, die er hinterlässt, ist lauter als sein Heulen. Der Mond kommt hinter einer Wolke hervor. Langsam streckt sie die Hand nach dem Türgriff aus.

Während des Abstiegs hat sie versucht, sich auf diesen Moment vorzubereiten. Als sich die Fahrertür öffnet, weicht sie dennoch zurück. Notdürftig vom Gurt gehalten, hängt ein Mann auf dem Sitz. Dem Airbag ist inzwischen die Luft ausgegangen. Der einst beigefarbene Mantel schimmert an den Schultern dunkelrot. Sein Gesicht ist unnatürlich farblos, und daran ist nicht nur das fahle Mondlicht schuld. Sandras Blick wandert über blutverschmierte Haare und ein Ohr, das sonderbar verrutscht aussieht. Sie beugt sich vor, dann sieht sie etwas Helles zwischen dem Braun, wundert sich, wie lange sie braucht, um zu begreifen, was sie da sieht. Aus einem Brei aus Haaren, Blut und Hirnmasse ragt ein Stück Knochen hervor – die Türstrebe hat dem Mann den Schädel gespalten.

Sandra klammert sich an den Türrahmen, als der Mann plötzlich die Augen aufschlägt.

»Ich habe doch gesagt, wir haben das nicht zu entscheiden.«

Er lallt wie ein Betrunkener, sein Blick irrt umher, als suchte er nach einem Halt. Ein seltsames Gurgeln dringt aus seiner Brust. »Wir haben das nicht in der Hand. Den Anfang nicht. Und schon gar nicht das Ende.« Er muss husten, während er das sagt. Ein Schwall Blut quillt zwischen den Zähnen hervor, ergießt sich über Kinn und Hals und versickert im Stoff des Mantelkragens.

»Bringen Sie sie weg von hier«, sagt er und versucht, in Sandras Richtung zu greifen. Seine Hand hebt sich nur wenige Zentimeter, dann fällt sie in den Schoß zurück.

Sandra ist zu keiner Regung in der Lage.

»Weg!« Es ist mehr ein Keuchen als ein Wort, dann sackt er in sich zusammen, und sein Blick verliert sich.

+

Dass Sandra überhaupt atmet, empfindet sie als sonderbar. Noch immer steht sie halb über den Fahrer gebeugt neben dem Wagen. Die Schmerzen in ihren Fingern und Füßen lassen sie wieder zu sich kommen. Sie durchsucht den Mantel des Mannes. Weder Handy noch Portemonnaie, nur ein Parkschein, ein zerdrücktes Päckchen Kaugummi und ein Umschlag, mehr ist in den Taschen nicht zu finden. Als sie sich über den Toten hinweg zum Handschuhfach beugt, hört sie plötzlich eine Stimme: »Was ist mit Papa?«

Ihr Kopf fährt herum. Aus dem Fond blicken ihr zwei angstgeweitete Kinderaugen entgegen.

ZWEI

Wie in Zeitlupe tritt sie vom Wagen zurück, zählt die Schritte, die Atemzüge, während sie um das Auto herumgeht. Zählen hat schon immer geholfen, Zählen beruhigt. Die nächtlichen Gebirgszüge kommen ihr kulissenhaft vor. Alles scheint unecht.

Doch das Mädchen ist da. Stocksteif, mit einer blauen Pudelmütze über den dunklen Locken sitzt es da und starrt aus dem Fenster.

»Ich bin Sandra«, sagt Sandra und wundert sich über den fremden Klang der eigenen Stimme.

Keine Reaktion.

»Dein Papa …« Sandra bricht ab. Sie ist Hotelfachwirtin, keine Psychologin. Wenn ihre Mutter hier wäre – die hat Erfahrung im Überbringen schlechter Nachrichten. Das Mädchen wendet sich ihr zu. Mit seinen großen, dunklen Augen sieht es wie eine Figur aus einem Manga-Comic aus. Sandra unternimmt einen erneuten Versuch: »Wir – also dein Papa und ich –, wir hatten einen Unfall. Oben auf der Straße.«

»Ich weiß«, sagt das Mädchen.

Sandra nickt. »Hast du Schmerzen?«

Das Mädchen macht ein Gesicht, als wisse es das nicht.

»Sagst du mir, wie du heißt?«

»Mia.«

»Gut, Mia, ich mach jetzt mal deinen Gurt ab, und dann versuchst du auszusteigen, in Ordnung?«

Das Mädchen sieht sie an. Wieder dieser Blick.

»Ist Papa tot?«

Sandra sucht nach Worten, einer Formulierung, einer Idee. Am Ende bleibt ihr nichts, als zu nicken.

Das Kind mustert sie ausdruckslos. »Warum ist er tot und du nicht?«

»Mein Wagen ist oben auf der Straße geblieben, eurer nicht.«

Eine Weile schweigen sie, dann fragt Sandra: »Glaubst du, du kannst jetzt aussteigen?«

Das Mädchen drückt sich mit der rechten Hand vom Kindersitz ab. Der Winkel, in dem ihr Zeige- und ihr Mittelfinger von der Hand abstehen, sieht alles andere als gesund aus. Auch Mia scheint das zu bemerken. Sie hält in der Bewegung inne und betrachtet die eigene Hand. »Vorher war das nicht.«

»Das muss weh tun«, sagt Sandra und will sich gar nicht vorstellen wie sehr. Die Finger sind ausgekugelt, wenn nicht gebrochen.

Doch Mia schüttelt den Kopf. »Nicht so schlimm«, meint sie, während Sandra ihr beim Aussteigen hilft. »Wohin gehen wir?«

Gute Frage, denkt Sandra, nimmt ihren Schal und wickelt ihn dem Mädchen um den Hals. Bis auf den Schock und die gebrochenen Finger scheint die Kleine unversehrt zu sein. Den Abhang zur Straße hoch werden sie trotzdem nicht schaffen. Außerdem hat Sandras Peugeot, eingekeilt zwischen Baum und Leitplanke, nicht den Anschein gemacht, als würde er sie jemals wieder irgendwo hinbringen. Der Weg bis zum nächsten Dorf ist viel zu weit. Hier bleiben können sie auf keinen Fall. Mias Mantel ist bestimmt teuer gewesen, sonderlich warm sieht er jedoch nicht aus. Wie lange werden sie durchhalten bei minus sechs Grad, mitten in der Nacht? Drei Stunden, vielleicht vier?

Sandra spürt, wie Mias Blick den ihren sucht, und sieht ausweichend über die glitzernde Fläche zum Wald hinüber. Letzten Sommer – oder vorletzten? – haben Anwar und sie nicht weit von hier ein Picknick gemacht. Fruchtsalat und Prosecco. Der Fruchtsalat ist unangetastet geblieben, den Prosecco haben sie geleert, Stunden später, Arm in Arm, während die Augustsonne ihre Haut verbrannt hat. Sie sieht ihn vor sich, sein stolzes Lächeln, als er ihr die neue Mikrofaser-Picknickdecke präsentierte. Die statische Aufladung hatte er beim Kauf nicht bedacht. Immer wieder wurden ihre nackten Körper unter Strom gesetzt. Wie ein Kind hatte er gequietscht und geschrien, und Sandra hatte gelacht, bis ihr die Tränen kamen. Wie kostbar ihr diese gestohlenen Momente damals erschienen sind und wie sinnlos heute. Sinnlos und eine Ewigkeit her.

»Ich weiß, wo wir hingehen«, sagt sie.

Mia scheint sie nicht gehört zu haben. Sandra folgt ihrem Blick zum vorderen Teil des Wagens. Schnee bedeckt die eingedrückte Windschutzscheibe, verbirgt das Grauen dahinter. Sie berührt Mia am Arm.

»Er wollte, dass ich dich in Sicherheit bringe.«

»Das hat er mir auch gesagt.« Nun zeigen sich erstmals Tränen in den Augen des Mädchens. »Du bist das Wichtigste, hat er gesagt.«

Sandra nimmt die unverletzte Hand der Kleinen und zieht sie sanft mit sich. »Komm.«

Mia wischt sich die Nase am Ärmel ihrer Jacke ab, setzt sich zögerlich in Bewegung. Nach ein paar Schritten bleibt sie noch einmal stehen, glänzende Tränen auf den Wangen. »Papa«, sagt sie mit leiser Stimme, »wir gehen jetzt.« Dann schließen sich die kleinen Finger um Sandras Hand.

+

Der Schneefall hat wieder eingesetzt. Sandra geht vor Mia her, versucht, ihr einen Weg durch den Schnee zu bahnen. Wann immer der Mond zwischen den Wolken hervortritt, blickt sie suchend die Berge hinauf, meint den einen oder anderen Felsen wiederzuerkennen, ansonsten stolpert sie durch die Dunkelheit. Zweimal glaubt sie, sich verlaufen zu haben. Immer wieder dreht sie sich um, aus Angst, Mia könnte in der Dunkelheit gestürzt und verlorengegangen sein. Doch wann immer sie den Kopf wendet, sieht sie in die wachsamen, großen Augen des Mädchens.

»Wohin wolltet ihr denn?«

»Weiß nicht«, hört sie Mias Stimme. »Papa hat nur gesagt, dass wir uns beeilen müssen.«

Das hat man gemerkt, denkt Sandra und erinnert sich, wie die blaue Limousine aus dem Waldweg auf sie zugeschossen kam.

»Wo wohnt ihr denn?« Sandra bemüht sich, das Gespräch am Laufen zu halten. In den Mulden und Senken versinkt sie bis zu den Oberschenkeln im Schnee.

»Mia?« Sie dreht sich um. Der Weg hinter ihr ist verwaist, das Mädchen nirgends zu sehen. »Verdammt!«

Sie bahnt sich den Weg zurück, eine eisige Böe schlägt ihr

entgegen, das Schneegestöber nimmt ihr die Sicht. Sie rutscht weg, läuft weiter, sieht die dunkle Gestalt am Boden kauern.

»Mensch, Mia!« Sie hört das Würgen und ändert ihre Tonlage. »Alles in Ordnung. Das geht vorbei.« Sie kniet sich hinter das Mädchen und hält den schmalen Körper, der sich immer wieder aufbäumt, bis nichts mehr kommt als galliger Schleim.

»Entschuldigung.« Mia schwankt beim Aufstehen, wischt sich über den Mund. Ihre Bewegungen wirken mit einem Mal langsam und ungelenk. Es wird Zeit, dass sie die verdammte Hütte erreichen.

»Komm«, sagt Sandra, »ich nehme dich huckepack.«

Schon nach wenigen Metern keucht Sandra schwer. »So ein Fliegengewicht bist du gar nicht«, stellt sie fest, als Mia ihr von hinten plötzlich die Hand auf den Mund legt.

»Wölfe«, flüstert sie.

Sandra richtet sich so abrupt auf, dass Mia von ihrem Rücken in den Schnee rutscht. »Wo?«

Sandra hat in der Zeitung gelesen, dass aus Tschechien zugewanderte Wölfe in der Region gesichtet wurden, in all den Monaten hat sie aber nie welche gesehen. In den Nachrichten wurde zwar betont, dass Wölfe Menschen normalerweise aus dem Weg gehen, aber was ist in ihrer Situation schon normal?

Sie starrt in die Dunkelheit. Rechts von ihr Wald, links eine schneebedeckte Weide, im Hintergrund die Appenzeller Alpen.

»Ich sehe keine Wölfe«, flüstert Sandra und schaut Mia an, die mit zusammengekniffenen Augen und schiefgelegtem Kopf in Richtung des Waldes blickt.

»Sie kommen.«

»Als ich in deinem Alter war, dachte ich auch immer …« Sandra sieht eine Bewegung zwischen den Bäumen. »Scheiße.«

Sie packt Mias Hand, stellt sich instinktiv vor sie. Der Wolf tritt aus dem Dickicht, seine Gestalt setzt sich gegen das Dunkel der Stämme ab. Hoch aufgerichtet steht er da, den Blick auf sie gerichtet. Er ist groß. Sehr groß.

»Ganz ruhig«, sagt Sandra mehr zu sich selbst als zu Mia, die sich ohnehin nicht bewegt.

»Sie beobachten uns schon länger. Sie wissen, dass wir da sind.«

»Sie?«

In diesem Moment kommt ein zweiter Wolf zwischen den Bäumen hervor. Seite an Seite stehen ihnen die beiden gegenüber. Sandra bricht kalter Schweiß aus. Die Sekunden verstreichen. Sobald sie ihr Gewicht auch nur ein klein wenig verlagert, knirscht der Schnee unter ihren Sohlen. Endlich wendet sich der größere der beiden Wölfe ab. Der zweite sieht noch eine Weile zu ihnen herüber, dann verschwindet auch er langsam im Dunkel des Waldes.

»Sie gehen weiter«, hört Sandra die Stimme des Mädchens.

Sie mustert Mia, die blass, aber gefasst neben ihr steht. »Kannst du laufen?«

Das Mädchen nickt.

»Dann nichts wie weg!«

+

»Warte, ich helfe dir.« Sandra geht vor Mia auf die Knie, löst mit gefühllosen Fingern die vereisten Knoten ihrer Schnürsenkel und zieht ihr die Winterstiefel von den Füßen. Zum Vorschein kommen rosa Söckchen mit tanzenden Pinguinen.

»Setz dich aufs Sofa«, sagt sie mit einem Blick auf die bläulich verfärbten Lippen des Kindes. »Neben dem Kamin liegen ein paar Decken.«

»Gehst du weg?«

Sandra dreht sich um. »Ich hole nur etwas Holz aus dem Schuppen. Bin sofort wieder da.«

»Ist gut«, murmelt das Mädchen unter einer Decke hervor. »Aber du musst keine Angst haben. Die Wölfe sind nicht mehr da. Außerdem tun die nichts.«

Wenigstens eine von uns beiden, die keine Angst hat, denkt Sandra und tritt ein weiteres Mal in die Kälte hinaus.

Schritt für Schritt tasten sich ihre Füße durch das Dunkel des Schuppens – bis ihre Fingerspitzen den Holzstapel berühren. Anwar hat vorgesorgt, Holz haben sie mehr als genug. Sie klemmt sich vier Scheite unter den Arm. Im Vorsorgen war er schon immer spitze. Vorsichtig öffnet sie die Tür des Schuppens. Kein Wolf, kein Geräusch, nichts als weißer Schnee in der Dunkelheit. Mit schnellen Schritten läuft sie zur Hütte zurück.

Mia blickt unter einem Berg aus Wolldecken hervor. In der Hütte hängt noch der Geruch von Anwars Rasierwasser, sein Brillenetui und sein Feuerzeug hat er auf der Kommode vergessen. In der Spüle steht sein Weinglas. Ansonsten ist alles ordentlich und sauber wie immer. Die Wanderführer und Landkarten im Regal stehen in Reih und Glied, auf den Holzdielen findet sich kein Staubkorn, die Beschläge an Türen und Fenstern glänzen. Anwars Sauberkeitswahn war ihr von Anfang an suspekt gewesen. Nie wieder, hat sie sich gesagt, nie wieder würde sie einen Fuß in diese Hütte setzen. Und jetzt ist sogar noch Glut im Kamin.

»Schon wärmer?« Sandra legt Holzscheite ins Feuer.

Mia nickt. Sie hat tiefe Ringe unter den Augen.

»Ich mach uns Tee.«

Während das Wasser zu sieden beginnt, zieht Sandra ihren nassen Pullover aus, rückt die Stühle ans Feuer und breitet darauf Mias und ihre Kleidung aus. Mias Stiefel stellt sie neben ihre eigenen vor den Kamin.

Als sie mit zwei Bechern dampfenden Tees zurückkommt, ist Mia eingeschlafen. Zusammengerollt wie ein Welpe liegt das Mädchen unter einem Berg aus Decken. Noch im Schlaf sind ihr die Strapazen anzusehen.

DREI

Sandra hat es sich auf dem Sessel bequem gemacht, als ein Geräusch sie die Augen öffnen lässt. Mia sitzt aufrecht auf dem Sofa.

»Mia?«

Das Mädchen blickt wie durch sie hindurch, das Gesicht aschfahl.

»Du bist in Sicherheit. Keine Angst.« Sandra erhebt sich vom Sessel und macht einen Schritt auf das Sofa zu, als Mia plötzlich die Decken zurückschlägt. Ihr Blick irrt durch den Raum.

»Ich bin hier.«

Ihre Blicke treffen sich, dann springt das Mädchen auf und rennt zur Küchenzeile hinüber. In buchstäblich letzter Sekunde schafft sie es zur Spüle und erbricht sich ins Becken.

Es scheint kein Ende zu nehmen. Fünf weitere Male muss sich Mia übergeben, fünf Mal wischt ihr Sandra Tränen und Speichel aus dem Gesicht, hält ihren Körper, der sich wieder und wieder über den Eimer für die Kaminasche krümmt. Dann geht sie nach draußen, wo sie den Eimer leert, ihn mit Schnee säubert, um ihn erneut neben das Sofa zu stellen. Innerhalb weniger Stunden wirkt Mia um Jahre gealtert. Tiefe Schatten liegen unter ihren Augen, an Hals und Gesicht haben sich rote Flecken gebildet, ihr Blick ist trüb vor Müdigkeit. Sobald sie sich vorbeugt, bohren sich die Wirbel ihres Rückgrats durch die Haut. Sie hat kaum genug Kraft, ihr durchnässtes T-Shirt gegen einen von Anwars Pullovern zu tauschen.

Über dem Bergkamm zieht bereits die Dämmerung herauf, als sie Sandra um ihre Jacke bittet.

»Die ist aber noch nicht ganz trocken.«

»Egal.« Mit fahrigen Bewegungen sucht das Mädchen die Taschen ab, nestelt am Reißverschluss der Innentasche.

»Gib mal her.« Sandra nimmt ihr die Jacke ab und ertastet in der Innentasche einen rechteckigen Gegenstand. Sie zieht eine kleine weiße Dose hervor. »Hast du das gesucht?«

Mia nickt, nimmt ihr die Dose ab und schiebt den Deckel zurück. »Ich hab das öfter. Wenn es schlimm wird, soll ich eine davon nehmen. Im Notfall zwei.«

Fragend betrachtet Sandra die kleinen gelben Tabletten im Innern der Dose.

»Ist mein Medikament«, erklärt Mia.

»Und wogegen ist das?«

»Weiß nicht. Vom Professor.«

»Ist das dein Hausarzt?«

»Das ist der Arzt im Institut. Da muss ich öfter hin. Immer, wenn mir so schlecht wird.«

Sie schiebt sich eine Tablette in den Mund. Sandra reicht ihr die Tasse mit dem abgekühlten Tee. »Hier.«

Mia trinkt mit angewidertem Gesicht, dann rollt sie sich auf dem Sofa zusammen.

»Und weshalb wird dir schlecht?«

Mia legt die Stirn in Falten und öffnet langsam den Mund. Doch bevor sie etwas sagen kann, schläft sie ein. Sandra bleibt noch einen Moment bei ihr sitzen, fühlt ihre Stirn. Keine Ahnung, was ihr das sagt. Sie hat einfach keinerlei Erfahrung mit Kindern. Langsam erhebt sie sich und geht zu dem Küchenschrank hinüber, von dem sie weiß, dass noch mindestens eine Flasche Wein darin lagert. Ich kann das nicht, denkt sie. Ich bin die Falsche für so etwas.

Während sie mit einem Glas Rotwein in der Hand an den Kamin zurückkehrt, muss sie an ihre Großmutter denken. Die alte Dame hatte oft an Sandras Bett gewacht. Auch damals, als sie wegen Scharlach zu Hause bleiben musste und nicht mit ins Ferienlager durfte. »Du hast allen Grund, traurig zu sein«, hatte sie Sandra gesagt. »Aber wenn du mal groß bist, wirst du sehen, dass alles im Leben seinen Sinn hat.« Das war ihr Lieblingsspruch. Oma Gerda war eine einfache, aber kluge Frau und für Sandra mehr Mutter, als es ihre eigene jemals hätte sein können. Ihr Mantra hat sie damals trotzdem nicht verstanden, mehr noch: Sie erinnert sich, wie wütend sie wurde. Wenige Tage danach lernte sie ihre spätere beste Freundin Marie kennen, die ein paar Häuser weiter mit ihren Eltern Freunde besuchte.

Sandra tritt ans Fenster. Draußen ist es still, der Wind hat sich gelegt. Die Dämmerung taucht den Morgen in zartes Rosa, pastellfarbene Schneedünen vor dem Fenster, darüber silbrig-blau die Berge. Eine Fototapete könnte nicht kitschiger sein. Fröstelnd schlingt sie die Arme um den Körper. Es ist nur noch wenig Glut im Kamin. Auf dem Sofa ein Wirrwarr dunkler Locken und ein Stück Pinguin-Socke, das unter den Decken hervorlugt. Sandras Blick wandert weiter, über Mias zum Trocknen aufgehängte Anziehsachen, ihre kleinen Stiefel neben dem Feuer, die Tassen auf dem Tisch. Wie anders der Ort plötzlich wirkt.

Am Sofa vorbei geht sie zum Kamin und legt Holz nach. In ihren Schläfen pulsiert das Blut. Beim Herunterbeugen fährt ihr ein dumpfer Schmerz in den Rücken. Auf dem Sofa dreht sich Mia seufzend zur Seite, die Augen geschlossen, murmelt sie ein paar unverständliche Worte.

Sandra wickelt sich in eine Decke und nimmt wieder auf dem Sessel Platz. In Mias Leben, denkt sie, während sie die Augen schließt, wird es niemals den Moment geben, in dem die Ereignisse der heutigen Nacht einen tieferen Sinn ergeben.

+

»Sandra?«

Eine leise Kinderstimme dringt an ihr Ohr. Vorsichtig öffnet Sandra die Augen, schließt sie aber gleich wieder. Blendendes Sonnenlicht flutet den Raum. Sie spürt ein Zupfen am Ärmel, erst vorsichtig, dann rabiater. Irgendwann wird ihr die Decke weggezogen.

»Wie lange willst du denn noch schlafen?«

Mia ist kaum wiederzuerkennen. Barfuß und in Anwars weitem Pullover steht sie vor ihr, die Decke in der linken Hand.

»Kennst du Momo?«, fragt Sandra und streckt sich. Die Bewegungen schmerzen, aber das Pochen in den Schläfen hat aufgehört. Mia runzelt die Stirn, dann schüttelt sie den Kopf.

»Das ist ein Mädchen aus einer Geschichte. Sie sieht ein bisschen aus wie du.«

»Was für eine Geschichte?«

Während Sandra ihren noch immer klammen Pullover über die Bluse zieht, versucht sie, sich zu erinnern. Es ist lange her, dass sie das Buch gelesen hat.

»Es ist die Geschichte eines sehr mutigen, kleinen Mädchens, das zusammen mit einer Schildkröte gegen eine Gruppe böser Männer kämpft. Sie nennen sich die grauen Herren.« Sie geht zur Küchenzeile hinüber. Mia trottet hinter ihr her wie ein Entenjunges.

»Und was machen die?«

»Das erzähle ich dir ein anderes Mal.« Sandra inspiziert den Inhalt der Schränke.

»Warum nicht jetzt?«

Sandra muss lachen. »Weil ich mich jetzt um unser Frühstück kümmere.«

Unschlüssig tritt Mia von einem Fuß auf den anderen. »Und was mache ich?«

»Du ziehst dir Socken an!«

+

»Uuuargh – Spargelcremesuppe?« Mia rührt in ihrem Becher. »Glaubst du, man kann da Kekse reintunken?«

»Du kannst es ja ausprobieren.« Sandra betrachtet besorgt Mias Hand. Die beiden abstehenden Finger sind dick angeschwollen und violett verfärbt.

Dem Mädchen scheint es wenig auszumachen. Neugierig taucht es einen Schokoladenkeks in die Suppe, beißt ab und verzieht das Gesicht. »Voll eklig!« Angewidert legt es den Keks neben ihren Teller. »Mama tunkt manchmal Kekse in ihren Kaffee. Das schmeckt noch schlimmer.«

»Wie heißt deine Mama?«, fragt Sandra und nippt an ihrem Becher. Nie zuvor hat ihr Instant-Kaffee so gut geschmeckt.

»Corinne«, nuschelt Mia mit vollem Mund. Sie ist dazu übergegangen, abwechselnd Kekse zu essen und Suppe zu löffeln. »Aber eigentlich ist sie nicht meine richtige Mama. Die hat Karin geheißen. Und mein richtiger Papa Raimund.« Sie angelt sich einen weiteren Keks aus der Packung. Von der nächtlichen Übelkeit ist nichts mehr zu merken. »Karin und Raimund sind gestorben. Deshalb lebe ich bei Corinne und Urs. Die sind jetzt meine Mama und mein Papa.« Sie betrachtet eine Weile den Keks in ihrer Hand, dann legt sie ihn in die Packung zurück. »Und jetzt ist Urs auch tot.«

In der letzten halben Stunde konnte man den Eindruck haben, Mia hätte die Erlebnisse des Vortages erfolgreich verdrängt, doch nun rinnen erste Tränen über ihr Gesicht.

»Mein Vater ist auch gestorben«, sagt Sandra. »Da war ich zwar älter als du jetzt, aber ich weiß, wie es sich anfühlt.«

Mia hebt den Blick. Eine Träne tropft in die Spargelcremesuppe. »Hat er auch einen Unfall gehabt?«

»Nein, er war sehr krank«, antwortet Sandra und verzichtet darauf, einer Neunjährigen zu erklären, was es bedeutet, an metastasiertem Darmkrebs zu sterben. Fast zwei Jahre lang hatte ihr Vater um jeden weiteren Tag gekämpft, bis zuletzt. Er war qualvoll verstorben, sein Tod hatte sich über Tage hingezogen. Bis zum Schluss hatte er Schmerzmittel verweigert. »Wenn ich schon gehen muss, dann bei klarem Verstand«, hatte er gesagt. Er hätte es besser wissen sollen, schließlich war er selbst Arzt gewesen. Am Ende hatte ihre Mutter ihm die Medikamente heimlich über die Magensonde verabreicht.

»Glaubst du, ich muss auch bald sterben?« Mias Stimme holt sie in die Gegenwart zurück.

»Wie kommst du denn darauf?«

Mia schiebt den Teller von sich weg. »Ich bin doch auch krank.«

Über den Tisch hinweg streicht Sandra ihr über die unverletzte Hand. »Hattest du mal Windpocken? Oder Masern? Oder Scharlach oder so etwas?«

»Weiß nicht.«

»Aber erkältet warst du schon mal, oder?«

Mia nickt.

»Siehst du. Wenn man erkältet ist, bekommt man Schnupfen und Husten, und manchmal ist einem schlecht, so wie dir gestern. Das ist normal, wenn man krank ist. Dann fühlt man sich ein paar Tage nicht gut, und dann ist man wieder gesund. Ich bin sicher, bei dir wird es genauso sein.«

»Und warum machen die dann so viele Untersuchungen? Dauernd muss ich ins Institut. Dann nehmen die mein Blut. Oder ich muss in so eine Maschine, in der es ganz laut ist.« Sie nimmt den Löffel und beginnt mit der Rückseite auf den Tisch zu klopfen. Tack und noch mal tack und noch mal. Der Rhythmus wird schneller. Sie schluchzt. Tack. Tack. Tack.

Sandra nickt. »Ist gut, Mia«, sagt sie.

Doch Mia hört nicht auf. Tacktacktacktacktack! Den Löffel in der linken Hand, schlägt sie in rasender Geschwindigkeit auf den Tisch ein, die Wucht lässt die Löffel in den Bechern zittern, hinterlässt Abdrücke im Holz.

Sandra legt ihre Hand auf die des Kindes. »Ich weiß, was du meinst. Vor ein paar Jahren musste ich da auch mal rein.«

Mias Schluchzen ist in ein Wimmern übergegangen. Sandra spürt, wie sich die verkrampfte Hand des Mädchens unter ihren Fingern löst.

»Es ist furchtbar in dieser Maschine, das stimmt. Aber ich lebe immer noch, siehst du.«

Mia sieht sie mit zusammengekniffenen Augen an. »Woher willst du denn wissen, dass du nicht längst tot bist?«

Sandra übergeht den plötzlichen Druck auf der Brust und fordert Mia auf, ihr in den Arm zu kneifen. Mia tut es, wenn auch sehr zaghaft. Sandra schreit so laut sie kann. Sofort zieht das Mädchen die Hand weg.

»Siehst du? Tote zu kneifen bringt nichts. Denen tut das nicht weh.«

Mia wirkt nicht überzeugt.

Sandra überlegt, dann fragt sie: »Glaubst du, Tote sind kitzelig?«

Im nächsten Moment jagen die beiden durch den Raum, über Stühle und Tische hinweg, bis Mia auf dem Sofa liegt, sich windet und strampelt, die Arme und Beine in der Luft, während Sandra ihr die Finger in die kleinen Rippen und Fußsohlen piekt und erleichtert beobachtet, wie das Lächeln auf Mias Gesicht zurückkehrt.

VIER

Vor der Tür empfängt sie strahlender Sonnenschein. Alles um sie herum glitzert und glänzt. Eine vom Schnee schwer beladene Tanne verbeugt sich zum Morgengruß, und zwei Lerchen trällern ihre Lieder. Eins von Anwars Hemden sowie ihren Pullover hat sie Mia unter ihren Mantel ziehen lassen, die nun vor ihr durch den Schnee hüpft wie ein junger Hund, den man seit Tagen das erste Mal von der Leine gelassen hat.

Der Weg zur Straße zurück würde am Unglücksort vorbeiführen. Nach den Strapazen der Nacht will sie Mia das unbedingt ersparen. Also bleibt ihnen nur die Wetterstation. Anfangs zweifelt Sandra, ob Mia den Aufstieg bewältigen wird, bald aber belehrt sie die Ausdauer des Mädchens eines Besseren.

»Du brauchst wohl nie eine Pause«, ruft sie kopfschüttelnd.

»Nur, wenn ich krank bin. So wie gestern«, antwortet Mia und klettert über einen umgestürzten Baumstamm.

»Sport ist sicher dein Lieblingsfach, oder?«

Mia kommt an ihre Seite und klopft sich den Schnee von der Kleidung. »Ich hab keinen Sportunterricht. Aber wenn ich mit …«, sie stockt kurz, »… wenn ich mit Urs auf den Spielplatz gehe und andere Kinder da sind, bin ich meistens die schnellste.«

»Und klettern kannst du wie eine Bergziege!« Sandra sucht den Hang nach der besten Aufstiegsmöglichkeit ab.

Mia seufzt. Erwachsene haben eben keine Ahnung, sagt ihr Gesichtsausdruck. »Beim Verstecken klettere ich auch immer auf Bäume, bis ganz nach oben. Aber da findet mich nie jemand. Beim Fangenspielen kriegt mich sowieso keiner, deshalb will auch niemand mit mir spielen. Und wenn wir Ratespiele machen, mögen die anderen nicht, wenn ich die Antworten weiß. Noch nicht mal, wenn ich sie ihnen vorsage.«

Sandra bleibt stehen. »Und was machst du dann?«

»Manchmal lasse ich die anderen gewinnen. Dann lassen sie mich auch wieder mitspielen.«

»Kluges Mädchen.« Sandra denkt an ihre eigene Kindheit zurück. Trotz guter Noten hatte sie nie das Gefühl, in irgendetwas besonders talentiert zu sein. Jemand anderen gewinnen zu lassen wäre für sie kaum in Frage gekommen. Sie betrachtet Mia, die gerade mit ihrer unversehrten Hand einen Schneeball formt.

»Deshalb gehe ich auch nicht zur Schule. Meine Lehrer kommen zu uns nach Hause.« Sie wirft den Schneeball den Abhang hinunter. Gut zwanzig Meter weiter prallt er frontal gegen den Stamm eines einzeln stehenden Baums. Sandra ist verwundert. Hausunterricht ist ihres Wissens in Deutschland verboten. Dann erinnert sie sich, dass Mia am Vortag erwähnt hat, mit ihren Eltern irgendwo in der Nähe von Zürich zu wohnen.

»Ich würde gerne in eine Schule gehen«, sagt Mia. »In eine, wo mir die anderen was beibringen können.«

»Was denn zum Beispiel?«

Das Mädchen scheint darüber nachzudenken, während sie nebeneinander den Hang hinaufsteigen, dann sagt es: »Nichtlineare Gleichungen lösen zum Beispiel. Das finde ich ganz schön schwer.«

»Glaubst du denn, andere Kinder in deinem Alter können schon nichtlineare Gleichungen lösen?«

»Weiß nicht. Meinst du nicht?«

»Um ehrlich zu sein, eher nicht.« Sandra bleibt stehen. Von hier an wird es steil. Mia blickt ebenfalls nach oben.

»Siehst du das Haus da? Das ist die Wetterstation. Meinst du, du schaffst es da hoch?«

»Logisch!« Mia stiefelt los. Der Schnee reicht ihr an manchen Stellen bis zur Taille. Eine Weile stapfen sie keuchend nebeneinanderher, dann fragt Mia: »Und Chemie?«

Sandra schüttelt lachend den Kopf, während das Mädchen auf einen Felsvorsprung klettert. »Auch eher nicht.«

Bevor sie mit einem Sprung zum nächsten Felsen übersetzt, ruft Mia: »Aber Fahrrad fahren!«

Sandra läuft ein Stück vor, stemmt sich einen Überhang hoch, reicht Mia die Hand und zieht sie zu sich. »Du kannst nicht Fahrrad fahren?«, fragt sie atemlos.

Mia schüttelt den Kopf.

»Soll ich es dir beibringen?«

»Kannst du denn Fahrrad fahren?«

»Ich krieg vielleicht sonst nicht viel hin, aber Fahrrad fahren kann ich«, sagt sie und deutet Mia den Weg. »Da drüben sieht es weniger steil aus.«

Eine Weile laufen sie schweigend an der Bergwand entlang, dann bleibt Mia plötzlich stehen. »Glaubst du, du kannst mir auch Surfen beibringen?«

»Nein, aber ich kenne jemanden, der es kann.«

+

Um die Mittagszeit erreichen sie die Wetterstation. Der Ausblick ist atemberaubend. Wolkenlos erstreckt sich der Himmel über weiße Hänge und Täler, die Berge thronen erhaben darüber. Die Wetterstation ist unbemannt. Der plötzlich einsetzende Schneefall hat den wissenschaftlichen Mitarbeitern, die sonst hier arbeiten, vermutlich den Weg abgeschnitten. Sämtliche Türen und Fenster sind verschlossen.

Sandra sieht einen Moment lang durch ein Fenster, dann dreht sie sich zu Mia um.

»Mia, ich mache jetzt etwas, das ich noch nie getan habe.«

Das Mädchen sieht sie erwartungsvoll an. Dann zieht Sandra ihre Jacke aus, wickelt sie sich um den Ellbogen und schlägt gegen das Fenster. Mit lautem Splittern geht die Scheibe zu Bruch. Als Mia »Noch mal! Noch mal!« schreit und vor Begeisterung in die Hände klatscht, hört sie sich selbst wie ein Schulmädchen kichern.

Vorsichtig klettert Sandra ins Innere. Zwischen diversen Messgeräten und Computern findet sie wie erhofft ein Telefon. Hochmoderne Technik und ein Telefon mit Wählscheibe. Schweiz eben. Langsam wählt sie die Nummer des Notrufs. Sie traut dem altmodischen Apparat nicht, aber schon wenige Sekunden später meldet sich eine weibliche Stimme: »Kantonspolizei St. Gallen, Polizeiwachtmeisterin Rümbeli. Grüezi!«

+

Mia sitzt auf einer Bank in der Sonne und blickt ins Tal hinunter. Sie sieht erschöpft, aber rosig aus. Sonne und Kälte haben den Wangen die Blässe genommen, auf ihrer Mütze glitzern

Schneeflocken. Nur die lädierten Finger sind inzwischen auf die doppelte Größe angeschwollen.

»Guck mal, was ich aus der Hütte mitgenommen habe.« Sandra zieht die Kekspackung und eine Flasche Wasser aus ihrer Tasche. Während Mia sich einen Keks in den Mund schiebt, sagt Sandra: »Ich habe die Polizei erreicht. Bald kommt die Bergwacht und holt uns. Deiner Mutter geben sie auch Bescheid.«

»Ist die denn zu Hause?«

»Keine Ahnung. Aber sie macht sich bestimmt Sorgen, meinst du nicht?«

Mia verdreht die Augen. Es sieht aus wie der Versuch, eine amerikanische Schauspielerin zu imitieren.

»Corinne macht sich ständig Sorgen! Deshalb muss ich ja auch dauernd in die Klinik. Deshalb haben sie sich auch gestritten.«

»Corinne und Urs?«

»Ja. Bevor Papa mit mir weggefahren ist. Mama wollte, dass ich länger im Institut bleibe, aber Urs war dagegen. Dann haben sie gestritten. Corinne ist in den Club gefahren, und Urs hat meine Sachen gepackt und gesagt, dass wir uns beeilen müssen.« Das Mädchen starrt vor sich hin. »Wenn ich jetzt zu Mama nach Hause komme, bringt sie mich bestimmt wieder ins Institut.« Sie sieht Sandra an. »Hast du Kinder?«

Sandra schüttelt den Kopf.

Mia zögert einen Moment, dann fragt sie: »Kann ich dann nicht bei dir bleiben?«

Sandra schluckt gegen einen Widerstand an. Dann zeigt sie auf Mias geschwollene Finger und sagt: »Auch ich würde mit dir ins Krankenhaus fahren. Deine Hand sieht schlimm aus.«

Mia schnaubt verächtlich durch die Nase und rutscht mit verschränkten Armen ans Ende der Bank.

Sandra zieht sie lächelnd wieder zu sich heran. »Wenn Erwachsene komische Dinge tun, meinen sie es fast immer gut. Wir machen uns halt Sorgen.«

Mia sträubt sich noch und zappelt in Sandras Armen. »Sorgen, Sorgen, Sorgen!« Sandra lässt sie los. Mia bleibt neben ihr sitzen. Anscheinend hat sie sich noch nicht entschieden, ob sie wieder mit ihr reden soll.

»In was für einem Club arbeitet deine Mutter denn?«

Nach einigen Minuten wird Mia das Schweigen offensichtlich zu lang, denn sie antwortet: »Es ist ein Club, der kranken Kindern hilft und Menschen, die nichts zu essen haben. Opas Bank bezahlt das Essen.«

»Dein Opa hat eine Bank?«

»Ja, es war seine. Aber jetzt ist es Mamas Bank. Papa arbeitet da aber auch«, erklärt Mia. »Arbeitest du auch in einer Bank?«

»Bisher habe ich in einem Hotel gearbeitet.«

»Was für ein Hotel?«

»Ein großes«, sagt Sandra und denkt an das schlossähnliche Gebäude mit seinen drei Türmen, der zum Frühstückssaal umfunktionierten Rotunde, den hundert Erkern und Giebeln. Das Schloss war Ende des neunzehnten Jahrhunderts errichtet und in den siebziger Jahren von einem überambitionierten italienischen Architekten zum Hotel umgebaut worden. Als Anwar vor zehn Jahren die Leitung des Grand Hotel des Alpes übernahm, wurde es vollständig modernisiert. Anwar ließ das Foyer in toskanischen Marmor kleiden, die ehemaligen Garagen entfernen und durch eine luxuriöse Bäder- und Saunalandschaft ersetzen. Die Zimmer wurden mit Hilfe eines ebenso unerschwinglichen wie unerträglichen Feng-Shui-Beraters umgestaltet. Außerdem ließ er ein Tagungszentrum bauen. Der Bau des neuen Gebäudes im Zuckerbäckerstil hätte das Hotel fast in den Konkurs getrieben. »Neuschwanstein für Arme«, hatte Max bei der Begehung gemurmelt, und wie so oft hatte Sandra die Meinung des Kochs geteilt.

»Ein Hotel für reiche Menschen zum Urlaubmachen und für Geschäftsleute, um sich zum Arbeiten zu treffen. Wie es aussieht, werde ich mir aber wohl einen neuen Job suchen.«

»Warum?«

»Mein Chef und ich waren mal sehr gute Freunde. Aber wir haben uns gestritten.«

»Und jetzt ist er nicht mehr dein Freund?«

Sandra schüttelt den Kopf.

»Könnt ihr euch nicht wieder vertragen?«

Sie lächelt gequält. »Wohl eher nicht.«

»Und warum sucht *er* sich nicht eine andere Arbeit?«

»Weil er mein Chef ist.«

Mia betrachtet sie ratlos.

Sandra zupft ihr eine Tannennadel aus den Haaren. »Vielleicht will ich ja auch woanders arbeiten.« Sie lässt den Blick über den Wald und die Berge schweifen, hinauf zum Himmel. Zwei kleine Wolken ziehen über sie hinweg, ansonsten nichts als Blau.

FÜNF

Viel Zeit zum Abschiednehmen bleibt ihnen nicht. Mia sitzt noch immer auf Sandras Schoß, als sie die Talstation erreichen. Der Mann von der Bergwacht war ihr nicht geheuer. Während der gesamten Fahrt in der Schneekatze zur Talstation hat sich die Kleine an sie geklammert, die Finger der unversehrten Hand in Sandras Jacke gekrallt.

Mias Mutter wartet an einen roten Mercedes gelehnt. Von der Zigarette, die zwischen ihren weiß behandschuhten Fingern klemmt, steigt ein feiner Rauchfaden auf. Nur mit Mühe kann Sandra sich aus der Umarmung lösen. Sanft, aber bestimmt schiebt sie das Mädchen von sich weg, greift ihm ein letztes Mal in die Locken.

»Im Frühling komme ich, und dann machen wir eine Fahrradtour.« Ihre letzten Worte an Mia: ein Versprechen.

Danach geht alles sehr schnell. Corinne Spengler schnippt ihre Extra-Slim-Zigarette auf den Boden, tritt sie mit der Stiefelspitze aus, kommt auf sie zu, streckt die Arme aus und reißt Mia an sich. Es sieht aus, als würde sie ihre Tochter gar nicht mehr loslassen wollen.

»Ich bin sehr erleichtert, dass du wieder da bist«, sagt sie zu Mia. »Wirklich *sehr* erleichtert.«

Anschließend umfasst sie Mias Arm, zieht sie zum Wagen und

fordert sie auf einzusteigen. Dem Notarzt, der sich inzwischen auf dem Parkplatz eingefunden hat, verweigert sie die Untersuchung. Auf seinen Protest hin antwortet sie: »Bei allem Respekt: Sie überschätzen Ihre Kompetenz. Und meine Geduld.«

Ein Mann in Funktionskleidung der neuesten Generation kommt mit dynamischem Schritt über den Parkplatz und wechselt ein paar Worte mit ihr. Sie reicht ihm die rechte Hand, legt die linke darauf. Er nickt lächelnd. Dann steigt sie zu ihrer Tochter ins Auto. Als sie den Motor anlässt, nimmt sich Sandra ein Herz und tritt an den Wagen heran. Corinne Spengler lässt die Scheibe herunter.

»Mein Name ist Sandra Matthies. Ich habe Mia gefunden, nachdem …«

»Ich weiß, meine Liebe. Ich stehe tief in Ihrer Schuld.« Sie zieht ein Portemonnaie aus der Tasche und entnimmt ihm eine Visitenkarte. »Bitte rufen Sie mich in den nächsten Tagen an. Ich übernehme selbstverständlich sämtliche Kosten, die Ihnen entstanden sind.«

Sandra betrachtet die Karte.

Corinne Spengler
Hebe GmbH Zürich
Vorsitzende von Chance for Life e. V.

»Haben Sie noch irgendwelche persönlichen Dinge von Mia? Dokumente?«

»Dokumente?«, wiederholt Sandra.

Die Frau lächelt. »Gut, dann fahren wir jetzt.«

Sandra bewegt sich nicht.

»Ist noch was?«

»Ich möchte Ihnen mein Beileid aussprechen«, sagt Sandra und tritt zurück.

Corinnes Lächeln verrutscht. Sie wendet den Blick ab.

»Danke«, sagt sie schließlich. Dann gleitet der Mercedes vom Parkplatz.

Sandra blickt dem Wagen nach, die Visitenkarte in der linken, die rechte Hand erhoben.

Mia schaut zu ihr zurück, bewegt sich nicht, ruft nicht, sieht sie nur an mit diesem Blick – viel zu ernst und viel zu klug für ihre neun Jahre. Sandra hält ihre Hand erhoben, bis der Mercedes im Eingang des Graunachtunnels verschwindet.

»Frau Matthies?«

Sie fährt herum, die Visitenkarte trudelt in den Schnee.

»Der Arzt würde Sie gerne sehen.«

Der Mann, der an sie herangetreten ist, bückt sich und hebt die Visitenkarte auf. Schneeflocken glitzern auf seinem schwarzen Haar. In seiner Outdoor-Kleidung sieht er aus, als käme er direkt vom Gipfel. Dabei ist er lediglich dem Polizeiwagen entstiegen, der ebenfalls auf dem Parkplatz steht.

»Francesco Villano.« Er reicht ihr die Karte. Seine Augen sind von einem beunruhigenden Blau.

»Sandra Matthies«, antwortet Sandra und steckt mechanisch die Karte ein.

Ihre Erfahrungen mit Polizisten sind nicht die besten. Mehr als einmal sind Beamte bei ihr im Hotel aufgetaucht, um Erkundigungen einzuziehen. Dass sie denen ohne richterlichen Beschluss keinen Einblick in das Belegungsprogramm gewährte, schienen einige als persönliche Beleidigung zu empfinden.

Dabei befolgte sie lediglich Anwars Anweisungen. »Wir befinden uns hier in der Schweiz«, war sein Credo, »und in der Schweiz werden persönliche Informationen mit Diskretion behandelt.«

Dieser Polizist allerdings, das muss Sandra sich eingestehen, hat mit denen, die sie aus dem Foyer des Grand Hotel des Alpes kennt, wenig gemein. Mit dem längeren Haar und den blauen Augen sieht er wie ein Model für Wintersportbekleidung aus. Erst Mias Mutter, die in ihrem Pelzmantel und mit der blonden Hochsteckfrisur wie eine zum Leben erweckte Schaufensterpuppe wirkte, jetzt dieser Huberbuam-Verschnitt. Francesco Villano reagiert mit einem Lächeln, das seine Kiefermuskeln hervortreten lässt. Vielleicht sollte sie sich wirklich ärztlich untersuchen lassen, denkt sie, während sie ihm zum Krankenwagen folgt.

Der Arzt, ein stiller Mann mit beruhigend unauffälligem Äußeren, hört Lunge und Herz ab, drückt auf ihren Rippen herum, lässt sich Finger und Füße zeigen und leuchtet ihr in die Augen. Anschließend kritzelt er ein paar Worte auf einen Schein. Sie habe einen Schock erlitten, sagt er, doch er glaube nicht, dass ihr etwas Ernstes fehle. Keine Hinweise auf Frakturen oder Erfrierungen. Sie habe Glück gehabt. Sollten wiederkehrende Alpträume oder eine gewisse Schreckhaftigkeit über längere Zeit anhalten, solle sie noch einmal einen Kollegen aufsuchen. Der Arzt scheint von seinen Ausführungen selbst ganz erschöpft zu sein. Schweigend betrachtet er seine Notizen.

»Lassen Sie sich nach Hause fahren, und spannen Sie ein paar Tage aus«, sagt er. Dabei sieht er aus, als wäre das auch sein sehnlichster Wunsch.

Francesco Villano führt sie zu einem silbernen BMW-Kombi mit den für die Schweizer Polizei typischen leuchtend roten Flächen und öffnet ihr die Beifahrertür. »Bitte.«

Das Wageninnere ist noch warm. Sandra sinkt schwer in die Polster, während der Polizist auf der Fahrerseite einsteigt. Er füllt Kaffee aus einer Thermoskanne in einen Becher und reicht ihn ihr. Dankbar nimmt Sandra ihn entgegen. Sie schließt die Augen. Kaffeegeruch breitet sich im Wagen aus, mischt sich mit dem herben Duft von Rasierwasser und einem Hauch Zigarettenrauch.

»Sie haben einen heftigen Tag hinter sich«, hört sie den Polizisten sagen.

Als müsste sie das erst gesagt bekommen, um es zu wissen.

»Ich bringe Sie jetzt nach Hause«, redet er weiter, während er die Thermoskanne in eine spezielle Halterung klemmt. »Wollen Sie mir erzählen, was passiert ist?«

Sandra versucht, sich zu konzentrieren. Vor ihrem inneren Auge tauchen Bilder und Eindrücke auf, legen sich übereinander. Abrupt dreht sie sich zur Seite, als ermögliche ihr die bloße Wendung des Kopfes eine neue Perspektive auf die Ereignisse. Der Polizist wendet sich ihr zu. Der Geruch seines Rasierwassers kitzelt sie angenehm in der Nase.

»Nehmen Sie sich Zeit«, sagt er und startet den Motor. »Fangen Sie einfach beim Unfall an.«

Er lässt den Wagen vom Parkplatz rollen. Der Unfall. Das ergibt Sinn. Dann stutzt sie. Woher weiß der Mann von dem Unfall?

»Wir haben Ihren Wagen gefunden«, sagt er. »Er wird gerade geborgen.«

Sie räuspert sich. »Haben Sie auch den anderen ... Ich meine Mias Vater ...?«

Villano nickt, während er vom Parkplatz auf die Talstraße einbiegt. Sandra blickt auf den verschneiten Asphalt. Die Nachmittagssonne taucht den Wald in goldenes Licht. Wie im Film, denkt sie. Im Grunde erinnern die gesamten letzten vierundzwanzig Stunden an einen Film, einen mit Überlänge und zu vielen Special Effects. Sie hört den Polizisten ihren Namen sagen. Seine blauen Augen mustern sie. Sandra hat Ungeduld darin vermutet, doch sie erkennt nur Sorge und eine Spur Skepsis in seinem Blick.

»Klar«, sagt sie und atmet tief durch. »Der Unfall.«

+

Während der Polizist langsam auf der 15 in Richtung Winterthur und zur deutschen Grenze fährt, beginnt sie zu erzählen. Francesco Villano ist ein guter Zuhörer. Er lässt ihr Zeit, unterbricht sie nur selten. Als ihr die Stimme bei der Schilderung von Urs' Schädelwunde versagt, drängt er sie nicht. Sie sei den Abhang hinuntergestiegen, fasst sie schließlich zusammen, doch sie habe dort nichts anderes tun können, als das Mädchen in Sicherheit zu bringen. Der Polizist nickt und sagt, das sei doch schon sehr viel. Vielleicht werde er ihre Kollegin Lilith und auch Anwar noch einmal befragen müssen. Die Obduktion der Leiche und die Untersuchung des Wagens würden Sandras Aussage aber sicher bestätigen.

Dann erzählt sie ihm von den Wölfen, von ihrem Weg zur Hütte, der unruhigen Nacht und der kranken Mia, erzählt, wie sie am nächsten Morgen aufgebrochen und zur Wetterstation hochgestiegen sind. Sie spürt die Röte in ihrem Gesicht, als sie zugibt, die Scheibe eingeschlagen zu haben, um den Notruf zu wählen.

»Ich werde mich für Sie einsetzen«, sagt er ernst. »Bei uns in der Schweiz gibt es für eine solche Tat schnell zwölf bis achtzehn Monate – auf Bewährung allerdings. Oder sind Sie vorbestraft?« Sandra starrt ihn an, dann bemerkt sie das Funkeln in seinen Augen und lächelt erleichtert.

Als sie eine Stunde später die deutsche Grenze passieren und in Lottstetten eintreffen, sagt er: »Ganz schön langer Arbeitsweg. Vom Hotel hierher …«

»Wenn es spät wird, kann ich im Hotel übernachten«, erklärt Sandra. »Und es wird meistens spät.«

»Warum suchen Sie sich keine Wohnung in Zürich? Zu teuer?«

Sandra nickt. »Außerdem wohnt meine Mutter hier im Ort.«

Francesco lächelt. »Die Familie …« Er hält vor Sandras Wohnhaus. »Ihre Aussage sollte fürs Erste genügen. Trotzdem wäre es gut, Sie könnten sich noch eine Weile zu unserer Verfügung halten.« Er öffnet das Handschuhfach, holt ein Mobiltelefon in einer Klarsichthülle hervor.

»Das haben wir im Fußraum Ihres Wagens gefunden. Ihr Handy, richtig?«

Sandra nimmt das Telefon dankend entgegen und öffnet langsam die Beifahrertür. Ihre Arme und Beine sind wie gelähmt, ihre Augen brennen, in ihrem linken Ohr hört sie ein leises Fiepen, doch sie hat nicht mehr die Kraft, sich darüber Sorgen zu machen. Beinahe fällt sie aus dem Wagen.

»Darf ich Sie zur Tür bringen?«

Sandra winkt ab, doch Francesco Villano steigt ebenfalls aus. »Die anderen Dinge aus Ihrem Wagen sind noch bei den Kollegen. Kommen Sie überhaupt rein?«

»Mein Nachbar hat einen Schlüssel.«

»Soll ich Sie nicht doch begleiten?«

Sandra schüttelt den Kopf. Die Vorstellung, unangekündigt in Begleitung eines Polizisten vor Atmos' Tür zu stehen, bringt sie fast zum Lachen.

»Vielen Dank«, ruft sie Francesco Villano zu, hebt noch einmal die Hand und steuert das Haus ihres Nachbarn an.

SECHS

»Scheiße«, ist Atmos' Kommentar, als er die Tür öffnet.

Sandra ringt sich ein Lächeln ab und folgt ihm durch den schmalen Flur ins Innere. Bevor er vor etwa acht Monaten hier eingezogen ist, hatte das Einfamilienhaus lange leer gestanden. Sandra wunderte das nicht. Der Bungalow mit der Klinkerfassade würde noch nicht einmal unter Retro-Liebhabern Begeisterung auslösen. Das Haus vereint die spießige Enge einer katholischen Kleinstadt mit dem bürgerlichen Mief der siebziger Jahre. Das von Bäumen verschattete und komplett verwilderte Grundstück sowie der Blick auf das mit Solarpaneelen gepflasterte Dach der Nachbarn machen es nicht attraktiver.

Und dann war Atmos vorgefahren. Sie kann sich erinnern, wie sie gerade vom Einkaufen kam, als er seinen dottergelben VW-Bus vor dem Haus parkte und anfing, seine Umzugskartons auszuladen. Sie hatte sich die Beschwerden der Nachbarn schon ausgemalt. Insgeheim hoffte sie, von dem bärtigen Sonderling, dessen Frisur und Augenringe so wirkten, als wäre er wenige Minuten zuvor erst seinem Bett entstiegen, zu der einen oder anderen Gartenparty eingeladen zu werden. Nichts an ihm, weder seine Erscheinung, seine nachlässige Kleidung noch sein Auto passten nach Lottstetten, noch weniger in diese

Straße, deren Anwohner das Renteneintrittsalter lange überschritten hatten und die die Tage mit dem Lesen der Apotheken Umschau und dem Warten auf den mobilen Pflegedienst verbrachten. Doch dem Mittvierziger schien es nichts auszumachen, dass die Leute hinter ihm tuschelten, wenn er in seinen abgetragenen T-Shirts und Kapuzenjacken zum Bäcker ging oder seinen Bus im Halteverbot parkte. Vielleicht merkte er es nicht einmal, vielleicht war es ihm egal. Die Haltung, mit der Atmos durchs Leben ging, rief in Sandra die Erinnerung an ihre Ausbildungsjahre in Berlin wach, an durchzechte Nächte und verkaterte Tage. Unbeschwerte Jahre. Zumindest im Rückblick.

Trotz der positiven Bilder, die Atmos und sein gelber Bus in ihr geweckt hatten, bekam sie den neuen Nachbarn in den kommenden Monaten nur selten zu Gesicht. Sein Klingelschild hatte er unbeschriftet gelassen, der Garten verwilderte weiter.

Sandra hatte seine Anwesenheit in der Straße fast schon wieder vergessen, als Berlioz häufiger über längere Zeit verschwand. Nachdem der Kater wieder einmal mehrere Tage hintereinander nicht bei ihr aufgetaucht war, hängte sie in der Umgebung Suchmeldungen mit einem Foto von ihm auf. Am Abend klingelte der neue Nachbar dann an ihrer Tür. Bis dahin hatte sie ihn nur aus der Ferne gesehen. Nun stand er plötzlich mit dem Kater auf dem Arm in ihrem Flur. Mit den ungekämmten Haaren machte er einen etwas desolaten Eindruck, doch sein Blick war freundlich und offen. Wenn er lächelte, konnte man Grübchen zwischen seinen Bartstoppeln sehen. Er hatte ein klares, hartes Gesicht, aber die Falten um seine Augen zeigten Sandra, dass er ein Mensch war, der gerne lachte. Oder zumindest früher gern gelacht hatte. Während Atmos erzählte, dass sein Kühlschrank einige Wochen lang kaputt gewesen und er zu beschäftigt gewesen sei, sich einen neuen zu besorgen, spielte der Kater auf seinem Arm mit der Kordel seiner Kapuzenjacke. Anscheinend nicht das erste Mal, die Kordel war am Ende zerkaut, einzelne Fäden hatten sich aus dem Material gelöst. In dieser Zeit habe er seine Milchprodukte auf dem Fensterbrett gelagert, sagte er, noch immer in ihrer Tür stehend, und schob die Pfote des Katers sanft zurück, die erneut nach dem Kordelende angelte. »Inzwischen habe ich wieder einen Kühlschrank, aber der Kater kommt trotzdem. Jetzt stelle ich ihm seine Milch im Schälchen hin und muss nicht mehr die ausgekippten Tetrapaks unter der Fensterbank einsammeln. Manchmal bleibt er dann auch länger.« Er sah sie schuldbewusst an und strich dem Tier mit einer Verlegenheitsgeste über den Kopf. Berlioz schloss die Augen und gab ein wohliges Schnurren von sich.

Erleichtert nahm Sandra den Ausreißer in Empfang. Während Atmos ihr das Tier überreichte, stutzte sie kurz. Sie hatte Zigarettenrauch oder Marihuana erwartet, doch ihr Nachbar roch tatsächlich nach Hefezopf. Ihr blieb keine Zeit, darüber nachzudenken, denn in diesem Moment sprang der Kater auf den Boden und schmiegte sich an die Beine des Mannes. Es war offensichtlich, dass er kein Interesse daran hatte, dauerhaft auf seinen neuen Freund zu verzichten. Sandra und Atmos einigten sich schließlich darauf, während ihrer Abwesenheiten Berlioz die Entscheidung über seinen Wohnort selbst zu überlassen.

Nachdem er gegangen war, fiel Sandra auf, dass sie ihn nicht nach seinem Namen gefragt hatte. Da sein Netzwerkname

»@mos4« aber bereits kurz nach seinem Einzug bei den verfügbaren WLAN-Verbindungen auf ihrem Laptop aufgetaucht war, hatte sie begonnen, ihn im Stillen Atmos zu nennen. Ihr gefiel der Name, und ihr gefiel, dass er ihr das Gefühl gab, eine persönliche Verbindung zu ihm zu haben, ein Geheimnis mit ihm zu teilen. Und so blieb sie auch später dabei. Atmos schien sich daran nicht zu stören. Nicht daran und nicht an seinem Haus oder den Lottstettener Nachbarn, die ihn weiterhin misstrauisch beäugten, sobald er vor die Tür trat.

+

Sandra folgt ihm ins Wohnzimmer. Diverse Bildschirme stehen aufgereiht auf einem Schreibtisch, der ein gutes Drittel des Zimmers einnimmt. Sie erinnert sich, dass Atmos einmal erwähnt hat, früher Mitglied in einem Computer-Club gewesen zu sein. Der restliche Raum ist nur durch das brennende Kaminfeuer beleuchtet. Ein Schaukelstuhl steht vor dem Feuer, auf einem orientalischen Teppich räkelt sich ihr Kater. Eine Kanne Tee samt Stövchen steht auf einem Beistelltisch mit gedrechselten Beinen, an der Wand lehnt ein Cello. Sandra hält inne. Obwohl kein Gegenstand zum anderen passt, macht das Zimmer einen in sich stimmigen Eindruck. Wenn sie ehrlich ist, deutlich mehr als das Nebeneinander von Kartons und Ikea-Regalen in ihrer eigenen Wohnung. Obwohl sie länger in Lottstetten lebt als Atmos, hat sie es nie geschafft, ihre Wohnung wirklich zu einem Zuhause werden zu lassen. Hier ist das anders.

Sie lässt sich auf einem Sechziger-Jahre-Sofa am Fenster nieder, während Atmos eine zweite Tasse aus der Küche holt. Nicht einmal zwei gleiche Tassen scheint er zu besitzen. Nachdem er einen Teller mit Keksen auf das Tischchen gestellt hat, nimmt er im Schaukelstuhl Platz und sieht sie fragend an.

»Welchen Teil der Geschichte willst du hören?«, fragt Sandra. »Den vom überfälligen Ende der Affäre mit meinem Chef, den mit der Leiche oder lieber den Teil mit dem kleinen Mädchen und den Wölfen?«

Atmos hebt eine Augenbraue. »Ein Liebesdrama, ein Krimi *und* ein Märchen? In *dieser* Reihenfolge?«

Sandra trinkt, der Tee läuft warm ihre Speiseröhre hinab. »So hab ich es zwar noch nicht betrachtet, aber ja. Und die Reihenfolge stimmt auch, glaube ich.«

Atmos lehnt sich zurück, der Schaukelstuhl wippt ein bisschen. »Ich hab Zeit«, sagt er.

+

»Klingt alles ziemlich absurd, oder?«

Atmos hat zunächst entspannt in seinem Stuhl gesessen und langsam vor und zurück wiegend aus dem Fenster geschaut, im Laufe ihres Berichts das Schaukeln aber eingestellt. Inzwischen sitzt er vorgebeugt, die Ellbogen auf die Oberschenkel gestützt. Er starrt an ihr vorbei in Richtung des Beistelltisches, wo die Flamme des Teelichts zu flackern begonnen hat. »Nicht absurder als manches andere.«

Die Flamme des Teelichts flackert noch einmal auf, dann erlischt sie.

Gedankenverloren tastet Atmos seine Kleidung ab. Sandra greift in ihre Hosentasche. In einem sentimentalen Reflex hat sie bei ihrem Aufbruch aus der Hütte Anwars Feuerzeug eingesteckt. Neben dem Feuerzeug ertasten ihre Finger noch etwas anderes, einen glatten, kühlen Gegenstand von der Größe einer Streichholzschachtel. Sie flucht leise, als sie die weiße Kunststoffdose vor sich auf den Tisch legt.

Erneut wölbt Atmos die Braue.

»Mias Medikamente«, erklärt Sandra. »Ich habe sie eingesteckt, als wir aufgebrochen sind. Hoffentlich braucht sie die nicht.«

Atmos beugt sich so weit vor, dass Sandra erwartet, ihn aus dem Schaukelstuhl kippen zu sehen, greift sich die Schachtel und streicht mit dem Zeigefinger über die abgerundeten Kanten. »So, wie du ihre Mutter beschreibst, hat sie sicher eine halbe Apotheke zu Hause. Außerdem wollte sie mit dem Kind doch sowieso in eine Klinik.«

Sandra lehnt sich zurück. »Wahrscheinlich hast du recht. Es reicht, wenn ich sie ihr morgen bringe.«

»Die Kleine hat ihren Vater verloren. Und die Frau ihren Mann. Ich schätze, die haben gerade andere Sorgen.«

Eine Weile sitzen sie einander schweigend gegenüber, bevor Atmos fragt: »Konnte er sich wenigstens von Mia verabschieden?«

Sandra sieht den Brei aus Blut und Haaren vor sich, die geborstene Schädeldecke, den haltlosen Blick des Sterbenden, seinen Versuch, nach ihrer Hand zu greifen. Hat er das wirklich? Oder bildet sie sich das nur ein?

»Es war nicht viel Zeit. Er hat nur gesagt, ich soll sie wegbringen.«

»Vom Unfallort?«

»Von wo sonst?« Sie zuckt mit den Achseln. »›Bringen Sie sie hier weg‹, hat er gesagt.«

»Sonst noch etwas?«

Sie versucht, die Bilder in ihrem Kopf zu ordnen, doch immer wieder sieht sie nur den Toten. »Da war überall Blut. Im Auto. An seiner Kleidung. An seinem Körper. An meinen Händen. Hier!« Sie hält ihm den dunkel gesäumten Ärmel ihres Pullovers hin.

»Hast du ihn angefasst?«, fragt Atmos.

»Ich dachte, er wäre allein, ich habe da noch nicht gewusst, dass Mia … Ich dachte, vielleicht hat er ein Handy. Aber da war nichts, außer …« Sie richtet sich auf. »Wo ist meine Jacke?«

»Im Flur – wo du sie hingehängt hast?«

Berlioz springt mit einem Fauchen zur Seite, als Sandra aus dem Wohnzimmer läuft und die Jacke von der Garderobe nimmt. Atmos bleibt in der Tür stehen.

Sie zieht den Reißverschluss der Innentasche auf und holt einen gefütterten Umschlag hervor. Dunkelrote Fingerabdrücke auf weißem Papier. »Den hab ich völlig vergessen!«

»Den kannst du der Mutter doch morgen bringen.« Atmos führt sie ins Wohnzimmer zurück. »Zusammen mit den Tabletten.«

»Aber die Polizei. Der hab ich auch nichts gesagt!«

»Sandra, ich muss kein Arzt sein, um zu sehen, dass du noch immer unter Schock stehst. Menschen unter Schock tun sonderbare Dinge. Da ist die verspätete Rückgabe eines Umschlags noch das geringste Übel.« Er drückt sie auf das Sofa zurück. »Was ist denn drin?«

Sandra betrachtet den Umschlag. »Ich wollte nachsehen, glaub ich. Ich weiß nicht. Aber dann, dann war da Mia. Auf dem Rücksitz. Sie hat ausgesehen wie ein Geist.«

Unerwartet schießen ihr Tränen in die Augen. Tränen um Anwar, um Mia, um das Grauen in den Augen des vaterlosen Kindes, Tränen um die Kinder, die sie selbst nie haben wird und über ihr eigenes beschissenes Leben, in dem es vermutlich nie wieder etwas Interessanteres zu erzählen geben wird als den Horror des gestrigen Tages.

»Tolle Pointe!«, presst sie hervor.

Atmos hat sich neben sie gesetzt. Sein Arm legt sich um ihre Schulter. So hat Anwar sie nie angefasst. Noch nicht einmal festhalten konnte er. Mit einem Lächeln löst sie sich aus Atmos' Umarmung. Er gibt ihr eine Rolle Küchenpapier. »Sorry, Taschentücher habe ich nicht.«

Sie nimmt die Rolle, legt den Umschlag auf den Tisch. Er reicht ihr den Teller mit den Keksen. Vorsichtig beißt sie ab. »Sind ja gar keine Haschkekse«, stellt sie fest und wird ein bisschen rot, als sie Atmos' Gesichtsausdruck sieht.

Er kontert: »Warte, bis die Wirkung einsetzt.«

Zögerlich schiebt sie sich einen zweiten in den Mund, während Atmos nach dem Umschlag greift.

»Darf ich?« Ohne ihre Antwort abzuwarten, nimmt er das Couvert an sich und geht zum Schreibtisch. Vorsichtig löst er die Lasche. Durch Schlieren sieht Sandra, wie er den Inhalt auf die Tischplatte entleert und in der Bewegung verharrt. Das Knacken der Holzscheite im Kamin ist das einzige Geräusch im Zimmer.

»Was ist?« Mit steifen Bewegungen erhebt sie sich.

Atmos steht im kalten Licht seiner Computerbildschirme, die sie wie eine Wand voneinander trennen. Er sieht ihr ins Gesicht. »Das wirft zumindest Fragen auf.«

SIEBEN

Atmos hat sich Einmalhandschuhe übergezogen. Aus irgendeinem Grund ist Sandra nicht verwundert, dass er so etwas im Haus hat. Angespannt sieht sie ihm beim Zählen zu. Wenn die Umstände nur andere wären. Mit einem Freund bei Kaminfeuer, Tee und Keksen Tausende von Euros zählen – es gibt Schlimmeres. In Atmos' Augen spiegelt sich das Blau der Bildschirme. Sieht so ein Freund aus? Die Bewegungen, mit denen er die violetten Scheine sortiert, zählt und bündelt, sind routiniert. Wie ein Spieler am Casinotisch.

»Hast du mal eine Banklehre gemacht?«, fragt Sandra, während sie sich eine weitere Tasse Tee einschenkt.

Über Atmos' Gesicht huscht ein Lächeln, und mit einem Mal sieht er wieder aus wie damals, als er mit Berlioz auf dem Arm in ihrer Tür stand. »Ich hab mal eine abgebrochen.«

Sie unterdrückt ein Husten.

»Ist wirklich wahr.« Mit einer schnellen Handbewegung fasst er die Geldstapel zu einem zusammen und hält ihn hoch. »Fünfzigtausend Euro.« Dann schüttet er den Inhalt eines schwarzen Säckchens vor ihr aus. Es klirrt leise, als ein halbes Dutzend Diamanten auf die gläserne Tischplatte rieselt.

Sandra schluckt.

»Kannst du mir das erklären?«

Sie schüttelt den Kopf.

Atmos nimmt einen der Steine zwischen Daumen und Zeigefinger und hält ihn gegen das Licht der Schreibtischlampe.

»Das sind eher Drei- als Einkaräter. Und fünfzigtausend Euro in bar.« Er schiebt das Geld zurück in den Umschlag, dann wendet er sich Sandra zu, die mit zwei Blättern in der Hand vor ihm steht. »Sind das die Ausdrucke, die dabeilagen?«

Sandra nickt stirnrunzelnd. »Eine Buchungsbestätigung.« Sie reicht Atmos eines der Blätter. »Boarding-Karten für einen Mann und Kind. Rudolf und Lia Manthein von Stuttgart nach Vancouver. Das Abflugdatum ist heute.« Sie blickt auf ihre Armbanduhr. »Vor zwei Stunden.«

Atmos besieht sich die Bordkarten, anschließend blickt er Sandra an, als müsste die eine Antwort haben. Schließlich setzt er sich auf seinen Schreibtischstuhl.

»Da ist ein Vater, der seine Tochter heimlich irgendwohin bringen will. Außerdem wissen wir, dass Mia nicht seine leibliche Tochter ist und dass er fünfzigtausend Euro und sechs Diamanten dabeihatte – was dafür spricht, dass er sich ins Ausland absetzen wollte. Und Bordkarten für einen Flug nach Vancouver auf anders lautende Namen, vermutlich für sich selbst und seine Tochter.«

Sandra ist im Sessel in sich zusammengesunken. »Ich weiß nur, dass ich das Geld und die Diamanten sofort zur Polizei bringen sollte«, sagt sie.

»Immer sachte …«

Sie starrt ihn an. »Was soll ich denn sonst machen – es behalten?«

Atmos wiegt langsam den Kopf hin und her. »Weiß irgendwer, dass du es hast?«

Sandra ist schockiert von dem, was Atmos da andeutet. Oder deutet er gar nichts an? »Willst du mir sagen, dass ich das Geld …?«

»Ich zeige nur Möglichkeiten auf. Noch einmal: Weiß irgendwer, dass du es hast?«

Sie schüttelt zögerlich den Kopf. »Nur du.«

»Hm … Um mich würde ich mir erst einmal keine Sorgen machen.«

»Ich kann das nicht. Wir wissen doch gar nicht, wem das Geld gehört und wofür es sein sollte.«

»Eben. Wenn wir es wissen, kannst du es immer noch zurückbringen.«

»Aber … Ich bin so nicht. Ich mach so was nicht.«

»Lass uns mal nachdenken.« Atmos hockt sich vor den Kamin und schürt mit einem Haken das Feuer. »Auf jeden Fall würdest du dir einen Haufen Erklärungen ersparen. Ich an deiner Stelle würde Mia ihre Medikamente bringen. Aber das Geld …«

Sandra sieht ihn an. »Und wenn ihre Mutter mich danach fragt?«

Er legt den Haken auf den Holzstapel und steht auf. »Unwahrscheinlich. Die hat keine Ahnung von dem Geld. Bisher sieht es so aus, als hätte der Vater das Mädchen ohne das Wissen der Mutter wegbringen wollen.«

»Und *wenn* sie davon weiß?«

»Vorhin im Radio haben sie gesagt, dass die alte Passstraße wegen einer Bergung seit mittags gesperrt sei. Das bedeutet, dass man vorher nicht mit dem Abschleppen angefangen hat.«

»Francesco hat auch so was gesagt.«

Atmos runzelt die Stirn.

»Der Polizist«, erklärt Sandra.

»Dann würde ich mir darüber nicht den Kopf zerbrechen.« Atmos hat wieder hinter seinen Bildschirmen Platz genommen. »Jeder kann das Geld genommen haben, vom morgendlichen Wanderer über den Polizisten bis zum Automechaniker. Die Autos haben die ganze Nacht über offen herumgestanden. Und es hat geschneit.«

Sandra sieht ihm eine Weile dabei zu, wie er mit fliegenden Fingern die Tastatur bearbeitet, dann erhebt sie sich langsam vom Sessel. Sie ist so erschöpft, dass sie keinen klaren Gedanken fassen kann.

»Ich geh mal rüber und lege mich hin.«

»Beginnen die Kekse zu wirken?«

Sandra sieht ihn an.

»Scherz«, sagt Atmos. »Sind keine Haschkekse. Die gibt's nur sonntags.«

Er begleitet sie zur Tür. »Hier.« Er reicht ihr ihren Wohnungsschlüssel, dann den Umschlag. »Versteck den irgendwo. Am besten außerhalb deiner Wohnung.«

Sandra nimmt ihn zögerlich an sich.

»Geld riecht«, sagt er.

»Weißt du das aus deiner Banklehre?«

Er lächelt. »Genau.«

Sie verstaut den Umschlag in der Brusttasche ihres Anoraks und streckt die Hand nach der Tablettendose aus, die er noch in der Hand hält.

»Lass mir die kurz hier, ja?«

Warum?, möchte sie fragen, überlegt es sich aber anders. Sie will es gar nicht wissen. Nur schlafen.

»Ach, und falls du Affen über dein Bett hüpfen oder Zeppeline unter deiner Zimmerdecke kreisen siehst – mach dir keine Sorgen. Das geht vorbei.«

Sandra kneift die Augen zusammen.

»Heute ist LSD-Tag«, erklärt Atmos. »Sorry.«

»Das ist nicht witzig.«

»Nein?«

»Nein.«

»Okay. Schlaf ein bisschen.«

Mit einem gemurmelten »Danke, Atmos« zieht Sandra die Tür hinter sich ins Schloss.

+ ACHT

20:32 Uhr. Obwohl Sandra fast zweieinhalb Stunden geschlafen hat, kommt es ihr vor, als hätte sie sich eben erst hingelegt. Es klingelt an der Tür, und zwar so nachdrücklich, dass der Knopf wahrscheinlich nicht zum ersten Mal gedrückt wird. Ist sie davon aufgewacht? Etwas mehr Zeit hätte Atmos ihr ruhig lassen können. Wieder klingelt es.

»Ist ja gut!«

+

»Und auf die Idee, deine Mutter mal anzurufen und Bescheid zu sagen, bist du nicht gekommen?« Energisch stellt Heide einen Topf auf den Herd. Sandra hat sich verschlafen auf einem der Küchenstühle niedergelassen.

»Um ehrlich zu sein, nein«, antwortet sie. »Ich dachte, wenn ich dir morgen alles erzähle, ist es früh genug.«

»Und dass ich mir Sorgen machen könnte, daran hast du nicht gedacht?«

Sandra unterdrückt ein Gähnen. »Willst du eine ehrliche Antwort?«

Heide gehört nicht zu der Sorte Mutter, die ihren Tag mit Sorgen um ihre Töchter verbringt. Nicht, dass sie ihrer Mutter viel Anlass dazu gegeben hätte. Das Rauchen hat sie als Jugendliche schnell wieder aufgegeben, weil Heide sich ständig aus ihren Packungen bediente. Und als sie einmal erst am Morgen von einer Party nach Hause kam, brachte Heide ihr vergnügt einen Kaffee und zwei Aspirin ans Bett und brach mit der Bemerkung »Sekt ist im Kühlschrank!« zur Arbeit auf.

Jetzt aber macht Heide tatsächlich einen etwas blassen Eindruck. Als sie Milch in den Topf gießt, glaubt Sandra einen Moment lang, ihre Hände zittern zu sehen. Vielleicht hätte ich mich als Kind öfter mal in Gefahr bringen sollen, geht es ihr durch den Kopf.

»Glaubst du, es lässt mich kalt, wenn die Polizei anruft und mir mitteilt, dass man deinen Wagen leer und demoliert am Straßenrand gefunden hat?«

Nun ist es sicher: Der Kochlöffel in Heides Hand zittert tatsächlich.

»Entschuldige, ich wusste nicht, dass man dich informiert hat. Sonst hätte ich mich früher gemeldet.«

Heides Augen glänzen. Es ist lange her, dass Sandra ihre Mutter umarmt hat. Klein kommt sie ihr vor, viel kleiner als früher und ein wenig knochig. Der Geruch ist derselbe, eine Mischung aus Patschuli, Tabak und Krankenhaus. Heide lässt die Umarmung zu, den Kochlöffel noch immer in ihrer Rechten. Milch tropft in Sandras Nacken. Langsam lässt Heide den Löffel sinken und erwidert die Umarmung. Dann schreit sie plötzlich auf.

»Was ist?« Sofort denkt Sandra an den Umschlag in ihrer Manteltasche. Dann aber eilt ihre Mutter nur an den Herd, wo sich brodelnd und schäumend die Milch über die Herdplatte ergießt.

»Was sollte das eigentlich werden?«, fragt Sandra, während sie die Milch vom Boden wischt.

Heide lächelt. »Heiße Schokolade.« Zum Beweis schüttet sie Kakaopulver in den Topf. Dann zieht sie eine kleine Flasche aus ihrer Handtasche und zwinkert ihrer Tochter zu. »›With a wee dram of Whiskey‹, wie Onkel Angus zu sagen pflegte.«

+

Bis auf den Einwurf »Endlich bist du den Schlappschwanz los!« und die Frage »Wer lässt denn heute noch seine Kinder zu Hause unterrichten?« hält sich Heide zurück. Als Sandra geendet hat, geht sie zum Fenster. Den Blick auf die dunkle Straße gerichtet, sagt sie: »Und ich dachte immer, du führst ein ruhigeres Leben als deine Mutter.« Sie öffnet das Fenster und zündet sich eine Selbstgedrehte an.

»Du dachtest, ich führe ein langweiliges Leben.«

Heide dreht sich um. »Anfangs dachte ich, du machst es vielleicht schlauer als ich.« Sie ascht auf die Straße hinunter. »Doch in den letzten Jahren … Die Geschichte mit Anwar, da habe ich schon gezweifelt.«

Sandra kommt ein Foto von Heide als junge Frau in den Sinn. Obwohl es eine Schwarzweißaufnahme war, konnte man die Intensität ihrer blassblauen Augen nicht übersehen. Auf dem Bild trug sie das damals übliche Krankenschwesternkostüm, dessen Rock, wie Sandra aus diversen Erzählungen weiß, sie immer heimlich um zwei Fingerbreit gekürzt hat. Auch wenn das einst blonde Haar nun weiß ist und die Sonne Italiens und die unzähligen Zigaretten ihre Spuren hinterlassen haben – Heides Augen haben sich kaum verändert. Kein Wunder, dass sie noch immer für Aufregung und Eifersüchteleien sorgt, wenn sie mit ihrem Fiat Spider beim Altersheim vorfährt. Heides Zielgruppe hat sich verändert, ihre Wirkung kaum.

»Und jetzt?« Ihre Mutter schnippt die Zigarette aus dem Fenster.

»Wegen Anwar?«

»Um Himmels willen!« Heide rollt mit den Augen. »Dem schreibst du deine Kündigung, wenn du es noch nicht getan hast. Ich meine das Mädchen.«

»Atmos sagt, ich soll ihr die Medikamente ruhig bringen, aber das Geld erst einmal verschweigen.«

Heide schließt das Fenster. »Gefällt mir, dein Atmos.«

Dein Atmos. »Ich vertrau ihm, aber eigentlich kenne ich ihn gar nicht.«

»Wie ist er denn so?«

»Zuerst dachte ich, das ist so ein typischer Kerl ohne Freundin, so ein Nerd, der Stunden vor dem Rechner verbringt und dabei nichts vom Leben mitkriegt. Aber das stimmt nicht. Er ist clever. Äußerlichkeiten sind ihm egal, aber er ist – wie soll ich sagen? – auf eine seltsame Art fürsorglich. Er hat sich einen neuen Kühlschrank gekauft, damit Berlioz frische Milch hat.«

»Klingt nicht verkehrt.«

»Er ist okay.«

»Und er hat recht: Fünfzigtausend Euro und ein halbes Dutzend Diamanten haben verdient, dass man sie besonnen behandelt.« Sie setzt sich neben Sandra auf das Sofa. »Aber das meine ich nicht. So, wie du vorhin über das Mädchen gesprochen hast – du machst dir Sorgen, nicht wahr?«

»Sie ist so klein.« Sandra nippt an ihrem Kakao. »Aber du hättest ihre Augen sehen sollen, ihren Blick. Der war so …«

»… alt?«

»Ja, so alt. Genau. Sie kann dir erklären, wie ein MRT funktioniert, ist aber noch nie Fahrrad gefahren.«

»Da würde mir auch schlecht werden.« Heide gießt ihren Kakao mit einem gehörigen Schluck Whiskey auf.

»Diese Symptome waren nicht psychosomatisch, das glaube ich nicht. Sie hat sich die halbe Nacht übergeben, wirkte wie weggetreten. Und im Schlaf hat sie gezuckt, das war nicht normal, das sah nach Krämpfen aus.«

»Du hast dich schon übergeben, wenn du Klassenarbeiten schreiben musstest.«

Sandra erinnert sich dunkel.

»Dabei warst du immer eine gute Schülerin. Von wem du diese Unsicherheit nur hast? Sicher nicht von uns. An Selbstbewusstsein hat es weder mir noch deinem Vater gemangelt. Und sein krankhafter Ehrgeiz … Nichts war Georg gut genug. Herrje, immer hatte er etwas auszusetzen. Erinnerst du dich an seine schlechte Laune morgens?«

»Mutter, bitte. Das hatten wir schon …«

»Ist doch wahr!« Heide kippt den letzten Schluck des Whiskey-Kakao-Gemischs herunter. »Zuerst war alles rosarot. Na ja. Ist es anfangs ja immer. Ich weiß noch, wie mein Vater geguckt hat, als ich ihm den jungen Herrn Doktor vorgestellt habe. Endlich bringt sie mal einen präsentablen Mann nach Hause, hat er sich gedacht. Aber dann … Ein einziger Kampf. Er war einfach …« Sie stockt, dann fügt sie hinzu: »Das klingt furchtbar, aber ich glaube, er war einfach zu ernsthaft für mich.«

Sandra sieht ihre Mutter lange an. Immer wenn sie etwas »with a wee dram of whiskey« zu sich nimmt, beginnt sie kurz darauf, über ihren Exmann herzuziehen.

»Du hättest ihn auch früher von dir erlösen können. Bis das der Tod Euch scheidet – daran hast du doch nicht ernstlich geglaubt.«

»Vielleicht wäre das wirklich besser gewesen. Ich wollte tanzen und lachen und etwas erleben. Ich wollte nicht ans Meer, ich wollte um die ganze Welt reisen. Ich wollte nicht einen Mann, ich wollte sie alle. Ich wollte alle und alles gleichzeitig.«

»Das war selbst für dich zu viel«, sagt Sandra.

»Ich hab mein Bestes gegeben.« Heide steht auf und bringt ihre Tasse in die Küche. Als sie zurückkommt, sagt sie: »Mag ja sein, dass ich eine seltsame Art von Mutter war, aber ich sage dir eins, Mädchen: Ich bin froh, dass du diesen Idioten endlich abserviert hast. Und alles andere, ob es nun die Polizei ist oder diese Corinne, das schaffen wir mit links.« Sie nimmt sich ihre Jacke, dann sagt sie: »Und jetzt gib mir den Umschlag. In der Wohnung lassen kannst du ihn schlecht. Und in einem Altersheim wird niemand danach suchen.«

NEUN

Sandra schlägt die Augen auf und starrt an die Zimmerdecke. Ihr Rücken ist steif, in den Ohren rauscht es, ihr T-Shirt ist verschwitzt. Der Weg ins Bad kommt ihr ewig vor. Sie sieht in den Spiegel. Zwei dunkle Augen blicken ihr müde entgegen. Sieht so dein Leben aus? Hast du dir das so gedacht für die restlichen vierzig, fünfzig Jahre? Sie wendet sich ab, trinkt Wasser aus dem Hahn und kehrt ins Bett zurück.

Im Schlaf fusionieren die Erlebnisse der vergangenen Tage zu einer Art Traum-Medley. Einmal läuft Sandra mit Mia an der Hand durch die Nacht, während sich links und rechts des Weges Wölfe versammeln und mit glühenden Augen auf ihrer beider Ende warten. Ein anderes Mal bringt sie Mia das Fahrradfahren bei. Als diese auf einen Abhang zusteuert und Sandra zu einem Warnruf ansetzt, tauchen plötzlich Sandras Eltern neben ihr auf. Heide trägt ein Schwesternkostüm, Sandras Vater einen Arztkittel. Mit dem Stethoskop um seinen Hals sieht Georg wie der Protagonist einer amerikanischen Arztserie aus den Siebzigern aus. Während Heide ihrer Tochter fröhlich zuwinkt, sagt ihr Vater, er müsse Mia nun zu einer Untersuchung mitnehmen. Als Sandra ihn daran hindern will, steht plötzlich Anwar neben ihr und streckt die Hand aus und fordert sie zum Tanz. »Du nimmst das alles viel zu schwer«, sagt er, während eine Kapelle den Hochzeitsmarsch zu spielen beginnt.

Mit klopfendem Herzen fährt Sandra hoch. Die Sonne steht bereits tief, dämmriges Licht fällt durch die Vorhänge. Es muss lange nach Mittag sein. Sie setzt sich auf und versucht, die Bilder abzuschütteln, doch noch immer ist ihr, als höre sie Mia rufen. Dann sieht sie Berlioz maunzend vor der geschlossenen Balkontür sitzen. Erleichtert öffnet sie ihm. Der Kater huscht ins Zimmer, presst seinen Körper schnurrend gegen Sandras Bein.

»Schön, dass du dich mal wieder blicken lässt.« Sie hebt ihn hoch. »Nimmst du jetzt immer die Abkürzung über die Eiche?«

Berlioz scheint versöhnlich gestimmt zu sein, das Schnurren wird intensiver. Den vibrierenden Katzenkörper im Arm geht sie in die Küche und setzt Kaffee auf. Während sie darauf wartet, dass sich die Kanne mit duftender brauner Flüssigkeit füllt, denkt sie an die Bilder des Traums zurück, versucht, sich an Details zu erinnern. Was hat ihr Vater gerufen, als er Mia mitnehmen wollte? Und was um Himmels willen stimmt mit ihr nicht, wenn Anwar sie im Traum zum Tanz bittet? In dem Moment klingelt es an der Wohnungstür.

»Gut siehst du nicht aus«, sagt Atmos, als er ihr in die Küche folgt.

»Danke. Willst du auch einen Kaffee?«

»Gern.«

Sie reicht ihm eine Tasse. »Du übrigens auch nicht.«

»Geht schon«, murmelt Atmos und lässt sich auf dem Küchenstuhl neben dem Fenster nieder. Die Haare fallen ihm in die Stirn. »Nachdem du gestern gegangen bist, habe ich mich noch ein bisschen hiermit beschäftigt.« Er legt die kleine, weiße Schatulle vor sich auf den Tisch.

»Mias Medikamentendose.« Sandra nimmt ihm gegenüber Platz.

»Dachte ich auch.« Atmos nimmt einen großen Schluck aus der Tasse. »Dann habe ich das hier entdeckt.« Er hält die Schatulle direkt vor Sandras Gesicht, schiebt mit dem Zeigefinger den Deckel auf und dreht ihn um. Sandra betrachtet den Deckel, dann entdeckt sie den metallisch glänzenden Rand auf der einen Seite, neben dem sich eine Art Miniaturtaste befindet. Atmos nimmt ihr den Deckel wieder ab und drückt die Taste, worauf sich wie bei einer Kamera ein flacher rechteckiger Gegenstand aus dem Rand schiebt.

»Ein Chip.«

»Kein handelsüblicher. Sechzehn Gig, sehr hochwertig. Bei Media Markt bekommst du so etwas nicht.«

Sandra hält den Chip auf Augenhöhe. Das Metall glänzt im Licht der Küchenlampe. »Und was ist da drauf?«

Atmos lehnt sich zurück. »Um das herauszufinden, braucht man ein spezielles Lesegerät.« Er lächelt. »Oder einen Nachbarn mit speziellen Fähigkeiten.« Seine Grübchen zeichnen sich ab. »Ich habe die Dateien zwar vom Chip auf eine Festplatte ziehen können, aber – und das ist die interessanteste Information – bisher bekomme ich sie nicht auf. Die sind besser geschützt als der Computer der Kanzlerin.«

»Das heißt, wir müssen die NSA um Hilfe bitten?«

»Die Amerikaner werden überschätzt. Ich brauche nur etwas Zeit. Ich muss vorher die eine oder andere Datenbank besuchen. Und dabei möchte ich ungern erwischt werden.«

»Atmos«, setzt sie an, aber er winkt ab.

»Glaub mir, Merkels Computer war das riskantere Unterfangen.« Er schiebt den Chip in den Tablettendeckel zurück und verschließt die Dose. Dann legt er sie vor Sandra auf den Tisch. »Ich wollte dir das Ding nur bringen, falls du es der Kleinen heute noch wiedergeben willst. Und den Schlüssel von meinem Bus. Mit deinem Auto ist demnächst ja nicht zu rechnen.« Er kramt in der Hosentasche, zieht einen Autoschlüssel hervor und legt ihn neben die Tablettendose. »Allerdings, wenn du mich fragst, bring ihr die Medikamente morgen. Du siehst echt nicht gut aus.« Er erhebt sich. »Ach, noch etwas: die Bordkarten.«

Sandra steht ebenfalls auf.

»Ich habe der Fluggesellschaft einen digitalen Besuch abgestattet. Wir scheinen mit unserer Vermutung richtigzuliegen: Die Mantheins sind nicht an Bord gegangen.«

»Lia«, erinnert sie sich.

»Ja, Lia und Rudolf Manthein. Lia, Mia, klingt ähnlich. So vermeidet man, aufzufliegen. Nicht dumm.«

»Wären sie nicht mit mir zusammengekracht, wären die beiden jetzt in Kanada. Deshalb auch das viele Geld.« Sandra nickt langsam. »Kommt man damit überhaupt durch die Sicherheitskontrollen?«

»Wenn man es am Körper trägt – kein Problem.«

»Warum klingst du immer so, als wüsstest du genau, wovon du redest?«

Er lächelt. Berlioz kommt und schmiegt sich gegen seine Beine, die Augen des Katers blitzen abenteuerlustig. »Gesetzt den Fall, wir liegen richtig und die Bordkarten waren für Spengler und seine Tochter bestimmt, und irgendwo gibt es die entsprechenden Pässe dazu: Dann kann das keine spontane Entscheidung gewesen sein.«

»Stimmt. Er muss zumindest vorher schon in Erwägung gezogen haben, seine Tochter zu entführen.«

Für einen Moment stehen sie einander ziemlich ratlos gegenüber. So viele Fragen. Unschlüssig küsst er sie auf die Wange.

»Ich geh jetzt rüber. Willst du mitkommen, Streunerkönig?«

Berlioz miaut wie zur Bestätigung.

An der Tür dreht Atmos sich um. »Eine letzte Sache noch: Berlioz' Futter ist alle.« Er spricht langsam, Wort für Wort. Als wollte er einem Kind etwas erklären. Ich muss wirklich fertig aussehen, denkt Sandra. »Ich habe neues gekauft. Ist noch im Bus. Ich habe ihn neben dem Friseursalon geparkt.« Er schließt seine Jacke. »Wenn du etwas brauchst – ich bin drüben.«

»Danke.« Sie umarmt ihn zum Abschied. Er hält sie fest, einen Tick länger als nötig. Seine Bartstoppeln kitzeln sie an der Wange. Heute riecht er nicht nach Hefezopf, denkt Sandra, unangenehm ist sein Geruch dennoch nicht.

»Kein Ding.« Er wendet sich zum Gehen, lächelt, streicht ihr über den Arm. »Erhol dich ein bisschen. Und pass auf dich auf, okay?«

Dann läuft er, Berlioz unter dem Arm und zwei Stufen zugleich nehmend, die wenigen Stufen ins Erdgeschoss hinunter. Sandra geht zum Fenster und blickt ihnen nach. Ein großer, schlanker Mann und ein kleiner, getigerter Kater, die einträchtig nebeneinanderher die Straße überqueren und auf Atmos' Haus zusteuern.

In diesem Moment überholt ein Volvo mit überhöhter Geschwindigkeit einen in zweiter Reihe haltenden SUV und kollidiert beinahe mit dem ihm entgegenkommenden Bus. Der Busfahrer hupt, der Volvo weicht aus. Berlioz schreckt zusammen und macht einen Sprung vom Bus weg in Richtung Straßenmitte. Sandra hört sich leise aufschreien, doch da hat Atmos den Kater schon gepackt. Wenige Sekunden später stehen beide auf dem rettenden Bürgersteig. Sandra kann sehen, wie Atmos dem Kater beruhigend über den Kopf streicht, bevor er ihn über den Zaun in seinen Garten setzt. Dann blickt er zu ihrem Fenster im ersten Stock hoch, macht eine wegwerfende Handbewegung und tippt sich lachend an die Stirn. Bevor er zusammen mit Berlioz im Haus verschwindet, sieht er noch einmal zu ihr hoch. Sandra lächelt und möchte mit den Lippen ein »Danke« formen, doch er hat die Tür bereits hinter sich zugezogen.

Lassen Sie uns zur Ausgangsfrage zurückkehren:
Was ist der Mensch?

Vielleicht ist es hilfreich, an dieser Stelle darüber nachzudenken, was er nicht ist. Die Antwort scheint einfach: Er ist keine Pflanze und kein Tier. Mensch ist Mensch, und Tier ist Tier. So weit die Bibel. Fragen wir uns also: Wodurch unterscheidet sich der Mensch vom Tier?

Hier sollten wir uns zwei Aspekte genauer ansehen:

(Schaubild)

1. Kulturfähigkeit.
Damit ist gemeint, dass die Evolution dem Menschen zu einer komplexen Interaktionsfähigkeit verholfen hat. Wir können abstrakt denken, unser Handeln reflektieren. In vielen Bereichen treiben wir aktiv unsere Weiterentwicklung voran. Mehr noch: Inzwischen haben wir technische Prozesse entwickelt, die sehr bald ihren eigenen Evolutionsprozess steuern werden. Im Vergleich dazu erscheint uns das Tier niedriger, instinktgesteuert, der Evolution ausgeliefert.

2. Der Mensch ist sich seiner Sterblichkeit bewusst.
Vereinfacht gesagt unterscheiden wir uns also von den Tieren, weil wir Bio und Physik in der Schule haben und weil wir wissen, dass wir sterben müssen.

(Lachen abwarten)

Können wir uns also guten Gewissens als Krone der Schöpfung bezeichnen? So wie es Gottes Plan war?

(Pause)

Ich sage: JA!

Unser Denken, unser Geist, unsere Kreativität und unser Abstraktionsvermögen sind einmalig. Mit dem Faustkeil und der Beherrschung des Feuers beginnend, haben wir uns unaufhaltsam weiterentwickelt. Dank der Sprache und der Schrift verstehen wir es nicht nur, auf komplexe Weise miteinander zu kommunizieren, wir konservieren unser Wissen, machen es zugänglich, schützen und erweitern es. Wir haben Uhren erfunden und Zeitzonen definiert, haben mit Hilfe von Physik und Technik die Lüfte und die Ozeane bezwungen, mit medizinischen Errungenschaften Pest und Cholera besiegt. Mittels Computertechnik steigern wir unsere Denkleistung, es vergeht kein Tag, an dem der Mensch seine eigene Benchmark nicht ein Stückchen weiterschiebt. Kein anderes Lebewesen war jemals in der Lage, sich in diesem Maß und diesem Tempo zu entwickeln und permanent neuen Herausforderungen zu begegnen. Allerdings …

(Pause)

… sind unsere Möglichkeiten nicht ausgeschöpft. Bei weitem nicht! Ich gehe so weit, zu behaupten, dass wir erst zu begreifen beginnen, welche Möglichkeiten uns künftig offenstehen werden. Tuberkulose, Kindbettfieber, Diphterie – all diese einst tödlichen Bedrohungen stellen für die zivilisierte Welt keine Gefahr mehr dar. Täglich ent-

wickeln wir ein neues Heilmittel, eine neue Waffe, einen neuen Schutz.

(Pause)

(Schaubild)

Bereits Paracelsus wusste:

Gott hat niemals eine Krankheit entstehen lassen, für die er nicht auch eine Arznei geschaffen hat.

+ ZEHN

Mit geschlossenen Augen beugt sie erst das linke, dann das rechte Bein, hebt die Arme an, spreizt die Finger, dreht den Kopf. Die Bilanz ist gut, die Schmerzen sind nahezu verschwunden. Sie wirft einen Blick auf ihren Wecker – 7:46 Uhr – und streckt sich unter der Bettdecke aus. Was zehn Stunden Schlaf doch bewirken können. Kurz spielt sie mit dem Gedanken, sich noch einmal umzudrehen. Im Kopf überschlägt sie die Fahrtzeit. Eine dreiviertel Stunde allein für den Hinweg, in Atmos' Bus vermutlich länger. Dazu der Berufsverkehr, in den sie zumindest auf der Fahrt nach Zürich geraten wird. Sie schlägt die Decke zurück und steigt aus dem Bett.

Auf dem Küchentisch liegt der Brief. *Anwar Mühlbeck, Geschäftsführer, Grand Hotel des Alpes.* Ihre Kündigung. Vielleicht war es gar nicht das Verdienst von Heides Schlaftabletten, vielleicht hat sie deshalb so gut geschlafen. Vor dem Zubettgehen hatte sie noch schnell den Computer hochgefahren. Mit zugegebenermaßen nervösen Fingern hatte sie den Bogen ausgedruckt, die wenigen Zeilen überflogen. *Mit sofortiger Wirkung.* Bevor sie es sich anders überlegen konnte, hat sie das Schreiben in einen Briefumschlag gesteckt und ihn adressiert. Für alle Fälle hat sie noch ein gelbes Post-it auf den Umschlag geklebt: »Rückgrat!«

Mit einem grinsenden Smiley daneben. Diese Methode hat sie von Marie übernommen, mit der sie sich in Berlin eine Wohnung geteilt hatte.

Sie waren unzertrennlich gewesen, hatten sich in den Krisen, die ein Leben Anfang zwanzig mit sich bringt, gegenseitig den Rücken gestärkt. Als Marie Oskar kennenlernte und an die Ostsee zog, schworen sie sich monatliche Besuche. Seit Marie Mutter von Zwillingen ist, sind lange Telefonate eine Seltenheit und Besuche zur Ausnahme geworden. Auch gestern wurde ihr Telefonat nach einer Viertelstunde durch das Schreien der Kinder beendet. Viel hat Sandra ihr nicht erzählen können. Das Ende ihrer Affäre, ein schwerer Autounfall samt Leichenfund, ein elternloses Mädchen, fünfzigtausend Euro und sechs Diamanten waren eindeutig zu viel für eine Viertelstunde. Folglich hatte sie sich auf Anwar beschränkt – und sich gefreut, welche Genugtuung ihr Maries Abgesang auf ihn beschert hatte.

Sandra betrachtet den Zettel, dann zerknüllt sie ihn und wirft ihn in den Papierkorb. Sie braucht keine Ermahnung. Auf dem Rückweg von Mia wird sie den Brief im Hotel abgeben. Diesmal gibt es kein Zurück.

Leise vor sich hin pfeifend steigt sie in die Dusche. Wann hat sie das letzte Mal pfeifend im Bad gestanden? Sieben Jahre lang derselbe Trott. Aufstehen: 5:30. Nach der Dusche schnell einen Kaffee, dann ins Auto und die fünfundvierzig Kilometer über die Schweizer Grenze und ins Hotel. Dort das tägliche Chaos: Dienstpläne mussten geändert, Beschwerden bearbeitet, Kongresse vorbereitet, die Angestellten motiviert werden. Jeden Tag brannte etwas an. Im Rückblick kommt es ihr vor, als hätte sie sieben Jahre lang Bälle in der Luft gehalten. Ohne ihr

Organisationstalent und ihren Einsatz wird Anwar schnell ins Schleudern kommen. Doch das ist ab sofort nicht mehr ihr Problem!

In den letzten Wochen, nachdem diese Forschergruppe kurzfristig das gesamte Tagungszentrum geblockt hatte, waren noch mehr Bälle als sonst durch die Luft geflogen. Mit Blick auf die Summe, die Professor Snyder zu zahlen bereit war, hatte Anwar sofort zugesagt. Von da an war es Sandras Aufgabe gewesen, bereits bestätigte Reservierungen umzubuchen und immer neue Zimmer aus dem Hut zu zaubern. Zwei Gruppen hatte sie absagen müssen. Und dieser Professor Snyder und seine Assistentin hatten sich aufgeführt, als wäre ihnen das FBI unterstellt, hatten eine Nutzung des Tagungszentrums durch andere Gäste vehement abgelehnt, sich zunächst sogar geweigert, die Namen der anreisenden Teilnehmer herauszugeben. Mit Liliths Unterstützung hatte Sandra wie so oft das Schlimmste verhindert. Immer freundlich, immer verfügbar, schlank, gut gekleidet und perfekt geschminkt und immer, immer, immer ein Lächeln auf den Lippen. Unbunt. Durchsichtig. Entsetzlich langweilig. Im Grunde ist es verwunderlich, dass Anwar nicht längst mit *ihr* Schluss gemacht hat. Aber auch das ist ab sofort nicht mehr ihr Problem!

Die Gedanken an Anwar und die letzten Jahre haben ihr Pfeifen ersterben lassen. Doch das heiße Wasser tut gut, löst die Verspannungen in den Schultern. Während sie das Shampoo aus ihren Haaren wäscht, fragt sie sich, wie Mia auf ihren Überraschungsbesuch reagieren wird. Sie kann ihr Gesicht direkt vor sich sehen: die großen Kulleraugen, die vor Erstaunen gehobenen Brauen, der Glanz in ihrem Blick, wenn Sandra das

Versprechen eines gemeinsamen Fahrradausflugs wiederholen würde. Die kleinen Ärmchen, die sich um ihren Hals legen.

Lächelnd steigt Sandra aus der Dusche, trocknet sich ab und zieht Jeans und Pullover über. Und Turnschuhe! Die Zeit der Kostüme ist vorbei.

Sandra ist im Begriff, den Föhn anzustellen, als es an ihrer Wohnungstür klingelt. Ob Atmos schon die Dateien geknackt hat? Doch wieder ist es nicht Atmos. Stattdessen steht ein Mann um die fünfzig im Flur: braune Haare, Dreitagebart, die Augen eines Labradors, beige-oliv kariertes Jackett, schief gebundene Krawatte. Versicherungsvertreter, denkt Sandra und erwartet, gefragt zu werden, ob sie im Alter arm und zahnlos sein möchte.

»Frau Matthies?« Der Mann hält ihr seinen Dienstausweis hin. »Herrmann, mein Name, Kriminalpolizei«, sagt er. »Kann ich kurz hereinkommen?«

Sie spürt das Adrenalin bis in die Fingerspitzen. Dabei ist der Umschlag längst zwischen Windeln, Schnabeltassen und Antidekubitus-Pflastern in Heides Spind in der Seniorenresidenz verschwunden. Soll er doch die Wohnung auf den Kopf stellen! Und die Medikamentendose wollte sie ohnehin gerade zu den Spenglers bringen.

»Letzte Nacht scheint es in Ihrer Straße einen Einbruch gegeben zu haben. Offenbar haben die Einbrecher anschließend ein Feuer gelegt. Sie haben es sicher mitbekommen.«

Sandra rührt sich nicht. »Feuer?«

»Ja, in Haus Nummer 34. Laut unseren Informationen gehört es einem Herrn Müller, allerdings hat er es wohl vermietet: an einen Moritz Steinhöfl?«

Er hat wirklich Hundeaugen, denkt Sandra, als der Beamte plötzlich zu schwanken beginnt. Er streckt die Hand nach ihr aus, doch sie will nicht, will nicht tanzen, nicht mit Anwar, nicht mit einem Labrador. Sie spürt, wie sie am Arm gepackt wird, findet sich plötzlich im Schlafzimmer wieder. Sie versucht, sich seinem Griff zu entziehen. Ins Bett will sie mit diesem Typen ganz sicher nicht. Dann ist er weg, und Sandra hockt bewegungslos auf der Bettkante. Sie betrachtet das Bild an der Wand, eine Blumenwiese in Schwarzweiß. Geräusche dringen aus der Küche. Was hat sie sich dabei gedacht, so ein Bild aufzuhängen? Und was tut der Polizist in ihrer Küche?

»Trinken Sie das, Frau Matthies.«

Kommissar Herrmann drückt ihr ein Glas Wasser in die Hand. Wofür das gut sein soll, hat sie noch nie verstanden. Aber sie trinkt. Einen Schluck nach dem anderen, bis das Glas leer ist.

»Eine Nachbarin sagte, Herr Steinhöfl würde sich um ihre Katze kümmern. Ist das richtig?«

»Berlioz.«

»Was bitte?«

»Berlioz. Mein Kater.«

Der Kommissar räuspert sich. »Gut, um ihren Kater also. Kannten Sie Herrn Steinhöfl näher?«

Kannte sie ihn näher? »Eigentlich nicht«, erwidert sie.

»Können Sie mir etwas über ihn sagen?«

Sandra überlegt kurz. Er mag keine Polizisten, denkt sie, behält es jedoch für sich.

Herrmann betrachtet sie mit schiefgelegtem Kopf. »Wann haben Sie ihn denn zuletzt gesehen?«

Ihre Gedanken treiben vorbei wie Kaulquappen.

»Frau Matthies?«

»Hmm?«

»Wann haben Sie ihn zuletzt gesehen?«

»Auf der Straße. Mit Berlioz.«

»Wann war das?«

»Gestern. Er hat ihn bei mir abgeholt.«

Der Gesichtsausdruck des Kommissars wandelt sich vom Labrador zum Terrier. »Er war gestern bei Ihnen?«

Sandra nickt.

»Weshalb?«

Wie soll man lügen, wenn man nicht denken kann? »Er hat den Kater geholt. Habe ich das nicht schon gesagt?«

Der Kommissar zieht sich den Stuhl heran und setzt sich ihr gegenüber.

Sandra weicht unwillkürlich zurück. Fehlt nur noch, dass er ihr mit der Stehlampe ins Gesicht leuchtet.

Sie versucht, ihre Gedanken zu ordnen. Einbruch. Bei Atmos. Feuer. Letzte Nacht. Der Kommissar beugt sich vor, kommt näher, bis sie seinen Atem riechen kann. Kaffee und Mettbrötchen. Sie wendet sich ab.

»Frau Matthies, was ich Sie jetzt frage, ist wichtig. Dieses Feuer … Wir gehen davon aus, dass es sich um Brandstiftung handelt – auch wenn die Indizien zunächst auf einen Kabelbrand deuteten. Das bedeutet, dass das Feuer vermutlich absichtlich gelegt wurde …«

Als ob sie nicht wüsste, was Brandstiftung bedeutet. Sie scheint einen reichlich desolaten Eindruck auf den Kommissar zu machen.

»Wir glauben, dass der oder die Einbrecher mit dem Brand

ihre Spuren verwischen oder ein Zeichen setzen wollten. Vielleicht beides.«

Sandra spürt, wie er sie studiert, jede ihrer Regungen registriert.

»Was denn für ein Zeichen?«

»Wissen Sie etwas über Herrn Steinhöfls Vorleben?«

Seltsames Wort, denkt Sandra: Vorleben. »Er hat mal eine Banklehre abgebrochen«, sagt sie, um nicht wieder keine Antwort zu geben. Dann hält sie kurz inne und fragt: »Warum *Vor*leben?«

Nun ist es der Kommissar, der schweigt.

»Warum fragen Sie mich nach seinem *Vor*leben? Was soll das alles?«

Weiterhin Schweigen, dann fragt der Kommissar: »Und Sie haben wirklich nichts von dem Feuer mitbekommen?«

Sandra zeigt auf die Schachtel Diazepam auf ihrem Nachttisch.

»Von meiner Mutter«, sagt sie, und als der Kommissar die Stirn runzelt, fügt sie hinzu: »Sie ist ein Hippie. Und in der ambulanten Altenpflege tätig.« Als wäre der Rest selbsterklärend.

Herrmann öffnet den Mund, schließt ihn wieder und sieht sie nachdenklich an.

»Warum Vorleben?«, fragt sie erneut und registriert das Zittern in ihrer Stimme.

»Es tut mir leid, Ihnen das sagen zu müssen: Wir haben eine Leiche gefunden. Im Moment ist davon auszugehen, dass es sich bei dem Toten um Herrn Steinhöfl handelt. Der Brand hat ziemlich gewütet, viele Spuren gibt es nicht. Auch die Leiche wird kaum zweifelsfrei zu identifizieren sein. Ob der Brand die Todesursache war oder ob es vorher zu Kampfhandlungen kam, wissen wir noch nicht.«

Die Blumenwiese zerfließt vor ihren Augen. Sie spürt, wie der Kommissar ihr das Glas abnimmt, hört ihn von weit her ihren Namen sagen, dann ist es, als ob in ihrem Innern etwas zerreißt. Als würde ein Material, das lange auf Spannung gehalten wurde, mit einem Mal in kleine Teile zerbersten.

ELF

Auf ihre Beteuerungen hin, dass man niemanden verständigen müsse, hat sich der Kommissar zwar verabschiedet. Heides Namen, Adresse und Telefonnummer hat er sich trotzdem notiert, »nur für den Fall«, wie er sagte. Was für einen Fall denn, dachte Sandra. Dass ein weiteres Haus in Flammen aufgeht? Ganz geheuer schien es ihm dennoch nicht zu sein, Sandra allein zu lassen. Aber er wirkte auch nicht wie der Mann, dem oft halb ohnmächtige Frauen in den Armen lagen. Ausschlaggebend war wohl die Rückkehr von Berlioz, der von Einbruch und Feuer unversehrt, empört maunzend auf dem Balkon erschienen war. Sandra verschlug es bei dessen Anblick erneut die Sprache, doch der Beamte wusste es zu nehmen. Seine Kollegin, die zwischenzeitlich ebenfalls in ihrer Wohnung aufgetaucht war, strich ihr mitfühlend über den Arm.

Durch das Fenster beobachtet sie, wie die beiden Beamten ins Auto steigen. Es sei möglich, meinte Kommissar Herrmann bei der Verabschiedung, dass sie noch einmal wiederkommen müssten. Doch er klang eher bedauernd als drohend. Trotzdem spürt sie eine gewisse Erleichterung, als der Polizeiwagen auf die Hauptstraße in Richtung Polizeiwache davonfährt. Ihr Blick geht nach links. Ein schiefer Schornstein, verkohlte, eingestürzte Dachbalken. Statt auf Atmos' Einfamilienhaus blickt sie auf ein schwarzes Gerippe. Der Anblick nimmt ihr die Luft. In den letzten zwei Tagen ist Atmos mehr für sie da gewesen als jeder andere. Sie hatte vergessen, wie sich das anfühlt. Es war schön, zu ihm zu gehen – nach der Nacht mit Mia –, ihm alles zu erzählen, bei ihm am Kamin zu sitzen, zwischen den Antiquitäten und den Flachbildschirmen. Sie hat ihm vertraut.

Mit der flachen Hand schlägt sie gegen den Fensterrahmen, wendet den Blick ab. Was weiß sie denn schon von ihm? Ob er wirklich jemals eine Banklehre gemacht hat? Ist er in kriminelle Aktivitäten verstrickt, die ihn jetzt eingeholt haben? Waren der Einbruch und das Feuer tatsächlich eine Abrechnung, wie der Kommissar meinte? Sie sieht sein jungenhaftes Lächeln vor sich, seine wirren Haare, die Dunkelheit seiner grünen Augen – wie ein See kurz vor dem Unwetter.

Das Telefon reißt sie aus ihren Gedanken.

»Hat das Schlafmittel geholfen?«

Sie nickt.

»Sandra?«

»Ich höre dich, Mutter, laut und deutlich.«

»Warum antwortest du mir dann nicht?«

»Atmos' Haus ist abgebrannt.« Sie wirft einen erneuten Blick zum Fenster, räuspert sich. »Es ist kaum was übrig, nur der Schornstein. Das Feuer hat alles … Es sieht schrecklich aus.«

»Und Atmos?«

»Ist tot. Vermutlich. Die Polizei ist sich nicht sicher.«

Heides Schweigen hallt in der Leitung. »Ich habe um achtzehn Uhr Feierabend. Komm hierher.«

»Ins Altenheim?«

»Ich möchte, dass du dein Fahrrad nimmst und zu mir nach Hause kommst. Du bleibst heute Nacht nicht allein.«

»Ich kann Atmos' Bus nehmen. Und außerdem …«

»Egal wie, du kommst heute Abend mit zu mir.«

Mit ihrer Mutter zu streiten, wenn sie ihren Oberschwesterntonfall drauf hat, ist zwecklos.

»Ist gut. Aber vorher muss ich noch etwas erledigen. Ich komme am Abend.«

+

Das Licht blendet sie, als sie aus dem Haus tritt. Wie in Trance geht Sandra die Straße hinunter. Vor Atmos' Haus bleibt sie kurz stehen. Die Spurensicherung scheint mit ihrer Arbeit fertig zu sein, zumindest sieht sie niemanden mehr auf dem Grundstück. Das Haus und der Garten sind mit gelbem Flatterband abgesperrt. Der Impuls, das Haus oder was davon übrig ist zu betreten, lässt sie innehalten. Sie greift nach dem Flatterband, will es zerreißen, aufs Grundstück, ins Haus hineingehen, mit eigenen Augen sehen, dass … Ja, was eigentlich? Was glaubt sie denn zu finden? Einen Hinweis, dass Atmos noch lebt? Glaubt sie, dass er plötzlich putzmunter die Kellertreppe heraufkommt? Durch das gesprungene Fenster sieht sie die verkohlten Reste des Longboards neben der Garderobe. Sind das die Reste seiner Lederjacke daneben? Ihre Augen füllen sich mit Tränen. Sie schließt kurz die Lider, strafft die Schultern und tritt von der Absperrung weg.

+

Atmos' Bus steht tatsächlich neben dem Friseursalon. Offenbar ist er nicht bewegt worden. Sandra öffnet die Tür, setzt sich hinter das Lenkrad und betrachtet das altertümliche Armaturenbrett. Macht sie sich strafbar, wenn sie damit fährt? Sie wirft einen letzten Blick auf das verkohlte Haus, atmet durch. Und wenn schon!

Jetzt muss das Monstrum nur noch anspringen. Früher hat sie Onkel Angus oft beim Starten seines Traktors beobachtet, so viel anders kann das nicht sein. Nachdenken. Sie legt den Daumen auf das Feld über dem Glühfaden, zieht am Starterzug, spürt, wie sich der Draht unter ihren Fingern erwärmt, wartet einen Moment, zieht den Starterzug bis zum Anschlag durch und setzt den Anlasser unter Strom. Mit einem Grollen springt der Motor an.

Für die Strecke nach Zürich braucht der Bus eine knappe Stunde. Das Fahren tut gut, in Bewegung sein. Ein bisschen wie Aufbruch. Sie legt eine von Atmos' Kassetten ein. Die neuesten Computer zu Hause, aber im Auto Achtziger-Jahre-Kassetten. Sie lächelt, versucht, sich auf die Musik zu konzentrieren, doch das Motorengeräusch schluckt den stärksten Bass. Mit jedem Kilometer, den sie hinter sich bringt, fällt etwas von dem Grauen der letzten Tage ab. Die Behäbigkeit des Fahrzeugs schützt vor waghalsigen Manövern. In dem Ding hat man es entweder nicht eilig oder ein Problem. Das Schlafmittel wirkt nach und verlangsamt sie zusätzlich.

Ein Toter in der Schweiz, ein abgebranntes Haus in Lottstetten und ein vermisster – sie schluckt –, vielleicht toter Nachbar. Da würde sogar der hundeäugige Herr Herrmann stutzig werden – sofern er von der Verbindung wüsste. Doch wie sollte er? Als deutscher Kripobeamter ist er für das abgebrannte Haus in ihrer Straße zuständig. Der schöne Francesco hingegen für den

Unfall auf Schweizer Boden. Der einzige Zusammenhang ist Sandra selbst, und davon weiß weder der eine noch der andere.

Sie hält sich rechts, fährt von der Autobahn auf die Wasserwerkstraße ab. Das Haus der Spenglers liegt bei Zollikon, oberhalb des Sees. Sie fährt an aufwendig sanierten Mehrfamilienhäusern und modernen Stadtvillen vorbei. In vielen Gärten liegt noch Schnee – als hätten die Menschen in dieser Gegend Anspruch auf besonders haltbare Flocken. Trotzdem erkennt man die Arbeit ambitionierter Gärtner, die Hecken gestutzt und Buchsbäume zu Skulpturen veredelt haben. Jahrhundertealte Bäume auf den Grundstücken zeugen von einem ebenso lang gewachsenen Reichtum. Sie biegt in die Goldbacherstrasse ein. Das Haus der Spenglers liegt am Hang, das Grundstück fällt sanft zum See hin ab, umgeben von einer hohen Steinmauer. Nur durch das schmiedeeiserne Tor kann man einen Teil des Grundstücks einsehen. Das Haus ist eigentlich kein Haus, vielmehr ist es eine scharfkantige Behauptung aus Beton und Glas. Der Blick aus der Fensterfront zum See muss sagenhaft sein. Keines der Apartments oder Hotels, in die Anwar sie nach den unvermeidlichen Zusammentreffen mit seiner Frau eingeladen hatte, kann es mit diesem Designertempel aufnehmen. Sie tritt näher an das Tor heran und wirft einen Blick in den Garten. Während sie sich umsieht, vernimmt sie ein leises Surren. Dann entdeckt sie die am Tor befestigte Kamera.

»Grüezi«, hört sie eine blecherne Stimme.

Sandra ist so perplex, dass sie zunächst gar nichts sagt.

»Bitte nennen Sie Ihren Namen.«

»Sandra Matthies«, sagt Sandra und starrt das schwarze Gerät an.

»Was darf ich ausrichten?«

Selbst durch den Lautsprecher glaubt Sandra Desinteresse zu hören.

»Sie begehren?«, ertönt es leicht gereizt.

»Ich bin gekommen, um Mia zu sehen.«

Eine Weile passiert nichts, dann knackt es, als hätte man am anderen Ende der Leitung aufgelegt. Sandra zählt bis zehn und streckt die Hand nach der Klingel aus, als sich das Einfahrtstor ineinanderschiebt. Fast geräuschlos gibt das Metall den Weg in den Garten frei.

Links und rechts des Weges türmt sich der Schnee. Alte Eichen und Kiefern stehen auf der hügeligen Fläche, dazwischen ein zugefrorener Teich mit Bank. In der Haustür erscheint ein älterer Herr in einem Tweedsakko.

»Grüezi«, sagt er mit freundlicher Gleichgültigkeit und neigt den Kopf. Seine Stimme klingt heiser. Mit wem auch immer sie über die Sprechanlage kommuniziert hat – er ist es nicht. »Frau Spengler ist momentan leider nicht zu sprechen.«

Sandra winkt ab. »Das macht nichts«, sagt sie. »Ich hab mich ja auch nicht angekündigt. Im Grunde möchte ich sowieso zu Mia.«

»Das kleine Fräulein ist leider auch nicht zu sprechen.«

»Warum nicht?«

Sandra könnte nicht sagen, worin die Veränderung im Gesicht des Mannes besteht, doch sie zeigt ihr unmissverständlich, als wie indiskret ihre Frage empfunden wird.

»Ich bin Sandra Matthies«, erklärt sie. »Ich habe Mia nach dem Unfall in Sicherheit gebracht. Ich bin sicher, dass sie mich gerne sehen würde.«

Der Mann wendet den Blick ab, betrachtet die Krähe, die sich auf der Bank am Teich niedergelassen hat und hingebungsvoll ihr Gefieder putzt. »Ich bedaure«, sagt er.

»Hören Sie: Ich möchte einfach nur wissen, ob es ihr gut geht. Mehr will ich doch gar nicht. Bitte lassen Sie mich zu ihr, ich habe es ihr versprochen.«

Der Mann blickt ihr ins Gesicht. »Tut mir leid. Es ist mir untersagt, Fremden gegenüber Auskunft zu geben.« Erneut vollzieht sich eine kaum wahrnehmbare Veränderung in seinem Gesicht. Bedauern?

»Wie heißen Sie?«, fragt Sandra, bevor er sich abwenden kann.

Der Butler hebt die Brauen. Erstaunen. Eindeutig. »Gottfried Kassli.«

»Gut, Herr Kassli. Bitte richten Sie Mia aus, dass ich hier war.«

»Das werde ich gerne tun, Frau Matthies. Einen schönen Tag noch.«

Bloß weg von hier, denkt sie, solange ich den Impuls unterdrücken kann, einen Stein in die makellose Glasfront zu werfen. Sie hat das Tor fast erreicht, als sie Schritte hinter sich hört.

»Frau Matthies!«

Corinne Spengler kommt den Weg herunter. In ihrem eierschalenfarbenen Hosenanzug und den High Heels wirkt sie inmitten der Schneelandschaft so schön wie deplatziert. Sandra betrachtet sie mit einer Mischung aus Bewunderung und Erstaunen.

»Entschuldigen Sie.« Frau Spengler kommt rutschend neben ihr zum Stehen. »Unser Butler konnte nicht wissen, wer

Sie sind. Sie sind uns natürlich jederzeit willkommen. Es ist einfach nur etwas viel im Moment. Die Kondolenzbesuche. Und alle fünf Minuten klingelt das Telefon …« Sie umschlingt den schlanken Körper mit ihren Armen, zittert vor Kälte.

Gegen ihren Willen spürt Sandra Mitleid in sich aufsteigen. Sie erinnert sich, wie es ihr nach dem Tod ihres Vaters ergangen war. All diese Menschen, stammelnd und in Schwarz vor der Tür, die offensichtliche Erleichterung, das Aufatmen, sobald die Pflicht getan war und sie zu ihren Autos und in ihren Alltag zurückkehren konnten, während Sandra allein in das leere Haus zurückmusste. Heide hatte die Kondolenzbesuche zwei Tage lang ausgehalten, dann war sie wieder zur Arbeit gegangen. Sandra war allein im Haus geblieben – zwischen den Kisten, der Kleidung und all den Büchern –, hatte den Besuchern die Tür geöffnet, die Anrufe entgegengenommen, die Briefe beantwortet. Damals hätte sie einen Gottfried Kassli gut gebrauchen können.

»Ich wollte wirklich nicht stören«, sagt sie. »Ich wollte mich nur erkundigen, wie es Mia geht.«

»Den Umständen entsprechend. Die Ärzte haben ihr Schmerzmittel gegeben, zwei Finger waren luxiert, einer gebrochen. Von den Traumata der Nacht nicht zu reden. Insgesamt aber geht es ihr besser.«

»Kann ich zu ihr?«

»Sie ist noch in der Klinik. Zur Beobachtung.«

»Es tut mir leid«, sagt Sandra. »Ich hätte anrufen sollen.«

Corinne lächelt dünn. »Das macht nichts. Wirklich.«

»Richten Sie Mia doch bitte liebe Grüße von mir aus. Vielleicht mag sie mich ja mal anrufen, wenn sie wieder zu Hause ist.«

»Sicher.« Als Sandra sich anschickt zu gehen, sagt Frau Spengler: »Kann es sein, dass Sie noch etwas haben, das Mia gehört?«

Sandra spürt, wie ihr das Blut ins Gesicht schießt. »Jetzt hätte ich es fast schon wieder vergessen!« Sie kramt in ihrer Handtasche, zieht die Medikamentendose hervor. »Tut mir leid. Deshalb bin ich hergekommen.«

Corinne streckt die Hand nach dem Kästchen aus.

»Ich hab sie beim Aufbruch aus der Hütte eingesteckt. Und in dem ganzen Wirbel dann vergessen.«

»Das macht doch nichts.« Frau Spengler verdreht die Augen, während sich ihre Finger um das Kästchen schließen. Sandra muss an Mias Imitation ihrer Mutter denken.

»Nett, dass Sie daran gedacht haben. So etwas sollte nicht in falsche Hände geraten.«

»Was fehlt Mia eigentlich?«

»Ihr Immunsystem ist nicht das Beste. Das hier«, Corinne hält die Dose hoch, »sind vor allem Vitamine und Spurenelemente.« Sie versucht sich an einem Lächeln. »Früher hat man den Kindern Lebertran gegeben. Da sind so ein paar Pillen deutlich angenehmer, nicht wahr?« Nach einem kurzen Zögern reicht sie Sandra die Hand. »Kommen Sie gut nach Hause.«

Als Sandra in ihrem Rücken das Tor einrasten hört, wirft sie einen Blick zurück. Corinne hat die Haustür erreicht. Ohne sich umzudrehen, tritt sie ins Innere, dann schließt sich auch diese Tür.

Unschlüssig geht Sandra am Grundstück entlang zum Bus zurück. Über den Rand der Mauer hinweg kann sie gerade noch die obere Etage des Hauses erkennen. In einem der Fenster ist das Licht angegangen. Sandra sieht, wie jemand hinter dem Vorhang auf und ab geht. Die Bewegungen sind langsam, wächsern. Dann wird der Stoff zur Seite gezogen, und ein Gesicht erscheint im Fenster – klein, gespenstisch blass und von einem Wust dunkler Locken umgeben.

Sandra hebt die Hand. Doch die Gestalt reagiert nicht.

»Mia!« Ihre Stimme verklingt im Schnee. Die Gestalt legt den Kopf schief, als hätte sie Sandras Ruf gehört, kurz hebt sich die linke Hand, sinkt aber sofort wieder herab. Eine zweite Person betritt den Raum. Die kleine Gestalt weicht augenblicklich ins Innere des Raumes zurück, der Stoff des Vorhangs schließt sich, dann wird das Licht gelöscht.

+

Jenseits des Sees ist die Sonne untergegangen. Im Wagen ist es dunkel. Alle zwanzig Minuten hört man in der Ferne einen Zug vorbeifahren, auf dem Bürgersteig ist keine Menschenseele. Corinne wird heute bestimmt nicht mehr vor die Tür gehen. Schon gar nicht in Begleitung von Mia. Trotzdem kann sich Sandra nicht entschließen loszufahren. Sie lehnt sich in Atmos' Bus zurück. Der alte Sitz ächzt leise. Was würde sie jetzt darum geben, Marie oder Patrick zu treffen? Ohne Vorankündigung, ohne Anruf. Wie früher. Spontane Kochorgien in Patricks chaotischer Küche, durchtanzte Nächte im John's, zum Dönerfrühstück mit Sonnenaufgang auf den Kreuzberg. Marie füttert sicher gerade ihre Kinder. Und Patrick hat sie zuletzt im Oktober gesehen, bevor er endgültig zu seinem Freund nach Seattle gezogen ist. Neue Freunde hat sie schon wegen ihrer Arbeitszeiten kaum kennengelernt. Am ehesten noch Lilith aus der Verwaltung und

Max, den Koch. Letztlich drehten sich ihre Gesprächsthemen aber doch immer nur um die Arbeit, gemeinsam etwas unternommen haben sie selten.

Als hätte Heide ihre Gedanken gelesen, klingelt Sandras Telefon. »I never promised you a rose garden«, schallt es durch den Wagen. Einer von Heides Favoriten. Sie lässt es klingeln. Nach einer Weile verstummt die Melodie. Danach Stille.

ZWÖLF

Sandra beugt sich vor, um den Motor in Gang zu setzen, als ein Geräusch sie innehalten lässt. Im Seitenspiegel nichts als verschneite Bäume und der silbrig glänzende Asphalt der Straße. Kein Mensch weit und breit. Sie greift erneut nach dem Starter und fährt herum. Direkt neben der Fahrertür steht eine dunkle Gestalt. Das Adrenalin schießt durch ihren Körper, dass es in den Fingern schmerzt.

»Francesco!« Sie öffnet die Tür, die Innenbeleuchtung flammt auf. »Was machen Sie hier?«

Der Polizist tritt einen Schritt zurück. »Das sollte ich Sie fragen. Wie lange sind Sie denn schon hier?«

Sandra übergeht die Frage. Dass sie seit mehr als drei Stunden in diesem Bus sitzt und zu den Fenstern der Spenglers hinaufstarrt, sollte sie dem Polizisten besser verschweigen.

»Ich wollte Mia sehen. Und außerdem hatte ich noch etwas von ihr, das ich ihr zurückgeben musste.«

»Klingt ja geheimnisvoll«, sagt er. Wenn er lächelt, leuchten seine Zähne in der Dunkelheit. Es sieht so gespenstisch aus, dass Sandra lachen muss. »Es war nichts weiter. Nur eine Dose mit Vitamintabletten. Obwohl …«

»Obwohl?«

Sandra macht eine vage Handbewegung. »Frau Spengler hat gesagt, es seien Vitamine.«

»Und Sie glauben ihr nicht.«

»Dem Mädchen ging es echt mies in dieser Nacht. Mia hat mir gesagt, sie habe das öfter. Und dann hat sie eine von diesen Tabletten genommen, und innerhalb von Minuten war der Spuk vorbei. Sie hat geschlafen wie ein Stein. Wenn das Vitamintabletten waren, hätte ich auch gern ein paar davon.«

Villano sieht hinüber zum Anwesen der Spenglers. »Was sagt denn Mia dazu?«

»Ich konnte nicht mit ihr sprechen. Frau Spengler sagt, sie wäre noch im Krankenhaus.«

»Und das glauben Sie ihr auch nicht?«

Sandra verschränkt die Arme vor der Brust.

»Sind Sie immer so misstrauisch?«

»Eigentlich nicht«, sagt Sandra. »Ich weiß auch nicht. Ich mag die Frau einfach nicht.«

»Ich verstehe, dass Sie sich für das Mädchen verantwortlich fühlen – nach allem, was Sie zusammen durchgemacht haben. Aber jetzt liegt die Verantwortung in anderen Händen.« Er lächelt sie an. »Sie sollten nach Hause fahren.«

Ja, überlegt Sandra, das sollte ich wirklich, stattdessen fragt sie: »Und was machen Sie hier?«

»Ich wollte noch einmal mit Frau Spengler sprechen. Jetzt, wo ihre Tochter wieder da ist, ist sie vielleicht etwas zugänglicher. Bisher wissen wir immer noch nicht, wohin ihr Mann in der besagten Nacht eigentlich wollte. Außerdem habe ich noch einige persönliche Gegenstände von ihm.« Er hebt einen dunklen Stoffbeutel hoch. »Ich denke, die wird sie haben wollen.«

Sandra betrachtet den Beutel. Persönliche Gegenstände? Zu gern würde sie einen Blick hineinwerfen.

Francesco klopft freundschaftlich auf das Busdach. »Cooles Gefährt übrigens. Fahren Sie vorsichtig. Wird kalt heute Nacht. Die Autobahnen sind geräumt, aber auf den Landstraßen könnte es glatt werden. Da kommt man schnell ins Schleudern.« Er wirft einen amüsierten Blick in den Innenraum. »Oder hat der ABS?«

Sandra schmunzelt. »Bisher habe ich nur ein Anti-Start-System gefunden. Der Bus gehört einem Freund.«

»Derselbe Freund, der den Schlüssel für Ihre Wohnung hat?«

Sandra zuckt zusammen.

»Entschuldigen Sie«, sagt Francesco, »geht mich nichts an.«

»Schon gut …«

»Bringen Sie ihn heil zurück. Gute Fahrt.« Francesco klopft noch einmal auf das Dach. »Ich brauche übrigens noch eine Unterschrift von Ihnen. Passt es, wenn ich morgen Nachmittag kurz bei Ihnen vorbeischaue?«

Sandras Antwort geht in dem Grollen unter, mit dem der alte Motor anspringt. Francesco legt die Spitze des Zeigefingers auf die Daumenspitze und zieht dabei fragend die Augenbrauen hoch. Taucherspräche. Sie signalisiert ein »Okay«, setzt den Blinker und lässt möglichst langsam die Kupplung kommen.

✚

»Ich komme gleich, Heide. Lass mich eben noch Berlioz füttern. Ja. Ist gut, ich beeile mich.«

Sandra beendet das Telefonat. Eine besorgte Mutter. Das ist wirklich neu. Sie zieht die Schiebetür des Busses auf. Als sie die zwei großen Tüten sieht, schnürt es ihr erneut die Kehle zu. Alle zwei Wochen hat Atmos Futter und Einstreu für Berlioz mitgebracht. Er habe einen Kunden, der wohne direkt neben dem Tiergeschäft. Es war seine Idee, irgendwann hat er einfach damit angefangen. Ihr Geld hat er nicht genommen. »Für Katzenstreu reicht's gerade noch.« Monat für Monat hat er ihr die Fünfzehn-Kilo-Säcke vor die Tür gestellt. Hat sie sich das letzte Mal überhaupt dafür bedankt? Sie zieht das obere Paket aus der Tüte und verlässt den Bus.

+

Berlioz begrüßt sie mit anklagendem Mauzen.

»Ich weiß, ich bin zu spät.« Noch im Mantel reißt sie ein Loch in das Paket, doch es rieseln nur eine Handvoll Pellets aus der Öffnung. »Ist ja gut, warte mal!«

Der Kater maunzt empört und angelt mit der Pfote nach dem Paket. In der Eile hat Sandra es an der Seite aufgerissen. Jetzt, bei näherer Betrachtung macht es den Eindruck, als sei es vorher bereits geöffnet worden. Und wieder verschlossen. Mit einem Ruck reißt sie die gesamte Verpackung auf. Ein halbes Kilo Trockenfutter verteilt sich auf den Küchenboden. Sandra registriert es kaum. Im Karton liegt ein wattierter Umschlag: *Für Sandra*.

+

Heide nimmt Sandra die Transportbox ab. »Erst dachte ich, du kommst gar nicht mehr, und jetzt seid ihr sogar zu zweit.«

»Der ganze Küchenboden ist mit Katzenfutter übersät. Berlioz wäre geplatzt, wenn ich ihn dagelassen hätte. Und ich hatte keinen Nerv zu saugen.«

Heide mustert ihre Tochter, während sie den Kater aus seinem Gefängnis befreit. »Du bist doch sonst so ordentlich.«

Sandra antwortet nicht. Sie ist ans Fenster getreten und blickt auf die Straße hinaus.

»Schätzchen, alles in Ordnung?«

»Du meinst, außer dass ich langsam paranoid werde?« Sie wendet sich ihrer Mutter zu. »Ja, alles okay.«

Eine halbe Stunde später sitzen sie in Heides kleiner Küche. Auf dem Tisch steht eine Auflaufform, der Geruch von geschmolzenem Käse erfüllt den Raum. Heides Volkshochschulkurse »Kochen für Einsteiger I und II« scheinen tatsächlich etwas gebracht zu haben.

»Versuch es gar nicht erst!« Die Wangen ihrer Mutter sind gerötet. Die Zacken ihrer Gabel zeigen in Sandras Richtung. »Ich wusste immer, wenn du mich angelogen hast. Du gehst nie einkaufen. Warum solltest du das ausgerechnet heute machen? Bei den Straßenverhältnissen. Dazu noch in Zürich. Das ist doch Quatsch! Also hör auf, in deinem Essen rumzustochern, und sag mir, was los ist. Und guck nicht dauernd zum Fenster, das macht mich ganz hibbelig.«

Sandra lächelt widerwillig, schiebt den Teller von sich weg und greift nach Heides Tabakpäckchen.

»So schlimm also«, murmelt ihre Mutter und lehnt sich zurück.

+

»Nach allem, was du erzählt hast, tippe ich auf starke Schmerz- oder Beruhigungsmittel. Da gibt es verschiedene Substanzen. Hast du eine Tablette behalten?«

»Nein.«

»Schade, sonst hätte ich sie Wilhelm geben können. Der hätte uns sagen können, was drin ist.«

»Wilhelm?«

Heide wirft ihr einen langen Blick zu. »Wilhelm Brauer. Den kennst du doch. Der war früher öfter mal hier.«

»Ach, Dr. Brauer. Ja.« Sandra erinnert sich dunkel. Ein Kollege ihres Vaters. Klein mit Vollbart. »Hat der nicht eine eigene Praxis aufgemacht?«

»Ja, aber mindestens zwei Tage die Woche ist er noch immer im Labor der Konstanzer Universität tätig. Auch so einer, der nicht aufhören kann. Keine Hobbys, keine Freunde, nur diesen Drachen zu Hause. Was soll man da auch anderes machen?«

Als Sandra schweigt, fährt ihre Mutter fort: »Vielleicht solltest du so oder so mal mit ihm sprechen. Der kann dir bestimmt helfen. Und wenn nicht, weiß er, an wen du dich wenden kannst.«

Sandra gießt sich etwas Wein nach. Sie spürt den Blick ihrer Mutter auf sich ruhen.

»So. Und jetzt erklär mir mal, was das mit dieser dusseligen Ausrede mit Berlioz' Futter auf sich hat. Dass du zum Essen kommst, hatten wir ausgemacht, aber warum bringst du den Kater mit?«

Sandra legt mehrere Blätter auf den Tisch: zwei Tabellen und eine Auflistung verschiedener Abkürzungen und Zahlenkombinationen. »Das hier war in einem Umschlag. Im Katzenfutter.«

Heide schiebt ihre Brille zurecht. »Sieht wie Laborwerte aus.« Sie zeigt auf die rechte Spalte einer Tabelle. »Das hier könnte der Normbereich sein. Und das«, sie deutet auf die mittlere Spalte, »sind vermutlich die gemessenen Werte. Wie du siehst, gibt es da extreme Schwankungen.« Sie überfliegt die Zeilen. »Crea steht für Kreatinin. Na und K vermutlich für Natrium und Kalium. Die entsprechen einigermaßen der Norm. Diese Werte hier«, sie zeigt auf eine Auflistung in Prozentangaben, »könnten die verschiedenen Immunzellen sein. Aber das hier: Infin_01_367?« Stockend liest sie noch einige Abkürzungen vor, die in einem separaten Textblock stehen, dann greift sie zum Tabak. »Pfff …«

»Atmos hat mir gestern gesagt, das Katzenfutter sei alle. Er habe neues gekauft, es sei im Bus. Ich hab mich noch gewundert, weil er mir das Futter sonst immer in die Wohnung hochbringt. Im Futterbeutel war der Umschlag mit den Tabellen und …« Sandra zieht ein Handy aus der Hosentasche. »Dem hier. Es ist aufgeladen und entsperrt, darauf ist eine eingegangene SMS, Absender verschlüsselt.«

Sie reicht ihrer Mutter das Telefon, die leise vorliest: »*0175–3436798. Frag nach John. Und trag das Handy bei dir. A.*« Heide blickt vom Display auf. »Er wollte, dass du die neue Packung aufmachst.«

»Atmos muss vorgestern Nacht etwas herausgefunden haben. Er hatte die Daten von Mias Chip. Irgendwie muss er die Datei geöffnet haben. Und das …« Sandra zeigt auf die Tabellen.

»… ist der Ausdruck.«

»Genau.«

»Aber wenn er den für dich versteckt hat …« Heide leert ihr Glas. »Sandra, weißt du, was das bedeutet?«

»Ja«, sagt sie leise. »Er hat gewusst, was passieren würde. Er hat gewusst, dass er sich mit dem Öffnen der Datei in Gefahr bringt. Er hat es trotzdem gemacht. Und jetzt ist er tot.«

Heide greift nach ihrer Hand.

»Und der, der ihn umgebracht hat, weiß vermutlich auch, wo ich wohne.«

DREIZEHN

»Da bist du ja.« Heide reicht Sandra eine Tasse Kaffee. Der Geruch von Aufbackbrötchen liegt in der Luft, der Küchentisch ist gedeckt. Neben ihrem Teller liegt ein schmaler silberner Serviettenring. Ihr Vater hatte ihn von einer Dienstreise mitgebracht. Mit dem Finger streicht sie über die Gravur. *Sandra* in geschwungenen Buchstaben, daneben eine Katze.

»Ausgeschlafen siehst du nicht aus«, stellt Heide fest.

»Dein Sofa und ich werden keine Freunde.«

Mehrfach war Sandra nachts hochgeschreckt und ans Fenster getreten. Keine Menschen, keine Geräusche, nichts. Beim ersten Mal nicht. Beim zweiten Mal auch nicht. Beim dritten Mal hatte sie den dunklen Wagen gesehen. Auf der anderen Straßenseite, keine zehn Meter von Heides Haus entfernt. Und die Gestalt darin. Oder hat sie sich die nur eingebildet? Während Heide fluchend und ohne Handschuhe die Brötchen aus dem Ofen holt, tritt Sandra ans Wohnzimmerfenster. Eine Schulklasse überquert die Straße, die Jacken der Kinder leuchten bunt im winterlichen Grau. Der Wagen ist weg.

»Du wirst ja wirklich paranoid, Schätzchen.« Heide ist unbemerkt hinter sie getreten. »Trink mal deinen Kaffee.«

»Und jetzt?«, fragt Heide, nachdem sie am Tisch Platz genommen haben. Sie bestreicht ihr Brötchen hingebungsvoll mit Johannisbeergelee.

»Ich werde Dr. Brauer anrufen, vielleicht kann ich bei ihm vorbeifahren. Ich will wissen, was das für Werte sind. Und dann diese Nummer auf dem Handy anrufen.«

Heide studiert die Zutaten auf dem Marmeladeglas, dann antwortet sie beiläufig. »Wilhelm kann heute nicht. Du sollst morgen in seinem Labor in Konstanz vorbeikommen. Gegen Mittag wäre es ihm am liebsten.«

Sandra wirft ihr einen Blick zu.

»Wollte mich sowieso mal wieder bei ihm melden«, behauptet sie.

»Um wie viel Uhr war das? Um fünf?«

»Halb sechs.«

»Dann wird er sicher gut auf mich zu sprechen sein.«

»Keine Sorge. Um diese Uhrzeit ist er in Gedanken schon auf dem Weg zur Arbeit.« Heide wischt sich mit der Serviette Johannisbeergelee aus dem Mundwinkel.

Sandra mustert sie. »Du hättest mich fragen können.«

»Hab ich nicht?« Sie grinst. »Hat sich eigentlich dein Anwar noch mal gemeldet?«

»Er ist nicht *mein* Anwar. Und er war auch nie *mein* Anwar.« Sandra klatscht lieblos einen Löffel Pflaumenmus auf eine Brötchenhälfte.

Heide hebt die Augenbrauen und stößt sachte mit ihrer Kaffeetasse gegen Sandras. »Gut für dich. Was hat er eigentlich zu deiner Kündigung gesagt?«

Sandra verschluckt sich fast.

»So etwas nennt man Verdrängung, Schätzchen.«

»Hast du das von Ludwig?«

Sandra steht auf. Ihre Mutter hatte schon immer eine Vorliebe für Ärzte. Nach dem Tod ihres Vaters hat sich daran nichts geändert. Ludwig war Heides skurrilster Fang gewesen, zumindest soweit Sandra im Bilde ist. Ein Psychoanalytiker mit einer Vorliebe für Wagner und auberginefarbene Anzüge, der im Restaurant die Blumendekoration aß, wenn man ihn zu lange mit der Bestellung warten ließ. Sandra war ihm nur einmal begegnet. Das hatte ihr gereicht.

»Wie geht es ihm überhaupt? Ist er nach eurem Intermezzo nicht zu seiner Exfrau zurück?«

Wenn Heides Blicke töten könnten, läge Sandra jetzt im Sterben. Sie steckt das Kündigungsschreiben in ihre Handtasche und zeigt grinsend auf ihr Brötchen. »Ich muss los. Das nehme ich mit, ja?«

Das Brötchen in der linken Hand, Jacke und Handtasche überm Arm, zieht sie die Haustür hinter sich ins Schloss, dreht sich um und prallt gegen etwas Pastellfarbenes. Rotbraunes Pflaumenmus auf beige-grünem Karo. Wo geht der Mann nur einkaufen?

»Kommissar Herrmann!« Der hat ihr jetzt gerade noch gefehlt.

Der Kommissar sieht betreten auf sein Sakko.

»Tut mir leid, aber ich bin ziemlich in Eile. Meine Mutter ist zu Hause, die macht Ihnen den Fleck raus …«

Herrmann betrachtet das kleine Einfamilienhaus und den verwilderten Garten, dessen Zustand auch der Schnee nicht verbergen kann. »Haben Sie nicht gesagt, Ihre Mutter sei ein Hippie?«

»Fließend Wasser hat sie.« Bloß weg hier, bevor er wieder anfängt, Fragen zu stellen, denkt Sandra und zieht ihre Jacke über.

+

»Sie wirken heute so …« Der Kommissar zieht ein Taschentuch aus der Hosentasche und reibt auf dem Fleck herum. »Aufgeräumt. Wo wollen Sie denn hin?«

»Kündigen.«

Er taxiert Sandra. Heute eindeutig mehr Terrier als Labrador.

»Ich muss mit Ihnen sprechen.« Der Kommissar steckt das braun verschmierte Taschentuch ein. Der Fleck auf dem Sakko sieht schlimmer aus als zuvor.

»Ich muss aber wirklich los.«

Er berührt sie am Arm. »Gestern erfahren Sie von dem Brand bei Ihrem Nachbarn, heute gehen Sie nicht an Ihr Telefon, in Ihrer Wohnung sind Sie nicht.«

»Mein Handy war aus. Und die Adresse meiner Mutter haben Sie doch. Worum geht es denn?«

»Um Herrn Steinhöfl. Der Obduktionsbericht ist da.«

Sandra hält unwillkürlich die Luft an.

»Wir gehen weiterhin davon aus, dass es sich bei der Leiche wahrscheinlich um ihn handelt. Allerdings war der Mann bereits tot, bevor das Feuer ausgebrochen ist. Er ist erschossen worden.«

»Erschossen?« Sie starrt den Kommissar an. »Er ist nicht verbrannt?«

»Nein, also ja. Aber er war bereits tot, als das Feuer gelegt wurde. Es war Mord.«

Sandra nickt stumm.

»Um die Leiche zu identifizieren, müssten wir die Angehörigen ausfindig machen. Nur …«

»Ja?«

»… Der Mann ist ein Phantom. Es ist nichts über ihn zu finden. Als hätte es ihn gar nicht gegeben. Ziemlich rätselhaft.«

Sandra blickt schweigend an dem Kommissar vorbei zum Küchenfenster hinüber. Heide steht hinter der Scheibe, Berlioz auf dem Arm, und sieht sie fragend an. Sandra wendet sich wieder dem Kommissar zu.

»Ich wünschte, ich könnte Ihnen helfen. Aber ich weiß nichts. Herr Steinhöfl hat manchmal auf meinen Kater aufgepasst, das ist alles. Ich weiß nicht mehr über ihn als Sie.«

Der Kommissar blickt sie ratlos an. »Frau Matthies. Ich kenne Ihre Beweggründe nicht. Aber Sie tun sich und auch Herrn Steinhöfls Familie keinen Gefallen, wenn Sie Informationen zurückhalten.« Er reicht ihr seine Visitenkarte. »Falls Ihnen doch noch etwas einfällt …«

+

Im Bus zieht sie Atmos' Smartphone aus der Tasche. Der Akku ist geladen. Als sie die Nummer in der SMS antippt, ertönt die Ansage: »Ihr Guthaben beträgt fünfzig Euro.«

Nach dreimaligem Klingeln meldet sich eine Frauenstimme.

»Hallo?«

»Hallo.« Sie räuspert sich. »Mein Name ist Sandra Matthies. Ich habe Ihre Nummer von At…, von Moritz Steinhöfl …«

»Von wo rufst du an?« Die Stimme der Frau klingt angespannt.

»Ich habe ein Handy – von Moritz.« Was die Frage nicht beantwortet, wie Sandra auffällt.

»Ich kann jetzt nicht.«

»Okay, später vielleicht?« Sandra überlegt kurz. »In drei, vier Stunden? Ich muss vorher noch etwas erledigen.«

»Mal sehen.« Bevor sie etwas erwidern kann, hat die Frau aufgelegt.

+

Die Straße windet sich die Berge hinauf. Anfänglich hatte sie diesen Moment geliebt, wenn sich die Bäume teilen und den Blick auf das Grand Hotel freigeben. Ein Märchenschloss inmitten einer verschneiten Berglandschaft. Aus der Entfernung wirkt es weniger groß, weniger protzig. Erst wenn man den Parkplatz erreicht, erkennt man, wie viel an dem Gebäude nur noch Fassade ist. Den bröckelnden Putz am Nebengebäude, die Kunststofffenster, die Anwar trotz der Denkmalschutzauflagen durch eine ausreichend hohe Summe an die richtige Behörde hat einbauen lassen, um noch viel höhere Summen zu sparen. Den kitschigen und wie alles an diesem Hotel völlig überdimensionierten Springbrunnen auf dem Vorplatz. Kein Wunder, dass es Anwar bis heute nicht gelungen ist, den Hochadel von sich zu überzeugen.

Mit einem säuerlichen Geschmack im Mund biegt Sandra auf den Hotelparkplatz ein. Er ist so voll, dass keine Schubkarre mehr Platz darauf hätte. Sandra parkt den Bus neben dem Küchenzugang. Lieferungen dürfte es heute keine mehr geben, und wenn doch, wird Max ihr Bescheid sagen. Den Kiesweg entlang geht sie zum Haupteingang.

Vor der Rezeption stehen die Gäste Schlange. Lilith händigt einer Frau im Pelzmantel gerade den Zimmerschlüssel aus. Die Reichen und Schönen, denkt Sandra, russische Konzernchefs, Vorstände internationaler Pharmakonzerne, arabische Ölscheiche und deutsche Bankmanager samt ihren kostümierten Ehefrauen und verzogenen Gören. Als Lilith sie entdeckt, winkt sie Sandra zu.

»Dich schickt der Himmel! Kannst du kurz übernehmen? Ich muss dringend ins Büro, wir haben zwei Doppelbuchungen.«

Sandra öffnet den Mund, doch da ist Lilith schon mit einem »Danke!« im Flur zu den Büros verschwunden.

+

»Ihr Zimmer befindet sich im zweiten Stock auf der linken Seite. Am besten nehmen Sie den Fahrstuhl neben dem Eingang zum Restaurant.« Sandra zeigt in den hinteren Teil des Foyers. »Gleich neben den Zierfischen. Ihr Gepäck wird Ihnen hochgebracht.«

Sie reicht der übergewichtigen, goldbehängten Russin den Zimmerschlüssel. »Ich wünsche Ihnen einen angenehmen Aufenthalt bei uns. Wenn Sie Fragen oder Wünsche haben, können Sie sich natürlich jederzeit an uns wenden.« Nur bitte nicht jetzt.

Die Frau verschwindet in Richtung Fahrstuhl. Ein Blick auf die Uhr bestätigt Sandras Befürchtungen. Seit fast vierzig Minuten steht sie nun hier. Schnell die Kündigung abgeben hatte sie sich anders vorgestellt. Von Lilith keine Spur.

Ein Mann in einem anthrazitfarbenen Kaschmirmantel steuert auf sie zu. Seine weißen Haare stehen in einem sonderbaren Kontrast zu den jugendlichen Gesichtszügen. Er lehnt sich gegen den Tresen, beugt sich lächelnd etwas vor und sagt in einer Mischung aus englischem Akzent und süddeutschem Dialekt: »Guten Tag.«

Sandra wirft einen erneuten Blick auf die Uhr, grollt und lächelt. »Herzlich willkommen, Professor Snyder. Einen ganz kleinen Moment Geduld, bitte. Meine Kollegin ist gleich für Sie da.«

Mit diesen Worten lässt sie den Mann im Foyer zurück. Snyders Verwunderung findet ihren Ausdruck in zwei aneinandergelegten Zeigefingern, mit denen er unter dem Kinn entlangstreicht.

Im Flur trifft sie auf Lilith. »Warte mal kurz. Ich muss dir was sagen.« Sie zieht das Kündigungsschreiben aus ihrer Handtasche.

Die Kollegin bleibt stehen und betrachtet den Umschlag, dann sagt sie: »Ist es das, was ich denke?«

»Mit sofortiger Wirkung.«

Ihre Kollegin küsst sie auf die Wange. »Du machst es richtig!« Sie fällt ihr um den Hals. Die gemeinsamen Überstunden und der geteilte Ärger haben sie über die Jahre zusammengeschweißt.

In Liliths Augen schimmern Tränen.

»Ich wünsche dir alles, alles Gute!« Sie deutet in Richtung des Foyers. »Ich muss …«

»Ja, da wartet einer schon ganz ungeduldig … Professor Snyder ist da.«

Lilith verdreht die Augen. »Ich freue mich für dich«, sagt sie, dann läuft sie in Richtung des Foyers davon.

+

Sandra findet den Koch in einer der Speisekammern.

»Max?«

»Sandra.« Der dicke Mann umfasst ihre Hände und mustert sie. »Ich habe gehört, du hättest einen Unfall gehabt.«

Sandra tritt in das Halbdunkel der Speisekammer. »Es geht mir gut.«

Er schließt sie in seine Pranken. Seine mitternächtlichen Nudelteller und seinen Galgenhumor wird Sandra vermissen. Ohne Max wäre sie hier wahnsinnig geworden.

»Ich wollte dir nur sagen«, beginnt sie, bricht aber ab, denn in diesem Moment poltert ein Junge in die Speisekammer. Nur wenige Zentimeter vor Max kommt er zum Stehen.

»Mario! In der Küche ist es wie im Schwimmbad: Rennen verboten. Wie oft habe ich dir das schon gesagt?«

»Wir sollen das Mittagessen vorziehen!« Der Junge hat rote Flecken auf Hals und Wangen. »Um eine halbe Stunde!«

»Sagt wer?«

»Herr Mühlenbeck. Er war eben selbst in der Küche.«

Max drückt dem Jungen eine Kiste mit Zucchini in die Arme und schiebt ihn aus der Speisekammer. »Wasch die und rühr den Teig an. Ich komme.«

Als der Junge aus der Tür ist, sagt Max: »Er kann es einfach nicht lassen. Anwar weiß ganz genau, dass er hier unten nichts zu melden hat. Nur wegen ein paar verkorksten Wissenschaftlern macht er das ganze Hotel verrückt.«

»Snyder?«

»Wer sonst? Entweder dieser Wissenschaftsverein hat Geld zu verschenken, oder ist enorm wichtig. Sonst würde der Herr General Manager nicht so einen Affentanz veranstalten. Halt das mal.« Er reicht ihr ein großes Bund Petersilie, während er eine Kiste mit Tomaten aus einem Regal zieht. »Dann wollen wir die Herrschaften mal nicht warten lassen.«

»Max, einen Moment noch. Ich muss dir etwas sagen.«

Der große Mann bleibt stehen.

»Ich kündige.«

Max blickt ungläubig auf den Umschlag, den Sandra ihm zeigt, dann breitet sich ein Lächeln auf seinem Gesicht aus. »Gutes Mädchen«, sagt er, stellt die Tomatenkiste ab und drückt sie an sich.

»Und ich dachte, ihr wärt sauer, wenn ich euch in diesem Hexenkessel allein lasse.«

»Wäre ich noch mal so jung wie du, würde ich das Gleiche machen!« Er greift sich die Tomatenkiste. »Und jetzt schau, dass du hier rauskommst.«

Der Kloß im Hals, der sich während Max' Umarmung gelöst hat, ist zurück, als Sandra Anwars Bürotür erreicht. In dem Moment klingelt ihr Telefon. Marie. Ausgerechnet jetzt. Sie sollten wirklich an ihrem Timing arbeiten. Wenn wieder etwas Ruhe eingekehrt ist, wird Sandra sie besuchen. Ein paar Tage Ostsee, wenigstens ein verlängertes Wochenende. Wenn du wüsstest, was ich gerade mache, denkt sie, drückt die Freundin weg und klopft entschlossen an Anwars Bürotür. Auf sein »Herein« betritt sie den Raum. Die Aktenordner stehen nach Jahreszahlen geordnet im Schrank. Fußboden, Tischplatte und Fenster glänzen um die Wette. Anwars Büro ist der aufgeräumteste Ort im gesamten Hotel. Auch heute schlägt ihr ein leichter Sagrotangeruch entgegen. Doch trotz der perfekt sitzenden Frisur und dem lässig aufgeknöpften Hemd sieht Anwar mitgenommen aus. Das sonst gebräunte Gesicht ist blass. Mit gerunzelter Stirn schaut er vom Bildschirm auf. Als er Sandra erblickt, huscht ein Lächeln über sein Gesicht. Freude? Genugtuung? Triumph?

»Hallo, Anwar.« Zu ihrem Ärger klingt ihre Stimme heiser.

»Sandra, meine Schöne!« Mit ausgebreiteten Armen kommt er auf sie zu. »Wir haben von dem Unfall erfahren. Ich habe zigmal versucht, dich zu erreichen! Wie geht's dir?«

Gelogen, denkt Sandra und will zum entscheidenden Satz ansetzen, doch Anwar schließt sie fest in die Arme.

»Und das alles nach unserem furchtbaren Abend. Weißt du, ich habe noch mal über alles nachgedacht. Du hast recht. Es muss sich etwas ändern. Wir beide gehören doch zusammen.«

Sie bewegt sich nicht, atmet durch den Mund, um ihn nicht riechen zu müssen. Seinen Geruch hat sie immer geliebt. Sie löst sich aus der Umarmung, tritt einen Schritt zurück und steckt ihre Hände in die Hosentaschen.

Er versteht nicht. Oder versteht genau richtig. Jedenfalls nimmt er ihren Arm, zieht sanft daran, bis ihre Hand in der seinen liegt. »Ich verspreche dir: Lange musst du dieses Versteckspiel nicht mehr mitmachen. Ich bin gerade dabei, unsere Kontakte in die USA auszubauen. Wenn ich die Forschungsgesellschaft von uns überzeuge, können wir das Hotel als internationalen Kongressort etablieren. Dann könnte ich Luise auszahlen, die Kredite wären dann nicht mehr nötig. Vielleicht verkaufe ich den ganzen Laden einfach. Wir könnten weggehen, wohin du willst. Wir könnten endlich zusammen sein, verstehst du? Für immer. Ohne Wenn und Aber.«

Sandra lächelt. »Ganz schön viel Konjunktiv für ›ohne Wenn und Aber‹.« Sie entzieht ihm ihre Hand, nimmt den Umschlag aus der Tasche. »Anwar, wir wissen beide, dass du dich nicht von deiner Frau trennen wirst, unabhängig von ihren Sicherheiten, den Krediten und allem anderen. Und selbst wenn. Ich möchte nicht mehr. Nicht nach allem, was vorgefallen ist. Ich gehe.« So ruhig hat sie das noch nie zu ihm gesagt. Heide wäre stolz auf sie.

Anwar steht mit leicht geöffnetem Mund vor ihr. Ein Junge, dem man sein Lieblingsspielzeug wegnimmt. Sie widersteht dem Impuls, ihm eine Strähne aus der Stirn zu streichen, und tritt einen weiteren Schritt zurück. »Das ist meine Kündigung. Sie gilt ab sofort. Überstunden und Urlaubstage habe ich ja mehr als genug.«

Anwar sieht auf den Umschlag, dann in ihr Gesicht. »Gibt es einen anderen?«

»Du hast es nicht verstanden, Anwar.«

»Hast du?«

»Nein. Da warst immer nur du.«

Über sein Gesicht huscht ein Lächeln.

»Und ich bin fast kaputtgegangen daran«, erklärt sie.

Er versucht ein weiteres Mal, ihre Hand zu nehmen. »Ich bitte dich, Sandra, lass uns zusammen wegfahren. Lass uns darüber reden. Triff jetzt keine unüberlegte Entscheidung.«

Sandra wendet sich ab und geht zur Tür. Bevor sie sie hinter sich schließt, sagt sie: »Ich habe sieben Jahre lang überlegt. Du reichst mir nicht mehr.«

VIERZEHN

Nach dem ersten Becher Kaffee spürt Sandra ihre Beine wieder, nach dem zweiten hört der Tankwart auf, sie zu mustern. Sie lässt sich den Toilettenschlüssel geben. Der Reinigungsdienst hat es gut gemeint, das Zitronenaroma treibt ihr Tränen in die Augen. Sie lässt kaltes Wasser über ihre Unterarme laufen, dann dreht sie den Wasserhahn auf heiß. Der Schmerz holt sie vollends in die Realität zurück. Sie öffnet die Haarspange und lässt ihre dunklen Haare auf die Schultern fallen, fährt sich mit feuchten Fingern hindurch und zieht den Lippenstift nach. Das Resultat scheint passabel. Der Tankwart jedenfalls nickt ihr anerkennend zu, als sie ihm den Schlüssel zurückgibt. Als sie ihm ein Käsebrötchen abkauft, verzählt er sich beim Wechselgeld. Mit großen Schritten läuft sie zurück zum Auto, lässt sich auf den Fahrersitz fallen, beißt in das Brötchen und zieht das Handy aus der Tasche und drückt die Wahlwiederholung.

»Hallo?«

»Ich bin dran«, ertönt es nach einer kleinen Pause. Die Stimme klingt jung und außer Atem. »Von wo rufst du an? Bist du allein?«

»Aus meinem Auto. Ich stehe auf einer Tankstelle. Und ja, ich bin allein. Können wir reden?«

»Überleg ich mir noch. Sag mir erst, was mit Moritz ist!«

»Offenbar ist jemand in sein Haus eingebrochen«, antwortet Sandra einigermaßen perplex von der Direktheit ihrer Gesprächspartnerin. »Es gab einen Brand. Der halbe Dachstuhl ist eingefallen. Und es gibt eine verbrannte, männliche Leiche. Die Polizei geht davon aus, dass er es ist. Sie sagen, er ist erschossen worden.«

Das Geräusch, das aus der Kehle der Frau dringt, klingt wie ein langgezogener Schluckauf. Sandra gibt ihr ein paar Sekunden Zeit, sich zu sammeln, dann fragt sie: »Woher kennst du Atmos?«

»Moritz hat mir erzählt, dass du ihn so nennst.« Offenbar unterdrückt sie ein Schluchzen. »Das ist schön. Endlich hat er einen Namen, der ihm gegeben wurde.«

Sandra runzelt die Stirn, sagt aber nichts.

»Sonst hat er sich die Namen immer selbst ausgesucht. Jetzt hat er einen bekommen. Wie wenn man getauft wird.« Am Ende des Satzes bricht ihre Stimme.

»Weshalb hat er sich denn anders genannt?«

»Egal.« Man hört das Rascheln von Papier. Die Frau putzt sich die Nase. Als sie wieder spricht, klingt ihre Stimme klarer.

»Ich habe nicht viel Zeit. Und ich will das hier eigentlich auch gar nicht. Aber Moritz hat auch mir eine Nachricht hinterlassen. Einen Zettel in meinem Briefkasten.«

Und auf dem steht …?

»Er hat geschrieben, dass ihm etwas zugestoßen ist, wenn du dich bei mir meldest. Und dass ich dir von John erzählen soll.«

Sandra hält den Atem an.

»Wer ist John?«

»Ein Journalist. Er hat sich mit dem Hebe-Institut und einer Organisation namens HEA beschäftigt.«

Das kann nicht alles gewesen sein, denkt Sandra, doch am anderen Ende herrscht Schweigen.

»Wie heißt du eigentlich?«

»Kristin.«

Erneutes Schweigen.

Sandra beschließt zu warten. Sie hört Kristin atmen. Gerade, als sie dabei ist, die Geduld zu verlieren, bemerkt sie im Seitenspiegel einen dunklen Wagen schräg hinter sich auf die Tankstelle rollen.

»John war …«

»Warte mal kurz«, unterbricht sie Sandra und dreht den Seitenspiegel etwas nach außen, um besser sehen zu können.

»Was ist?«

»Nur ein Auto. Ich glaube, das habe ich schon einmal gesehen.«

»Wer sitzt drin?«

»Zwei Männer. Sieht aus, als warten sie auf jemanden.«

»Du haust besser ab.«

Der Fahrer steigt aus, geht neben dem Reifen in die Hocke.

»Nein, alles gut. Ich hab mich geirrt! Die wollen nur den Reifendruck überprüfen.«

»Du hast echt keine Ahnung, worum es geht, oder?«

»Vor einer Woche war mein Leben noch ganz normal – mehr oder weniger. Aber jetzt … Ich fürchte, ich werde paranoid.«

»Pass auf …« Kristin spricht so leise und schnell, dass Sandra das Telefon an ihr Ohr pressen muss, um sie zu verstehen. »Ich weiß selbst nicht viel. Ich weiß nur, dass du Moritz anscheinend wichtig warst. Deshalb sage ich dir jetzt folgendes: Hör auf! Egal, in was du da reingeraten bist, egal, was ihr herausgefunden habt, hör auf. Geh weg, weit weg, irgendwohin, wo dich keiner kennt. Fang ein neues Leben an, vielleicht klappt es. Mach all die Sachen, die du schon immer tun wolltest. Aber lass die Dinge auf sich beruhen. Und egal, was du tust, sei verdammt vorsichtig.«

Der Fahrer ist wieder eingestiegen und lässt den Motor an. Langsam rollt das Auto von der Tankstelle. Sandra lehnt sich zurück.

»Sorry, aber so einfach ist das nicht.« Sie erschrickt selbst über die Härte in ihrer Stimme. »Hier geht es nicht um mich. Hier geht's um ein neunjähriges Mädchen!«

»Ich habe auch ein Kind, Sandra, einen Sohn. Er ist drei Jahre alt und heißt John. Nach seinem Vater. Bescheuerte Idee wahrscheinlich. Aber da er ihn nie kennengelernt hat, dachte ich, er soll wenigstens irgendetwas von ihm haben.«

»Das wusste ich nicht.«

»Woher auch? Sei froh, dass du so wenig weißt! Ich kann dir nicht helfen. Und will es auch nicht.«

Dann legt sie auf.

FÜNFZEHN

»Mehr hat sie dir nicht gesagt?«

»Ich glaube, sie hatte eine Scheißangst. Da war so ein Wagen auf der Tankstelle, ich dachte erst, ich hätte den schon einmal gesehen. Sie hat total panisch reagiert, als ich ihr davon erzählt habe.« Sandra gibt Butter in die Pfanne. »Sie hat nur noch angedeutet, dass John nicht mehr lebt. Und dass sie einen Sohn hat, an den sie denken muss.«

Heide tritt an ihre Seite und gießt Sahne dazu. »Eine Mutter, die ihr Kind schützen will.« Sie öffnet eine Tüte geraspelten Parmesan und kippt den Inhalt in die Pfanne.

Ja, denkt Sandra, die einen machen diese Erfahrung früher, die anderen später. »Einerseits schon.« Sandra sieht ihre Mutter an. »Andererseits – sie hat mit mir gesprochen. Hätte sie ja nicht tun müssen. Und irgendwie hatte ich das Gefühl …«

»Mach mal hinne.«

»Was bitte?«

»Du bist wie dein Vater. Zwei Dinge gleichzeitig hat der auch nie hingekriegt.« Sie schiebt Sandra vom Herd weg.

»Du hörst mir überhaupt nicht zu, Heide.«

»Du hast mit einem verängstigten Mädchen telefoniert, das reden möchte, aber aus Angst keinen vernünftigen Satz herausbringt. Ich höre dir sehr wohl zu. Aber wenn du nicht rührst, gibt's Klümpchen.«

»Hast du das auch in der Volkshochschule gelernt? Was kochen wir hier überhaupt?«

»Geflügelragout in Käse-Sahne-Sauce.«

»Ich hab keinen Hunger.«

»Unsinn.« Heide drückt ihr Teller und Besteck in die Hand. »Bring das ins Esszimmer.«

+

Heide mustert ihre Tochter kauend.

»Und?«

»Und was?«

»Wirst du den Rat dieser Kristin befolgen und die Finger davonlassen?«

Statt zu antworten, taucht Sandra ein Stück Weißbrot in die Sauce und schiebt es sich in den Mund. Erstaunlich gut, Heides Sahnesauce. Da soll noch einer behaupten, Menschen könnten sich nicht ändern.

Heide taxiert ihre Tochter über den Tisch hinweg. »Ihre Botschaft war doch wohl unmissverständlich.«

Sandra verschränkt die Arme vor der Brust. »Stell dir vor, du wirst in einen schrecklichen Unfall verwickelt, findest ein halbtotes Kind, bringst es heil durch die Nacht, darfst danach keinen Kontakt mehr mit ihm haben, kommst durch Zufall in den Besitz von Tausenden von Euro und Diamanten, versuchst etwas über die Hintergründe zu erfahren, und dann geht das Haus deines einzigen Vertrauten in Flammen auf. Würdest du die Finger davonlassen?«

»Ich bin also nicht deine Vertraute, ja?«

»Du drückst dich um die Antwort, Heide. Was würdest du tun?«

Sie lacht auf. »Ich weiß nicht, ob ich dir das sagen sollte.«

Sandra wischt die Hände aneinander, Brotkrümel rieseln auf ihren Teller. »Ich finde schon.«

»Ich würde das Geld nehmen, meiner Mutter den Kater aufs Auge drücken, auf eine nette, kleine Karibikinsel fliegen, den ganzen Tag nackt am Strand liegen, Mangos essen, Cocktails trinken und mich abends von jungen, schönen Männern zum Tanzen ausführen lassen!« Heide nimmt einen großen Schluck Rosé. »Das würde ich tun!«

»Hätte ich mir denken können.« Sandra funkelt ihre Mutter an. »Bei deiner Vorliebe für Mediziner würdest du auf einer kleinen Karibikinsel aber kaum auf deine Kosten kommen.«

»Mit so viel Geld wäre mir ein fünfundzwanzigjähriger Masseur genug.« Heide lacht vergnügt, aber Sandra geht nicht darauf ein.

»Was glaubst du, hätte Papa gemacht?«

»Georg?« Heide langt nach der Weinflasche und gießt sich nach. »Der hätte das Geld sofort bei der nächsten Polizeiwache abgegeben.«

»Wahrscheinlich hätte ich genau das tun sollen. Dann wäre Atmos vielleicht noch am Leben.«

»Ach Quatsch! Dein Atmos klingt mir nicht nach einem, der das Risiko scheut. Wer mit dem Feuer spielt …«

»Das sagt ja die Richtige.«

»Eben! Ich habe dich ja auch nie für mein Leben verantwortlich gemacht. *Du* hast sein Haus nicht angezündet!«

Sandra blickt an ihr vorbei auf eine Reihe von Bildern und Postkarten, die mit Reißzwecken an der Wand befestigt sind. Darunter gerahmt auf einer Kommode ein Foto von ihr selbst als kleines Mädchen mit einer blau-orange gepunkteten Schultüte. Das Mädchen macht ein Siegeszeichen und lächelt in die Kamera, der rechte Schneidezahn fehlt. In den Augen freudige Erwartung, aber auch eine seltsam erwachsene Ernsthaftigkeit.

»Ich bin nicht wie du, Heide.«

Sandra hört ein Schnaufen. »Also bitte, dann zieh dich an.«

Sandra blickt zu Heide hinüber. Die rammt ihre Gabel in eine Zuckerschote, als gelte es, ihr den Garaus zu machen.

»Wozu?«

»Wir fahren!«

»Und wohin?«

»Findest du nicht, wir sollten uns dieses Institut mal ansehen?«

Sandra sieht auf die Uhr über der Tür. »Es ist fast elf.«

»Umso besser. Dann ist da wenigstens keiner mehr, der uns unangenehme Fragen stellt. Und wenn doch, ist das auch schon eine Erkenntnis.« Sie steht auf und bringt den Teller in die Küche. »Wir fahren mit meinem Wagen, der ist weniger auffällig.«

Klar, denkt Sandra, dein lachsfarbener Spider ist total unauffällig.

»Und zieh dir etwas Dunkles an.«

+

Als die letzten Häuser von Lottstetten hinter ihnen liegen und sich zu beiden Seiten schneebedeckte Felder auftun, fragt Heide: »Wie hat er reagiert? Hat er Treueschwüre geleistet?«

»O ja, Treue und Liebe – mit viel Wenn und Dann.«

»Zu dritt bis in alle Ewigkeit?«

»In etwa.« Sandra muss lachen.

»Kannst du es mir erklären?«

»Was denn?«

»Na, diese ganze Anwar-Episode. Was sollte das?«

»Epoche passt besser.« Sie hört ihre Mutter neben sich glucksen.

»Gefühlt auf jeden Fall. Aber ernsthaft, warum er?«

»Ganz ehrlich, ich weiß es nicht. Als Chef ist er uneinsichtig und inkonsequent, und menschlich kann er ein furchtbarer Idiot sein.«

»Ein Arschloch«, sagt Heide, während sie an einer Kreuzung halten.

»Ja, von mir aus auch das. Aber dann gab es diese Momente – wie vorhin im Büro. Als er so verstört war. Er hat mich angeguckt wie …«

»… wie ein kleiner Junge.«

»Ja. Und daran glaube ich noch immer. In seinem Innern ist er ein kleines, verletztes Kind. Als ich das irgendwann gesehen habe, hat es mich berührt.«

Heide greift nach dem Päckchen Zigaretten auf dem Armaturenbrett. Fahr-Zigaretten, wie sie sie nennt. »Es stört dich doch nicht, wenn ich rauche?«

»Das war rhetorisch gemeint, oder?«

Heide lässt das Feuerzeug aufflammen. Nachdem sie zwei Züge genommen hat, sagt sie: »Weißt du, in uns allen steckt ein kleines Kind. In mir steckt eine ganze Rasselbande! Aber es gibt solche Kinder und solche. In Anwars Fall handelt es sich nicht um einen unschuldigen kleinen Jungen. Dem ist es noch nie um etwas anderes gegangen als um sich selbst.«

Was bei dir ja ganz anders ist, denkt Sandra, sagt aber: »Eine von Ludwigs Weisheiten?«

»Nein, meine eigene. Glaub mir, ich hatte genug solcher Kinder in meinem Leben.«

Sandra ist sich da nicht so sicher. Männer werden bei Heide gern in Sippenhaft genommen. Inzwischen haben sie das Bergland erreicht, die Straße windet sich den Hang hinauf. Die verschneiten Bäume tragen schwer an der weißen Last. Heide hat das Fenster heruntergelassen. Eisige Luft zieht herein.

»Das Kind also«, sagt sie.

»Das Kind, ja.« Sandra zögert kurz. »Und der Sex. Der war schon gut. Das wolltest du doch hören, oder?«

Lachend schließt ihre Mutter das Fenster. »Ja. Endlich etwas, das ich nachvollziehen kann!«

Erst als Heide das Tempo drosselt, wird Sandra klar, wo sie sich befinden. Die Leitplanke ist noch nicht erneuert worden. Ein rotes Flatterband und Warnhinweise markieren die Unfallstelle. Sandra öffnet das Fenster und beugt sich heraus. Der wiederkehrende Schneefall der letzten Tage hat die Spuren verdeckt. Der Wagen von Mias Vater ist geborgen worden. Sandra kneift die Augen zusammen und starrt in die Tiefe, doch vor ihr liegt nichts als ein verschneites Tal in der Dunkelheit.

»Zigarette?«

Es hat Jahre gedauert, bis Sandra verstanden hat, dass ihre Mutter auf diese Weise nach ihrem Befinden fragt.

»Danke, nein. Ich kriege so schon kaum Luft.«

»Der Körper erinnert sich immer länger, als uns lieb ist«, sagt

Heide und zündet sich stattdessen selbst eine an. »Weißt du, was ich mich schon die ganze Zeit frage?«

»Sag.«

»Warum zum Teufel ist der so gerast? Im Radio gab es den ganzen Tag Unwetterwarnungen, die Straße war nicht geräumt. So was macht man doch nicht. Schon gar nicht mit einem Kind auf dem Rücksitz.«

Sandra überlegt, ob sie Heides plötzlich aufflammendes Verantwortungsbewusstsein kommentieren soll, entscheidet sich aber dagegen. »Vielleicht hatte er Angst, den Flug zu verpassen.«

»Hast du nicht gesagt, der Flug wäre erst am nächsten Morgen gewesen.«

»Auch wieder wahr.«

»Was, wenn jemand hinter ihm her war?«

Reflexhaft dreht sich Sandra um.

»Keine Sorge, Schätzchen, da ist niemand. Außerdem kennen die meinen Wagen nicht. Wer auch immer die sind.«

Sandra unterdrückt ein Lachen. »Es wird denen aber nicht schwerfallen, das herauszufinden. Immerhin hast du in Regenbogenfarben *Heides Pflegeservice* auf deinem Auto stehen.«

+

Statt zum Grand Hotel rechts in Richtung Zürich abzubiegen, fahren sie auf der Route 15 durch Dürstelen nach Bauma. Danach dünnt es sich aus mit den Ortschaften. Eine Weile verläuft die Straße entlang der Eisenbahnschienen, rechts der Straße tauchen noch einzelne Wohnhäuser und Bauernhöfe auf, ansonsten schneebedecktes Weideland. Sie fahren an einem geschlossenen Rasthof vorbei.

»Warte mal, war das nicht der Abzweig?«

»Hier?« Heide drosselt das Tempo, setzt zurück.

Sandra starrt auf das Display ihres Smartphones. »Ich hab ganz schlechten Empfang, aber ich glaube, wir müssen hier links.«

»Wie du willst.« Heide biegt in die Straße ein. Sie passieren ein paar Wohnhäuser, dann verjüngt sich die Straße zu einem Schotterweg.

»Bist du sicher?«

»Keine Ahnung.« Sandra starrt nach draußen. Nichts als Weiden und Bäume.

Dann macht der Weg eine Biegung und führt durch immer dichter werdenden Wald.

»Das ist ja wie bei Hänsel und Gretel. Hoffentlich finden wir zurück«, scherzt Heide, doch Sandra hört die Anspannung in ihrer Stimme.

»Kannst ja aus dem Fenster aschen.«

»Asche statt der Brotkrumen? Wie kommst du denn auf solche Ideen?«

Sandra lacht auf. »Musst du meine Mutter fragen!«

Heide schaltet das Fernlicht ein. Doch die Lichtkegel verlieren sich in der Schwärze des Waldes. Schweigend fahren sie weiter. Der Weg ist nicht geräumt, immer wieder muss Heide aufgetürmtem Schnee ausweichen. Die Reifen finden kaum Halt auf dem vereisten Untergrund.

»Vielleicht war die Fahrt mit dem Spider doch keine so gute Idee«, murmelt sie. »Ich kann nur hoffen, dass wir hier richtig sind und ich den ganzen Weg nicht rückwärts muss.«

Sandra setzt gerade zu einer Entgegnung an, als sich der Wald zu lichten beginnt.

»Da!« Sandra deutet aus dem Fenster.

Heide schaltet das Fernlicht aus und fährt langsam weiter. Einzelne Gebäude, schwach beleuchtet und von Mauern und Stacheldraht umgeben, tauchen vor ihnen auf.

»Sieht aus wie ein altes Fabrikgelände. Bist du sicher, dass wir hier richtig sind?«

»Auf Corinne Spenglers Karte stand keine Adresse. Und im Internet habe ich nichts gefunden. Das Einzige, was ich entdeckt habe, war eine Kurzmeldung, dass sich einige Bauern aus dieser Gegend zusammengetan und Beschwerde gegen den Verein eingereicht haben. Der Verein würde Lagerhallen und ehemalige Getreidebunker nutzen, die bislang den Landwirten der angrenzenden Gemeinden zur Verfügung gestanden hätten.«

»Und? Haben die Bauern gewonnen?«

»Natürlich nicht. Zum Prozess kam es erst gar nicht. Der Verein hat das Land angeblich rechtmäßig erworben. Aber so bin ich auf die Adresse gekommen. Eine ehemalige Fabrikanlage am Nideltobel.«

»Nideltobel. Was für ein Name!«

Sandra blickt sich um. »War das eben nicht Nummer fünf?«

Heide wendet und fährt den Weg langsam zurück. Die Gebäude sind nur schwach beleuchtet, die meisten scheinen seit Jahren leer zu stehen, die wenigsten haben Hausnummern. Rechts zweigt ein Weg ab, daneben ein Schild mit der Aufschrift »Privat«, groß genug, dass niemand behaupten kann, er hätte es übersehen.

»Würde mich nicht wundern, wenn hier gleich ein Ufo landet«, murmelt Heide, während sie den Wagen am Wegrand abstellt.

»Ich hab den Artikel doch vorhin ausgedruckt und eingesteckt, er muss hier irgendwo …« Sandra durchwühlt ihre Handtasche, zieht ein zusammengefaltetes Papier hervor. »Hier, hab ihn! Kannst du mal Licht anmachen?«

Heide dreht den Zündschlüssel. Das Autoradio springt an. »Sympathy for the devil« dröhnt aus den Lautsprechern. Schnell dreht sie die Lautstärke herunter.

»Mensch, Heide! Ich wollte Licht, keine Disco!« Sandras Herz rast.

Heide lächelt schief. »Rein textlich aber nicht unpassend.« Sie schaltet die Anlage aus. »Das Licht funktioniert nur, wenn die Zündung an ist. Und die Musikanlage macht ständig, was sie will.«

Sandra sieht sich um. »Bei der Lautstärke müsste jeder im Umkreis von einem Kilometer mitbekommen haben, dass wir da sind.« Sandra betrachtet den Ausdruck. »Nideltobel drei. Ist schon richtig. Und ich glaube, das da hinten war die zwei und das dort«, sie zeigt vor sich, »die fünf. Wahrscheinlich müssen wir in den Privatweg rein.«

»Sieht aus, als führe der zu einem brachliegenden Grundstück.«

Sandra folgt ihrem Blick. »Glaub ich nicht. Der Schnee auf dem Weg ist platt. Der ist befahren.«

»Na schön, dann aber zu Fuß. Mit meinem Spider fahr ich da nicht rein.«

+

Gemeinsam stolpern sie durch die Nacht.

»Was hast du denn sonst im Internet über das Institut herausgefunden?«, fragt Heide.

»Nicht viel. Da stand nur irgendwas von Kosmetik- und Medikamentenforschung.«

Der Weg macht eine Kurve, die Dunkelheit verschluckt sie nun vollständig. Sie durchqueren ein verwildertes Parkstück, rechts von ihnen gluckst ein Bach. Dann teilen sich die Bäume, der Weg verbreitert sich, und sie haben wieder Asphalt unter den Füßen. Nach weiteren hundert Metern erreichen sie einen von Laternen beleuchteten Parkplatz, der an einer Mauer endet. Dahinter kann Sandra Teile eines flachen Gebäudes erkennen.

»Das scheinen ja sehr exklusive Kosmetika zu sein«, flüstert Heide.

Auf dem Parkplatz stehen drei Autos, ansonsten ist er leer. Das Pförtnerhäuschen in der Mitte ist nicht besetzt. Sandra geht langsam weiter, bis sie die Mauer erreicht, die mindestens zweieinhalb Meter hoch ist.

»Geh du mal in die Richtung, ich geh hier lang. Im Zweifel treffen wir uns am Auto«, sagt Heide und biegt nach rechts ab.

Sandra zögert einen Moment, dann läuft sie ebenfalls los. Lange sieht es so aus, als gebe es keinen Durchgang – bis sie etwa fünfzig Meter vor sich einen Lichtschimmer wahrnimmt. Eine Durchfahrt. Sie schiebt sich am feuchten Mauerwerk entlang, wagt einen Blick um die Ecke.

Vor ihr liegt ein hell ausgeleuchtetes Areal, in dessen Mitte sich ein kleiner Backsteinbau und daran anschließend ein großer, flacher Gebäudekomplex befinden. Auf den Wegen, die sich wie ein Netz um die Gebäude ziehen, sind zwei Gestalten mit einem Schäferhund auszumachen. Erschrocken zieht Sandra den Kopf ein, dann lugt sie noch einmal um die Ecke. Während der hintere Flügel des Gebäudes verlassen scheint, sind die Fenster zum Parkplatz hin erleuchtet. Sandra kann menschliche Umrisse hinter den Scheiben erkennen. An den Hausecken sind Kameras angebracht.

Die beiden Wachmänner haben an der Ecke des Gebäudes umgedreht und laufen jetzt Richtung Parkplatz. Sandra zieht sich schnell hinter die Mauer zurück. Von Heide keine Spur. Wahrscheinlich ist sie längst beim Auto. Vorsichtig macht Sandra sich ebenfalls auf den Rückweg. Über den Parkplatz zu laufen behagt ihr nicht. Sie hält nach weiteren Kameras Ausschau, überlegt, ob sie nicht besser Schutz zwischen den angrenzenden Bäumen suchen soll, entscheidet sich schließlich doch für den direkten Weg über den Parkplatz. Als sie den hinter sich hat, beginnt sie zu rennen. Endlich der Weg vor ihr. Der Schnee knirscht unter ihren Sohlen. An der Biegung entdeckt sie Heide. Eine brennende Zigarette in der Hand, steht sie im Halbdunkel eines Baums und winkt ihr.

»Gib mir sofort auch eine!«

Sandra wirft einen Blick zurück. Bis auf einen Fuchs, der in gemächlichem Trab auf mehrere am Zaun aufgestellte Müllcontainer zusteuert, liegt der Parkplatz verlassen da. Eine Laterne kann sich nicht entschließen, ob sie an- oder ausgehen soll, ansonsten ist alles ruhig.

Heide kramt nach ihrem Feuerzeug, als sie ein Geräusch herumfahren lässt. Keine drei Meter vor ihnen steht ein dunkel gekleideter Mann auf dem Weg.

»Sie befinden sich hier auf privatem Grund.«

Sandra würde gern etwas erwidern, doch ihr fällt nichts ein.

Langsam kommt der Mann auf sie zu. Er hat kleine, eng zusammenstehende Augen. Zu klein für das ansonsten grobe Gesicht. An seinem Hals kann Sandra eine Tätowierung in Form einer Schlange erkennen.

Als er nur noch eine Armlänge entfernt ist, sagt er: »Was suchen Sie hier?«

Heide legt Sandra einen Arm um die Hüfte, als müsste sie sie stützen. »Entschuldigung«, sagt sie. »Meine Tochter musste sich übergeben. Siebte Schwangerschaftswoche – Sie verstehen. Den ganzen Tag geht das so. Sie brauchte nur etwas Luft. Geht gleich wieder.«

»Sie sollten das Gelände jetzt besser verlassen.«

»Tut mir leid.« Sandra sieht zu dem Mann auf. »Ich bin einfach aus dem Wagen gesprungen.«

Der Mann wirkt alles andere als überzeugt. »Dann stört es Sie sicher nicht, wenn ich Sie zu Ihrem Wagen zurückbringe.«

Er packt sie am Unterarm. Heide öffnet den Mund und möchte widersprechen, entscheidet sich jedoch dagegen, als sie Sandras Blick bemerkt.

»Es geht schon, danke«, murmelt Sandra und versucht, sich aus dem Griff des Mannes zu winden, doch der schiebt sie barsch weiter Richtung Straße.

Großartige Idee, den Spider zu nehmen, denkt Sandra, während sie neben Heide und dem Unbekannten her durch die Dunkelheit stolpert. Die Beschriftung auf Heides Auto wird es dem Mann nicht schwermachen, herauszufinden, wer sie sind.

Als sie die Straße beinahe erreicht haben, kommt ihnen

plötzlich eine Gestalt entgegen. Männlich, etwa eins achtzig groß, blaue Winterjacke. Sandra hält überrascht inne.

»Weitergehen!« Der Mann stößt sie vorwärts, dann sieht auch er den anderen.

Die gehören nicht zusammen, merkt Sandra.

Mit Blick auf Sandra und Heide ruft Francesco: »Was *macht* ihr denn so lange?«

Sandra starrt ihn an, dann antwortet sie stotternd: »Wir sind fast da. Alles in Ordnung.«

»Sie musste sich schon wieder übergeben«, hört Sandra ihre Mutter sagen. »Der Herr hier hat uns zurück zum Wagen begleitet.«

Sandra spürt, wie der Mann sie freigibt, läuft auf Francesco zu und fällt ihm um den Hals.

»Geht's wieder?«

Sandra nickt, ohne ihn anzusehen.

»Gut.« Francesco schiebt sie sanft von sich weg und wendet sich dem Unbekannten zu. »Vielen Dank. Den Rest des Weges schaffen wir auch ohne Ihre Hilfe.«

»Alle Achtung, junger Mann«, sagt Heide, nachdem sie seufzend auf den Fahrersitz gesunken ist. »Schnell geschaltet!« Sie zieht das Päckchen Zigaretten aus der Tasche und lässt sich von Francesco Feuer geben, der zusammen mit Sandra neben dem Auto stehen geblieben ist.

Sandra versucht, ihre Gedanken zu ordnen. »Was machst du hier?«

Sie angelt sich ebenfalls eine Zigarette aus der Packung. Nachdem sie ihm bereits um den Hals gefallen ist, kommt es ihr komisch vor, Francesco zu siezen.

»Ich war bei dir zu Hause. Aber da warst du nicht. Also hab ich die Adresse deiner Mutter rausgesucht und bin zu ihr gefahren. Als ich ankam, seid ihr gerade losgefahren. Und da du gesagt hast, dass du glaubst, beobachtet zu werden, bin ich sicherheitshalber mal in eurer Nähe geblieben.«

Sandra schluckt. »Du hast uns verfolgt?«

»Sagen wir, ich wollte sichergehen, dass ihr nicht verfolgt werdet.« Er blickt an ihr vorbei in den Wald. »Was wolltet ihr hier überhaupt?«

»Mia hat gesagt, dass sie im Hebe-Institut behandelt wird ...«, beginnt Sandra zu erzählen, hält dann aber inne. »Ich kann nicht glauben, dass du uns den ganzen Weg gefolgt bist.« Sie kann ihren Zorn kaum unterdrücken.

»Es tut mir leid.« Francesco macht ein zerknirschtes Gesicht. »Aber ich wäre den Weg ja sowieso zurückgefahren, und da dachte ich ...«

»Wir wollten uns einfach mal hier umsehen«, mischt Heide sich ein.

»Und weshalb?«

»Keine Ahnung.« Sandra fährt sich mit der Hand durch die Haare. »Das klang alles reichlich komisch, was sie erzählt hat. Ich dachte, vielleicht kann ich sie besuchen. Falls sie überhaupt hier ist.«

»Abends um elf?«

»Ich wollte wissen, wie es ihr geht«, verteidigt sie sich. »Ich sage nicht, dass es besonders gut durchdacht war.«

»Wenn meine Tochter sich etwas in den Kopf gesetzt hat«, erklärt Heide, »dann ist sie wie ihr Vater.«

»Entschuldigung«, Francesco lächelt sie an, »ich hatte noch

gar keine Gelegenheit, mich vorzustellen: Villano, Francesco Villano.«

»Dann sind Sie also der Polizist, der meine Tochter gerettet hat.«

Francesco lacht. »Das war gar nicht nötig. Ich hab die Heldin nur nach Hause gebracht.« Er wendet sich wieder Sandra zu. »Was war das für ein Mann? Woher kam er?«

»Ich weiß nicht. Security, schätze ich.«

»Hat er gesagt, was er wollte?«

»Uns sagen, dass wir uns auf Privatgelände befinden.« Heide mustert Francesco unverhohlen von der Seite. Sandra weiß jetzt schon, was ihre Mutter nachher sagen wird. »Und sichergehen, dass wir zu unserem Wagen zurückfinden.«

»Und dann kamst du«, sagt Sandra.

»Perfektes Timing.« Francesco mustert sie. »Im Gegensatz zu heute Nachmittag.«

Sie lächelt verlegen. »Tut mir leid, ich hatte das völlig vergessen.«

»Wie wäre es mit morgen?«, fragt er. »Ich lade dich zum Essen ein. Ich kenne da ein kleines Restaurant in Schaffhausen. Ist nur eine Viertelstunde von Lottstetten …«

»Ähh …« Sie vermeidet es, Heide anzusehen. »Vielleicht übermorgen?«

Er beugt sich zu ihr hinunter, küsst sie auf die Wange. Sandra spürt seinen warmen Atem an ihrem Hals, riecht seinen Geruch.

»Gut. Um acht?«

»Hmm.«

Er richtet sich auf. »Bis übermorgen also. Und entschuldige

noch mal, dass ich euch gefolgt bin.« Dann, zu Heide: »Frau Matthies, es war mir ein Vergnügen.«

Heide quittiert sein Lächeln mit einem Augenaufschlag erster Güte: »Das Vergnügen war ganz auf meiner Seite.«

Seit der Entwicklung von Impfstoffen haben viele früher tödlich verlaufende Krankheiten ihren Schrecken verloren. Operationstechniken sind verbessert, Transplantationen zur Routine geworden, die Diagnostik wurde revolutioniert. Den Beginn eines neuen Zeitalters wird jedoch rückblickend weder das Penicillin noch die Erfindung des CTs markiert haben, sondern …

(Pause)

Das Gen-Editing!

(Schaubild)

Sie glauben mir nicht? Ich gebe Ihnen ein Beispiel. Wie Sie wissen, schleust sich das HI-Virus in körpereigene CD4-T-Zellen ein, indem es an bestimmten Punkten auf der Oberfläche der Immunzellen angreift. Das muss ich Ihnen, die Sie hier sitzen, nicht erklären. Was aber würden Sie sagen, wenn ich Ihnen berichtete, dass wir diese Oberflächenstrukturen mittels Gen-Editing verändern können? Dass das Virus so daran gehindert würde, an der Außenhaut der Zellen anzusetzen, dass es sich nicht einschleusen und ausbreiten könnte? HIV hätte seine teuflische Kraft verloren!

(Den Zuhörern Zeit geben, Vertrauen schaffen)

Sie zweifeln? Ich kann Sie verstehen. Wir alle haben verfolgt, wie sich ein paar voreilige Kollegen die Gentherapie untertan machen wollten. Die Versuchspersonen wurden zwar von ihren Erbkrankheiten erlöst, doch sie entwickelten andere. Die viralen Genfähren hatten sich am falschen Ort des Genoms eingenistet, die Folge: Krebs. Das war ein Rückschlag, das stimmt. Unlängst erst wurden weitere Fälle gemeldet. Das ist tragisch. Doch wir alle wissen: Rückschläge gehören zum Fortschritt wie die Nacht zum Tag. Wer weiß schon, wie viele Schiffe gesunken sind, bevor den Wikingern die erste Atlantiküberquerung glückte. Wie viele Flugversuche nötig waren. Doch was, wenn ich sage, dass die eben geschilderten Schwierigkeiten der Vergangenheit angehören? Was, wenn wir sichere Genfähren entwickelt hätten? Was, wenn, dank Tools wie Crispr/Cas, diese Unsicherheiten der Vergangenheit angehörten?

Was, wenn ich sage, dass dank unserer Technik die veränderte DNA künftig risikofrei in Zellen eingeschleust werden kann? Ein winziger elektrischer Impuls und schon ist das Protein samt neuem Gen in der Zelle! Dort screent es die DNA, findet die schadhafte Stelle und schneidet sie heraus. Wenn die Zelle den Schnitt repariert, baut sie das neue Gen an eben dieser Stelle ein. Und schon ist die Zelle kein Überträger krankmachender Informationen mehr. Besser noch, sie gibt die veränderte DNA weiter.

(Pause)

Sie wissen, was das bedeutet, nicht wahr? Was das de facto bedeutet?

(Begeisterung schüren)

Zum ersten Mal in der Geschichte der Menschheit können wir agieren, nicht reagieren. Unsere Entwicklung wird nicht länger vom Zufall determiniert. In Zukunft steuern wir unsere Entwicklung selbst. Wir brauchen keine Medikamente mehr, die uns Milliarden kosten und trotzdem Nebenwirkungen haben, wir brauchen gar keine Medikamente mehr! Wir heilen den Menschen, bevor er krank wird, wir heilen Ihre Frau, Ihren Vater, wir heilen Ihr Kind, bevor es krank wird.

(Einzelne Zuhörer fixieren, persönlichen Bezug herstellen)

Sie haben nicht den Mut, daran zu glauben, aber in Ihren Herzen wissen Sie es längst: Gen-Editing wird unsere Zukunft bestimmen. Eins jedoch wissen Sie noch nicht. Wir sind so weit! Diese Zukunft beginnt nicht morgen oder übermorgen, sie hat bereits begonnen!

(Pause)

SECHZEHN

Der Fahrstuhl ist von innen verspiegelt. Zwei müde braune Augen blicken Sandra entgegen. Nächste Woche bin ich grau, denkt sie und streicht sich eine Strähne aus der Stirn. Nach der nächtlichen Rückkehr vom Institut hatte sie lange nicht einschlafen können, war immer wieder eingedämmert, um anschließend mit Herzklopfen wieder auf Heides Sofa hochzuschrecken. Berlioz, der sich zunächst wohlig schnurrend an ihrem Fußende zusammengerollt hatte, war bald irritiert auf den Sessel umgezogen. Als sie von Heide zum Frühstück geweckt wurde, hatte sie das Gefühl, wenige Minuten zuvor erst eingeschlafen zu sein.

Mit einem Brummen hält der Fahrstuhl im dritten Stock des Universitätsgebäudes. Sandra läuft den Gang hinunter, bis zur Tür mit der Aufschrift *Labor 3.* Auf ihr Klopfen hin öffnet eine junge Frau mit asiatischen Gesichtszügen. Sie trägt Handschuhe, in der Linken hält sie ein Reagenzglas.

»Ja?«

»Mein Name ist Sandra Matthies. Ich suche Doktor Brauer.«

Die Frau dreht sich um, ruft: »Wilhelm, kommst du mal?«, winkt Sandra herein und geht zurück an ihren Arbeitsplatz. Sandra folgt ihr. Der Raum erinnert entfernt an die Großküche des Grand Hotel des Alpes, nur dass statt Kochtöpfen Computer auf den Arbeitsplatten stehen. An einer Wand blickt Michael J. Fox mit entsetztem Gesichtsausdruck auf seine Armbanduhr, die Zeitmaschine im Rücken. *He was never in time for his classes … He wasn't in time for his dinner … Then one day … he wasn't in his time at all.* Sandra schmunzelt. Mit einem Labor, wie sie es aus dem Chemieunterricht kennt, hat das hier nichts mehr zu tun. Ein kleiner Mann mit weißem Vollbart kommt auf sie zu. Mit seiner Nickelbrille und dem Kittel wirkt er mindestens so sehr aus der Zeit gefallen wie der Hauptdarsteller auf dem Poster.

»Sandra! Wie schön, dich wiederzusehen. Heide hat dich bereits angekündigt.« Er gibt ihr die Hand. »Komm, wir gehen in mein Büro.« Kurz dreht er sich zu seiner Mitarbeiterin um. »Ich bin in einer halben Stunde wieder da, Mai-Lin. Hast du die Zentrifuge im Blick?«

»Hab ich«, tönt es hinter einem Bildschirm hervor, und Brauer schließt die Tür. Mit einer sachten Berührung ihres Ellbogens leitet er Sandra durch die Flure. »Darf ich überhaupt du sagen? Es ist so lange her«, fragt er, als sie nach mehrfachem Abbiegen stehenbleiben und er eine Tür aufschließt.

»Natürlich.« Sandra folgt ihm in sein Zimmer.

»Ich kann dir noch nicht einmal Kaffee anbieten. Erst haben sie mir meine Sekretärin weggenommen und dann die Teeküche. So ist das, wenn man alt wird. Aber an diesen Raum«, er zeigt stolz auf das Chaos aus Blätterstapeln und Büchern, »trauen sie sich nicht ran!« Brauer nimmt mehrere Ordner von einem Sessel und signalisiert ihr, Platz zu nehmen. Er selbst setzt sich ihr gegenüber. »Also, was kann ich für dich tun?«

»Um ehrlich zu sein, weiß ich gar nicht, wo ich anfangen soll.« Sandra zögert. »Sagt dir das Hebe-Institut etwas?«

»Hebe-Institut? Wo soll das sein?«

»Im Zürcher Oberland. Eine dreiviertel Stunde mit dem Auto von Zürich weg. Im Internet gibt es kaum Informationen darüber – außer, dass dort Kosmetik- und Medikamentenforschung betrieben wird.«

Brauer schüttelt den Kopf. »Unter wessen Leitung? Wer finanziert das – ein Pharmaunternehmen?«

»Ein Tochterunternehmen einer amerikanischen Firma. Humanity Enhancing Association oder so ähnlich.«

»Die HEA?« Brauer streicht sich eine seiner buschigen Augenbrauen glatt. »Human Enhancement Association?«

»Kann sein«, sagt sie und fragt sich, weshalb ihr diese Abkürzung bekannt vorkommt? »Kennst du die Organisation?«

»Kennen ist zu viel gesagt.« Er lässt sich in seinen Sessel zurücksinken. »Die haben mich mal eingeladen. Ich war sogar da und hab mir den Verein angesehen. Das ist aber eine längere Geschichte. Hast du so viel Zeit?«

»Ich vermute, deshalb bin ich hergekommen.«

Brauer greift zum Telefon. »Dann bekommst du sie aber auch komplett erzählt.« Er tippt eine Nummer ein. »Kannst du eben mal in mein Büro kommen? Ja? … Gut … Bis gleich.« Brauer legt das Telefon zurück auf die Ladestation. »Vor Jahren rief mich ein Herr Baskin aus Boston an. Ich hatte gerade ein Paper über die Rolle der Telomere bei Tumorerkrankungen veröffentlicht.«

Als Sandra ihn fragend ansieht, winkt er ab.

»Nicht so wichtig. Jedenfalls stellte er sich als Kollege vor. Er sagte, er habe mein Paper gelesen und sei von meinen Ergebnissen sehr beeindruckt. Der übliche Sermon. Dann erzählte er mir von einer amerikanischen Forschungsgesellschaft, die sich gerade im Aufbau befinde. Er könne sich vorstellen, dass meine Fähigkeiten dort von großem Nutzen wären. Wir könnten voneinander profitieren. Na ja ...« Brauer kratzt sich den Bart. »Geschmeichelt hat mir das schon. Jedenfalls dachte ich, das guckst du dir mal an. Nach Boston wollte ich immer schon. Am Flughafen wurde ich in Empfang genommen und unter diversen Sicherheitsvorkehrungen in ein großes Institut auf dem Land gebracht, wo mich Herr Baskin herumführte. Das war schon bemerkenswert, was die da aus dem Boden gestampft haben. Riesige Laboratorien, mit dem Neusten, was es an Technik damals so gab. Über meine konkreten Aufgaben haben wir nicht gesprochen, da hat er sich sehr bedeckt gehalten, wohl aber über mein Gehalt. Er bot mir das Dreieinhalbfache von dem, was ich damals als Institutsleiter hier an der Uni verdient habe.«

»Und?«

Brauer zuckt mit den Schultern. »Ich habe abgelehnt.«

»Warum?«

»Aus verschiedenen Gründen. Zum einen war meine Frau von der Idee, in die USA auszuwandern, gar nicht begeistert.«

Sandra erinnert sich an Heides Bemerkung über Brauers Hausdrachen und verkneift sich ein Lächeln.

»Ich war auch gerade dabei, mir hier an der Uni etwas aufzubauen. Und außerdem ...« Er schüttelt den Kopf. »Wann immer man mit Leitern wissenschaftlicher Einrichtungen spricht, hört man, dass es nirgends etwas Vergleichbares gebe. Ein bisschen Übertreibung gehört zum Geschäft. Aber in diesem Fall ...

Irgendwie klang das alles nach Größenwahn.« Er sieht Sandra über den Rand seiner Brille hinweg an, die im Laufe des Gesprächs immer weiter in Richtung Nasenspitze gewandert ist. »Und jetzt habe ich nicht mal mehr eine Kaffeemaschine!« Er lacht kurz auf. »Anfangs kamen noch unregelmäßig Einladungen zu irgendwelchen Kongressen und Symposien, aber als ich nicht reagiert habe, blieben auch die irgendwann aus. Ich hab dann nicht mehr groß daran gedacht. Meine Kollegen und ich arbeiteten an der Telomer-Sequenzanalyse, wir feierten hier erste Erfolge, Janett und ich erwarben das Haus am Bodensee …« Ein Klopfen lässt Brauer innehalten.

»Genau zur rechten Zeit«, sagt er, als seine Assistentin in der Tür erscheint. »Mai-Lin, das ist Sandra. Die Tochter einer guten Freundin. Sie würde gern mehr über die HEA erfahren. Vielleicht kannst du etwas beisteuern?« Er steht auf und deutet auf seinen Sessel. »Setz dich ruhig. Ich versuche mal, bei den Pharmakologen etwas Kaffee abzustauben und sehe nach der Zentrifuge.«

Mai-Lin schließt die Tür hinter ihm und lehnt sich von innen dagegen. »Warum interessierst du dich für HEA?«, fragt sie.

»Ein Mädchen, das ich kenne, wird vermutlich in einem von der HEA finanzierten Institut behandelt. Ich wollte sie besuchen, aber ihre Mutter verbietet es. Gestern war ich dort. Das Institutsgelände gleicht einem Hochsicherheitstrakt. Nach einer Klinik sieht das nicht aus.«

»Und jetzt fragst du dich, was es damit auf sich hat.« Es ist eine Feststellung, keine Frage. Mai-Lin nimmt nun doch in Brauers Sessel Platz. »Die HEA ist eine Forschungsgesellschaft. Sie haben verschiedene Forschungsgebiete, die Therapie genetischer Krankheiten ist eins davon.« Sie macht eine Pause, dann sagt sie: »Mein Bruder hatte Mukoviszidose. Schon mal gehört?«

»Ja, aber mehr auch nicht.«

»Das ist eine Erbkrankheit, bei der verschiedene Drüsen des Körpers statt der normalen Flüssigkeiten nur zähflüssiges Sekret absondern. Zunächst ist meist die Lunge betroffen, später auch andere Organe. Der Patient erstickt an seinem eigenen Schleim, wenn du so willst.« Mai-Lin sieht an Sandra vorbei zum Fenster hinaus. Es hat wieder zu schneien begonnen. »Er war sieben, als er die Diagnose bekam. Bereits mit zehn war er immer wieder über Monate im Krankenhaus. Jeder kleine Virusinfekt wurde zur existentiellen Bedrohung. Mit fünfzehn ging es ihm so schlecht, dass mein Vater und ich insgeheim nur noch auf ein schnelles Ende hofften. Meine Mutter nicht. Sie ist von Arzt zu Arzt gelaufen, hat mit diversen Spezialisten telefoniert und alles gelesen, was zu der Zeit veröffentlicht wurde. Schließlich kam sie mit der HEA in Kontakt, die damals gerade anfing, sich in China zu etablieren. Sie sagten ihr, sie hätten eine Methode entwickelt, eine Substanz in den Körper des Erkrankten zu schleusen, die, vereinfacht formuliert, den defekten Genabschnitt aus dem Erbgut bestimmter Zellen schneidet. Man hätte die Therapie zwar regelmäßig wiederholen müssen, aber damit wäre mein Bruder bis auf weiteres symptomfrei gewesen. Von jetzt auf gleich. Ohne Nebenwirkungen.«

»Und? Hat es funktioniert?«

»Die Therapie sollte eine Menge Geld kosten. Außerdem haben wir in einem kleinen Ort an der Grenze zu Vietnam gelebt. Für den Eingriff hätten wir nach Shanghai fliegen müssen. Meine Eltern mussten einen Kredit aufnehmen. Als sie die Summe schließlich zusammenhatten, ging es Nian schon sehr schlecht. Eine Woche vor dem geplanten Flug ist er gestorben.«

Mai-Lin erzählt ihre Geschichte völlig ausdruckslos, sogar ihre Stimme klingt monoton. Sandra wendet den Blick ab.

»Das tut mir leid.«

»Ja, mir auch. Bis zuletzt hat Nian immer das Positive gesehen. Er war ein lebensfroher, sehr genügsamer Mensch. Er konnte die Dinge viel besser auf sich beruhen lassen als ich.« Das Lächeln, das plötzlich über ihr Gesicht huscht, kommt überraschend. »Bei einem meiner letzten Besuche im Krankenhaus hat er mich beim Schälen einer Mandarine beobachtet und gesagt: ›Mai-Lin, selbst wenn du eine Mandarine schälst, sieht es aus, als würdest du Krieg gegen sie führen.‹« Sie blickt Sandra an. »Ich fand das alles so unfair. Hätten wir ein halbes Jahr früher von HEA erfahren oder wären wir reicher gewesen ...«

»Ich hätte genauso gefühlt.« Schon der Tod ihres Vaters hatte eine enorme Wut in Sandra ausgelöst. Sie mag sich gar nicht ausmalen, wie es ihr an Mai-Lins Stelle ergangen wäre.

Die Chinesin geht nicht darauf ein. Mit monotoner Stimme redet sie weiter. »Ich habe damals angefangen, mich mit der HEA zu beschäftigen. Ich glaube, ich wollte einfach irgendjemandem die Schuld geben. Ich fand ihre finanziellen Interessen sehr fragwürdig, aber was die da untersucht haben, war schon beeindruckend. Dieser Snyder und sein Team ...«

»Professor Snyder? Amerikanischer Akzent, Mitte fünfzig, weiße Haare, blaue Augen?«

Mai-Lin hebt die Brauen. »Du kennst ihn?«

»Eigentlich nicht. Erzähl weiter.«

»Ein früherer Kollege hat sich mal mit Snyder getroffen. Er ist der Kopf des Ganzen. Wenn die Hälfte von dem stimmt, was er mir erzählt hat, liegen die wissenschaftlich ganz weit vorne. Allerdings sind die Prioritäten der HEA … fragwürdig.«

Doktor Brauer kommt mit einem Tablett und drei Kaffeetassen durch die Tür.

»Wie hast du das denn hingekriegt?« Mai-Lin reicht eine der Tassen an Sandra weiter. »Die Pharmakologen sind doch sonst so geizig.«

Brauer setzt sich auf einen Bücherstapel. »Ich hab ihnen gesagt, wir hätten einen potentiellen Sponsor für ein neues Kühlungssystem zu Besuch. Da haben sie den Kaffee ganz schnell rausgerückt.« Er kichert zufrieden. Dann wird seine Miene wieder ernst. »Hast du von Nian erzählt?«

»Ich sagte gerade, unsere Ziele sind vielleicht ähnliche. Aber die Prioritäten, die die HEA setzt, sind nicht unsere und ihre Wege und Mittel auch nicht.«

Er nickt. »Sagen wir es so: Wir sind davon überzeugt, dass der Zweck nicht jedes Mittel heiligen sollte.«

Sandra nimmt einen Schluck aus der Tasse und verbrennt sich die Zunge. Schlechteren Kaffee kriegt nur ihre Mutter hin. »Und was heißt das konkret?«

»Da wenig von ihren wirklichen Aktivitäten nach außen dringt, kann man nicht sagen, was Wunschvorstellung, was Gerücht und was Realität ist, aber sagen wir mal so: Wenn sie wirklich eine derartige Therapiemethode entwickelt haben, und das schon vor Jahren, dann ist es in höchstem Maße unethisch, die unter Verschluss zu halten, während jährlich mehrere Tausend Kinder und Erwachsene an dieser Krankheit sterben. Das ist das eine.« Brauer nimmt schlürfend einige Schlucke Kaffee. Ihm scheint er köstlich zu schmecken. »Wenn das Ganze mit der neuen Therapieoption jedoch eine Lüge war und sie sich von Leuten wie Mai-Lins Eltern bezahlen lassen, um deren Kinder als Testpersonen zu missbrauchen, ist es Betrug der schlimmsten Sorte. Und sollte es keine Lüge sein – sollten sie wirklich eine nebenwirkungsfreie und sichere Gentherapie entwickelt haben –, dann frage ich mich, welche Ethikkommission die Versuche bis dahin freigegeben haben soll. Schon vor zehn Jahren gab es Gerüchte, dass die HEA in großem Stil Embryonenforschung betreibt, aber die hatten damals schon Partnerinstitute in Ländern wie den USA, China oder Indien. Das durchschaut keiner. In einigen dieser Länder ist die Gesetzeslage bezüglich embryonaler Stammzellforschung eine andere als bei uns.«

Plötzlich summt Mai-Lins Mobiltelefon. Sie steht auf. »Die Zentrifuge ruft«, sagt sie.

Brauer sieht ebenfalls auf seine Uhr. Er nickt. »Ich komme auch gleich«, sagt er, während Mai-Lin sich von Sandra verabschiedet.

Sandra wartet, bis sie den Raum verlassen hat, dann wendet sie sich Doktor Brauer zu. »Genabschnitte aus dem Erbgut schneiden. Geht das so einfach?«

»Klingt nach Science-Fiction, ich weiß.« Brauer lächelt. »Der Beginn einer neuen Ära, so viel ist sicher.«

»Meinst du das ernst?«

»Wie viele Menschen setzen keine Kinder in die Welt – aufgrund ihres Wissens um familiäre Erbkrankheiten? Und wie viele Menschen tun es trotzdem und müssen mit ansehen, wie ihre Kinder leiden? Mukoviszidose, die Bluterkrankheit, Muskeldystrophie, Adenosindesaminase-Mangel, familiäre Hypercholesterinämie, Retinitis pigmentosa ... Die Liste ist endlos!« Er macht eine ausladende Geste. »Schau mich nicht so an! Ich weiß, was du denkst. Und bevor du fragst, ja, ich glaube an Gott, ich gehe sogar in die Kirche. Aber ich glaube nicht, dass es Gottes Wille ist, mitzuerleben, was Mai-Lins Familie durchgemacht hat.«

»Aber dann bist du doch im Prinzip einverstanden mit dem, was die HEA macht.«

»Ich sage nur, es gibt auch den Arzt und Wissenschaftler in mir, den die Vorstellung, solche Krankheiten zu heilen, fasziniert. Ich glaube, Gen-Editing kann für Tausende die Rettung bedeuten. Allerdings nicht um jeden Preis. In den falschen Händen wird daraus schnell eine teuflische Waffe. Ich bin ein Mensch, und Menschen sind verführbar, Sandra. Aber ich bin inzwischen alt genug, um zu wissen, wann man aufhören sollte und wann man den einen Schritt zu weit geht.« Er lächelt sie an. »Wenn du an der Kante stehst, ist es immer nur ein Schritt in den Abgrund, weißt du?«

Sandra denkt eine Weile über Brauers Worte nach, dann zieht sie Atmos' Ausdrucke aus der Tasche. »Kannst du hiermit etwas anfangen? Diese Unterlagen gehören zu dem Mädchen, das im Hebe-Institut behandelt wird.«

Brauer nimmt die Blätter entgegen und studiert die Tabellen.

»Heide vermutet, es sind Laborwerte.«

Er nickt. »Kluge Frau. Hier.« Er zeigt auf eine Reihe von Abkürzungen. »Das sind die Elektrolyte, hier sind die Nieren- und Leberwerte, hier die roten, da die weißen Blutkörperchen. Infin_01_367. Hmm.«

»Was?«

»Bist du dir sicher, dass die Werte stimmen?«

Sandra zuckt mit den Schultern. »Woher soll ich das wissen? Ein Freund hat sie aus einer Art Datenbank ausgelesen.«

»Vielleicht benutzen die andere Einheiten. Ist schließlich ein privat geführtes Institut, die können machen, was sie wollen. Ansonsten …«

»Sag …«

»Dem Mädchen ging es nicht gut, hat Heide gesagt? Was hat sie denn?«

»Keine Ahnung.« Sie stellt ihre Kaffeetasse ab. »Am Abend, als ich sie kennengelernt habe, hatte sie Kopfschmerzen, Übelkeit, Erbrechen, war sehr blass und am Ende kaum ansprechbar. Ihre Bewegungen schienen verlangsamt und steif, teilweise wirkte sie wie in Trance.«

»Hatte sie Gelenkschmerzen? Erhöhte Temperatur? Luftnot?«

»Ich weiß es nicht, vermutlich hatte sie Fieber. Sie hat ihre Medikamente genommen und ist sofort eingeschlafen. Danach war sie wie ausgewechselt.«

»Hat sie gesagt, ob sie auf irgendwas allergisch reagiert?«

»Ich habe sie nicht gefragt.«

»Diese Werte ergeben keinen Sinn. Außer …« Brauer beugt sich wieder über den Ausdruck. »Nein. Ich glaube, die Tabelle ist fehlerhaft. Oder sie benutzen wirklich andere Einheiten. Ich werde mich mal schlaumachen.«

Mit einem Mal wirkt Brauer müde.

»Ist alles in Ordnung?«

Der Wissenschaftler faltet die Papiere zusammen und steckt sie in seine Kitteltasche. Zerstreut sieht er zu ihr auf. »Wie bitte?«

»Ich habe gefragt, ob alles in Ordnung ist.«

Gedankenversunken betrachtet er den Kaffeebecher in seiner Hand. »Weißt du, ich kann nicht anders, als mich zu fragen: Wenn sie wirklich schon vor sechs Jahren so weit waren, Mukoviszidose zu behandeln, was machen die dann heute? Wo wollen die hin?« Er sieht vom Becher auf. »Und irgendetwas an dem Gedanken behagt mir ganz und gar nicht.«

+

Das Sonnenlicht trifft sie wie ein Schlag, als Sandra aus dem Halbdunkel des Laborgebäudes tritt. Für einen Moment schließt sie die Augen.

»Jakob, nicht!«, hört sie ein Mädchen rufen, das kurz darauf auflacht.

Sandra schlendert durch die parkähnliche Anlage, die das alte Universitätsgebäude umgibt. Auf den Wegen hat die Sonne den Schnee schmelzen lassen, auf den Wiesen jedoch liegt er noch. Wieder hört sie das Mädchen rufen. Diesmal weniger vergnügt, in der Stimme schwingt Ärger mit.

»Ich zeig dir jetzt, wie das geht!«

Sandra entdeckt die beiden auf dem hinteren Teil der Wiese. Das Mädchen trägt eine rosafarbene Pudelmütze; seine blaue Mütze hat der Junge eben einem Schneemann aufgesetzt. Es ist ein schöner Schneemann. Mit Nadellaub umrahmte Kieselsteine dienen als Augen. Ihre unterschiedlichen Größen verleihen ihm einen verschmitzten Ausdruck. Ein bisschen sieht es aus, als zwinkere er den Spaziergängern zu. Eine knorrige Wurzel bildet die Nase. Sandra lächelt. Ein grinsender Schneemann mit Hakennase. Sie beobachtet den Jungen, der sich gerade an zwei

Ohren versucht. Das Mädchen sieht mit genervtem Gesichtsausdruck zu, dann läuft sie zu ihrem Rucksack, der ein paar Meter weiter im Schnee liegt, und zieht eine Brotdose heraus. Sie rennt zum Schneemann zurück und ersetzt die Wurzel durch eine kleine, perfekt geformte Mohrrübe. »So sieht ein richtiger Schneemann aus.«

Sandras Telefon klingelt. Es ist Heide.

»Bist du noch bei Wilhelm?«

»Bin gerade raus. Ich steh noch auf dem Unigelände und beobachte Kinder beim Schneemannbauen.«

Das Mädchen auf der Wiese ruft: »Mit den Ohren sieht er aus wie Dumbo. Mach die weg, ein Schneemann hat keine Ohren. Und schon gar nicht zwei unterschiedliche.«

»Alles in Ordnung?«, fragt Heide.

»Weiß nicht. Dein Wilhelm hat ein paar Dinge angedeutet. Klingt ganz schön nach Science-Fiction.«

»Er ist schon lange nicht mehr mein Wilhelm. Sehen wir uns zum Essen?«

In ihrer Jackentasche ertönt ein Signal. Sandra braucht einen Moment, bis sie es zuordnen kann.

»Heide, ich muss auflegen. Hier ruft jemand an. Auf Atmos' Handy!« Sie drückt Heide weg, dann nimmt sie den Anruf auf dem anderen Telefon entgegen.

»Hättest du nicht gedacht, oder? Dass ich mich noch mal melde …«

+ SIEBZEHN

Von der Arbeitsfreude der Schwaben ist wenig zu spüren. Bereits um vierzehn Uhr dreißig scheint jeder auf dem Weg in den Feierabend zu sein. Als Atmos' Handy erneut klingelt, stellt Sandra es auf Lautsprecher.

»Bist du jetzt auf dem Parkplatz?«

»Noch nicht.« Sandra wechselt die Spur. »Die Straßen sind völlig dicht. Überall Stau.« Sie wirft einen Blick in den Seitenspiegel, möchte noch eine Spur weiter nach rechts, doch auch der Wagen hinter ihr ist ausgeschert. »Und ich habe das Gefühl, alle wollen in die Innenstadt.«

Sandra macht einen weiteren Versuch, die Spur zu wechseln. Ein freundlich lächelnder VW-Fahrer macht ihr Platz. Sie hält dankend die Hand aus dem Fenster und reiht sich auf der Abbiegespur ein.

»Was ist denn da los bei dir?«, ertönt die Stimme aus dem Lautsprecher.

»Feierabend. Der normale Wahnsinn. So, jetzt bin ich auf dem Parkplatz neben dem Einkaufszentrum. Was soll ich hier eigentlich?«

»Dreh um.«

»Wie bitte?«

»Fahr wieder zurück.«

Sandra zögert, doch Kristins Ton ist unmissverständlich.

»Bist du losgefahren?«

»Herrje, Kristin, nein! Ich muss erst die Autos vorbeilassen.« Sie wartet, bis ein roter Volvo an ihr vorbeigefahren ist, setzt den Blinker und dreht um. Der Wendekreis des Busses ist beeindruckend. Aufgrund der fehlenden Servolenkung ist sie zwar innerhalb von Sekunden schweißgebadet, aber sie schafft es beim ersten Anlauf und reiht sich in den Verkehr ein.

»Ist jemand hinter dir?«

Sandra lacht auf. »Ja! Schätzungsweise zweitausend Autos!«

»Ich meine, wirst du verfolgt?«

Sandra kommt der gestrige Abend in den Sinn, das Gefühl, beobachtet zu werden, der dunkle Wagen an der Tankstelle. Sie wirft einen Blick in den Seitenspiegel. Zwei Autos hinter ihr fährt ein schwarzer SUV mit getönten Scheiben. Schräg dahinter noch einer. Und auf der Gegenspur kommen ihr gleich drei davon entgegen. Hier, direkt an der Schweizer Grenze, hat jeder Zweite so ein Monstrum in der Garage.

»Ich glaube nicht«, antwortet sie gedehnt und starrt in den Seitenspiegel.

»Was heißt, du glaubst nicht?«

»Was ich sage: Ich glaube nicht.«

Der Fahrer vor ihr stoppt hart an einem Zebrastreifen. Sie tritt auf das Bremspedal, hält sich am Lenkrad fest, das Smartphone fliegt von der Konsole und landet im Fußraum.

»Sandra?«

Eine Bushaltestelle. Sie fährt rechts ran. Als sie mit dem

Smartphone aus dem Fußraum wieder auftaucht, sieht sie einen weiteren schwarzen SUV an sich vorbeifahren.

»Okay, Kristin. Wenn mir jemand gefolgt ist, dann ist er jetzt weg. Wo soll ich hinfahren?«

+

Die ist ja noch paranoider als ich, denkt Sandra, als sie eine halbe Stunde später den Bus in einer Seitenstraße parkt und sich entsprechend Kristins Anweisungen zu Fuß durch die Außenbezirke von Konstanz macht. Trotzdem meint sie eine Veränderung in ihrer Stimme wahrgenommen zu haben, weniger panisch, entschlossener.

Sandra betritt das »Mandarin Duck« und sieht sich um.

»Hallo, Sandra«, hört sie eine leise Stimme hinter sich.

Kristin hat einen Platz in einer Ecke ausgesucht. Ein mannshoher Bambusstrauch schützt sie vor Blicken von draußen.

»Du bist Kristin?«

Kristin reicht Sandra die Hand. Sie ist dünn, ungesund dünn. Ihre Finger sind eiskalt.

»Woher hast du gewusst, dass ich es bin?«

Kristin versucht sich an einem Lächeln. »Moritz hat dich gut beschrieben.«

Ihr sommersprossenübersätes Gesicht wirkt noch sehr jung, doch die Falten um Mund und Nase und der unruhige Blick haben nichts Kindliches an sich.

Sandra setzt sich und wartet.

Kristin gießt sie sich Cola nach. »Hier sind wir also …«

Sandra nickt und betrachtet die junge Frau. Eingerahmt von Bambus auf der einen und einem an die Wand gemalten chinesischen Flugdrachen auf der anderen Seite, wirkt sie beinahe feenhaft. Kristin sieht kurz über ihre Schulter zu einem der Fenster hinüber, dann zur Tür. Als sie Sandras Blick bemerkt, sieht sie weg.

Erst tough cookie, dann scheues Reh, denkt Sandra und holt tief Luft. »Du musst keine Angst haben. Mir ist niemand gefolgt.«

Wieder dieses Lächeln. »Entschuldige.« Kristin streicht sich nachlässig eine Haarsträhne aus der Stirn. Wieder Schweigen. Schließlich setzt sich Kristin auf und blickt ihr direkt in die Augen. »Okay, dann fang ich mal an.« Die Überwindung, die ihr diese Unterredung abverlangt, ist nicht zu übersehen.

»John und ich haben uns vor sechs Jahren kennengelernt. Auf Sardinien. Ich hab dort in den Semesterferien in einem Hotel gejobbt, er war zum Surfen da. Ich hab ihn abends manchmal an der Bar gesehen, den Rest der Zeit war er auf dem Wasser. Dann blieb der Wind weg, und die Jungs hingen zwei Tage an der Strandbar ab. Ich hab John angehimmelt wie ein Schulmädchen. Er war so bei sich, schwer zu beschreiben. Jedes Mal, wenn sie einen neuen geeisten Cappuccino wollten – und sie wollten viele –, kam John zu mir. Nie der andere. Ich wollte mit ihm ins Gespräch kommen, also hab ich ihn am zweiten Tag gefragt, wieso immer er kommt, nie sein Kumpel. Da hat er mich nur angesehen, als wollte er sagen: Hast du's immer noch nicht kapiert? In dem Augenblick ist mir das Herz aus der Brust gesprungen. Was soll ich sagen: Die beiden waren anschließend noch eine Woche da, aber zum Surfen ist John kaum noch gekommen.« Für einen Moment weicht alle Strenge aus Kristins Gesicht. »Ein Semester lang sind wir gependelt, dann bin ich zu ihm nach Hamburg gezogen. John hat als freier Journalist für verschiedene Magazine gearbeitet. Anfangs hat er das eher runtergespielt. Plötzlich war er an dieser Geschichte dran. Zuerst hab ich mich mitgefreut. John war so euphorisch. Dann wurde ich schwanger. Es war nicht geplant, aber Abtreibung war für keinen von uns eine Option.« Sie trinkt einen Schluck. »Zunächst ging es um irgendeine Pharmasache – ungenehmigte Tierversuche oder so. Doch durch die Recherchen hat John von HEA erfahren und hat sich …« Sie hält inne und trinkt einen Schluck. »Er ging so weit, dass er sich als Pressereferent hat anstellen lassen. Das Ganze dauerte Monate. Entweder er war in der Schweiz oder in den USA. Wir haben uns kaum noch gesehen. Es war schwierig. Ich war ja schwanger und John zumindest in Gedanken meist ganz woanders. Er kam gar nicht mehr zur Ruhe, konnte nicht schlafen.«

»Hat er dir von seiner Recherche erzählt?«

»Nein, er hat gesagt, je weniger ich weiß, desto besser. Aber einmal ist er an seinem Rechner eingeschlafen. Da waren Dokumente und Fotos. Ich hab mich durchgeklickt. Es waren viele Fotos. Die meisten waren ganz harmlos, irgendwelche Bilder von Kongressen und Vorträgen oder von Laborsachen, aber da waren auch andere Bilder. Ekliges Zeug, das sah aus wie Fotos von durchschnittenen Organen … Keine Ahnung … Und dann gab es noch ein paar Bilder, die sahen aus wie Fahndungsfotos. Ich habe einen Teil des Textes gelesen, an dem er gerade arbeitete. Erst ging es um embryonale Stammzellforschung und Gentherapien. Aber weiter unten stand dann auch etwas von militärischer Verwendung.« Kristin schlingt ihre knochigen Finger ineinander, dass die Gelenke weiß hervortreten.

»Irgendwann ist John aufgewacht – vielleicht hab ich es auch drauf angelegt. Wir hatten einen furchtbaren Streit. Danach hat er nie wieder ein Wort über seine Arbeit verloren. Stattdessen brachte er einen Bewegungsmelder an der Tür an und baute ein Sicherheitsschloss ein … Und dann flog er nach Shanghai. Er wollte anrufen, wenn er im Hotel ist. Zwei Wochen habe ich auf ein Lebenszeichen gewartet, bis plötzlich die Polizei vor der Tür stand und sagte, John sei tot und dass er sich umgebracht habe.«

Kristins Finger sind so ineinander verschlungen, dass sich nicht sagen lässt, welche Finger zu welcher Hand gehören.

»Aber das hat er nicht«, vermutet Sandra.

Kristins Blick ist fest auf Sandra gerichtet. »Drei Monate vor der Geburt unseres Kindes? Vor seiner Abreise hat John noch ein Mobile gebastelt – aus kleinen Surfbrettern, mit Segeln und Masten. Damit der Kleine gleich lernt, woher der Wind weht, hat er gesagt. Er wollte, dass sein erstes Wort Surfbrett wäre. Ich habe John gesagt, dass ich ihn zur Adoption freigeben würde, wenn sein erstes Wort nicht Mama wäre.«

Kristin unterbricht ihre Erzählung, als sich ein Kellner ihrem Tisch nähert. Seine viel zu große Schürze lässt den jungen Mann wie einen Mönch aussehen.

»Ich nehme einen Espresso, bitte. Für dich auch noch etwas?«

Kristin lehnt ab, wartet, bis sich der Mann entfernt hat, und holt einen Stoffbeutel aus ihrer Handtasche.

»Gestern, nach unserem Telefonat, habe ich das Mobile wieder herausgekramt. Ich hatte es weggepackt, konnte es nicht angucken.«

Sie zieht ein handgeschnitztes Minisurfbrett aus dem Beutel. Ein Fleischspieß bildet den Mast, an dem ein transparentes Segel klebt. Sandra betrachtet das kleine Kunstwerk. Das Brett ist liebevoll bemalt und beschrieben. *Beach*, liest Sandra, *Shanghai* und *St. Moritz*.

»Shanghai und Sankt Moritz?«

»Hat mich auch stutzig gemacht. Und dann habe ich das entdeckt.« Sie zeigt auf eine schmale Fuge, die sich wie ein Riss der Länge nach durch das Brett zieht. Kurz sieht es aus, als wollte Kristin es durchbrechen. Doch das Surfbrett besteht aus zwei Teilen, in deren Mitte sich ein kleiner Hohlraum befindet. Sie legt beide Teile vor Sandra auf den Tisch, wirft einen Blick zum Tresen. Der Mönch ist zum Glück in der Küche verschwunden. Dann zieht sie einen USB-Stick aus der Tasche und reicht ihn Sandra, die ihn in den Hohlraum des Surfbretts schiebt.

»Der war da drin.«

»Milimeterarbeit«, sagt Sandra. »Was ist drauf?«

»Recherchematerial. Die Dateien wurden wenige Tage vor Johns Abreise nach Shanghai auf den Stick gezogen. Ich habe mir nicht alles angesehen. Je weniger ich weiß, desto besser, hat er gesagt. Ich nehme an, er hatte recht. Little John ist bereits Halbwaise. Kein Preis der Welt ist es wert, ihn zum Vollwaisen zur machen. Allerdings …«

»Was?«

»St. Moritz hat zwar einen See, aber ein Surfspot ist das nicht. Daher denke ich, der Stick war …«

»Für Moritz!«

Kristin nickt. Der Kellner kommt hinter dem Tresen hervor.

»Danke.« Sandra nimmt den Espresso entgegen, wartet, bis

sich der Mann wieder entfernt hat. Die gemächliche Ruhe, mit der er sich bewegt, macht sie ganz hibbelig.

Kristin beugt sich vor. »In den letzten Jahren sind die immer wieder bei mir aufgetaucht.«

»Wer? Leute von HEA?«

»Wer sonst? Nach Johns Tod haben sie mir immer wieder aufgelauert. Abends standen plötzlich dunkle Wagen vor der Wohnung, manchmal haben sie auf mich an der Bushaltestelle gewartet, zweimal sogar vor dem Kindergarten. Tun nichts, sagen nichts, stehen nur da.« Kristin greift nach ihrem Glas, gießt sich den Rest Cola ein. »Überleg dir gut, ob du wissen willst, was da drauf ist.«

Sandra betrachtet den Stick in ihrer Hand. Drei mal einen Zentimeter. So unscheinbar. Aber vielleicht die Antwort auf alle ihre Fragen. Sie schließt ihre Finger um den Stick. »Ich fürchte, diese Entscheidung liegt bereits hinter mir.«

Kristin will etwas sagen, doch Sandra wehrt es ab und steckt den Stick in ihr Portemonnaie. Sie lässt den Blick über die Schnitzarbeiten am Tresen gleiten, dann fragt sie: »Woher kannten sich John und Atmos?«

Kristin lächelt. »Rate mal.«

»Vom Surfen.«

Kristin zieht ihr Handy aus der Tasche. »Moritz war der Kumpel auf Sardinien.« Sie reicht Sandra das Telefon.

Das Foto zeigt drei Surfer in Neoprenanzügen am Strand. Es dauert einen Moment, bis Sandra begreift, wen sie da sieht. »Das bist du! Und Atmos!«

»Und John.«

Eine braungebrannte Kristin Anfang zwanzig mit langen

blonden Haaren und einem breiten Lächeln, die in die Kamera winkt. In ihrem Ganzkörperanzug wirkte sie gar nicht zerbrechlich, eher so, als könnte sie den Naturgewalten trotzen. Ein anderer Mensch. Hinter ihr, die Arme um sie gelegt, ein Surfer wie aus dem Bilderbuch mit halblangen Haaren und ruhigem Lächeln. Sandra beginnt zu verstehen, was Kristin meinte, als sie sagte, John sei »bei sich« gewesen. Neben ihnen steht Atmos, schmerzlich jung, unsterblich. Die strubbeligen Haare von der Sonne ausgeblichen, die grünen Augen leuchtend. Die Grübchen hatte er schon damals, aber sein Lächeln war ein anderes – weicher und entspannter, als Sandra es kennt. Sie ertappt sich bei dem Wunsch, die vierte Person auf dem Foto zu sein.

»Moritz mochte dich. Er hat nie viel erzählt«, erklärt Kristin, »aber von Berlioz hat er gesprochen. Und von dir. ›Die würde ich gerne mal zum Surfen mitnehmen‹, hat er gesagt.«

Sandra kann den Blick kaum von dem Foto lösen. »Wir hatten gerade erst angefangen, uns kennenzulernen. Ich weiß fast nichts über ihn.«

»Er hat nie viel von sich gesprochen. Das meiste weiß ich auch nur von John.«

»Was zum Beispiel?« Sie überwindet sich und gibt Kristin das Handy zurück.

»Seine Eltern waren sehr wohlhabend. Diplomatischer Dienst oder so was. Moritz ist seine ganze Jugend über umgezogen, war auf zig Internaten. Von den meisten ist er aber runtergeflogen, es sei denn, die Eltern sind ihm mit ihrem Umzug zuvorgekommen.«

»Atmos?«

»Ich glaube, er war einfach zu klug. John hat mir erzählt, dass er mit dreizehn den Rechner des Direktors gehackt und die Stundenpläne geändert hat. Mit sechzehn hätte er um ein Haar eine Krise an der Wallstreet ausgelöst, danach wollte ihn keiner mehr aufnehmen. Aber die Regierung hat ihn im Auge behalten. Und irgendwann sind sie dann auf ihn zugekommen.«

Sandra kann es nicht glauben: Der Typ mit dem alten VW-Bus, der sich so hingebungsvoll um Berlioz gekümmert hat, soll für die Regierung gearbeitet haben?

»Zumindest eine Zeitlang hat er wohl für den BND gearbeitet – auch John wusste nichts Genaues –, bis er die Nase voll hatte und ausgestiegen ist. Danach hat er Cello studiert.«

»Ohne Schulabschluss?«

Kristin lächelt. »Oh, ich glaube, einen Schulabschluss vorzuweisen, war sein geringstes Problem.«

»Und ich habe mich schon gefragt, ob er selbst in illegale Aktivitäten verstrickt war.«

»Ich glaube, wenn du beim Geheimdienst arbeitest, sind die Grenzen fließend. John hat angedeutet, dass er auch nicht immer so mit den Informationen umgegangen ist, wie es sein Arbeitgeber gerne gesehen hätte. Deshalb ist er wohl auch ausgestiegen.«

»Und hat sich zurückgezogen.«

»Ich nehme an, das war der Deal. Wenn wir zusammen feiern waren, kam immer irgendwann der Punkt, an dem John und er sich von der Bedienung einen Block geben ließen und anfingen, ihre gemeinsame Surfschule auf Sardinien zu planen. Das war ihr Traum. Sie wollten ein anderes Leben, beide.« Während Kristin spricht, verliert sich ihr Blick.

»Und du solltest die Bar managen?«

»So in etwa. Aber das ist Vergangenheit. Jetzt habe ich einen anderen Traum. Und der ist drei Jahre alt und sehr real.« Sie blickt auf ihr Smartphone. »Apropos: Ich muss los. Little John hat durchaus auch Potential zum Alptraum, wenn man ihn zu spät vom Kindergarten abholt.«

»Sehen wir uns noch mal?«

Kristin sieht sie lange an, dann schüttelt sie den Kopf.

Sandra versteht und klopft auf ihr Portemonnaie. »Danke.« Als sie Kristin umarmt, hat sie das Gefühl, ein Kind im Arm zu halten.

»Pass auf dich auf«, sagt Kristin.

»Ich versuch's.«

ACHTZEHN

»Das Leben selbst gestalten.« Sie setzt sich auf und schaltet die Stehlampe neben Heides Sofa ein. Die Sätze gehen Sandra nicht aus dem Kopf. Unentwegt muss sie an die Webseite der HEA denken. »Für mehr Selbstbestimmung, Lebensqualität und die Überwindung ungewollter Lebenseigenschaften.« Ungewollte Lebenseigenschaften? Was streben die an – eine Mischung aus Paradies und Apokalypse?

Schlafen kann sie ohnehin nicht. Eigentlich ganz schlau von ihr: Kein Gast bleibt freiwillig länger als eine Nacht, wenn er auf diesem Ding schlafen muss. Langsam, um Berlioz nicht zu wecken, steht Sandra auf. Ihr Laptop steht noch auf dem Esstisch. Sie fährt ihn hoch und öffnet den Ordner, den sie von Johns Stick gezogen hat. Der Journalist hat wirklich ganze Arbeit geleistet. In dem Ordner finden sich über hundert Zeitungsartikel, diverse Audiodateien, Transkripte, Videos und Fotografien. Allein die oberflächliche Sichtung hat nach ihrer Rückkehr aus Konstanz bis nach Mitternacht gedauert. Einen wirklichen Überblick hat ihr das aber auch nicht verschafft. Im Gegenteil, die Verwirrung hat sich eher gesteigert, außerdem ist etwas anderes hinzugekommen: Angst. Dumpf und unscharf hat sie sich während des Lesens bei Sandra eingenistet.

Es dämmert bereits, als sie mit der groben Sortierung fertig ist. Darin war sie schon immer gut: zuordnen, sortieren, ablegen. Sie hat mehrere Ordner erstellt. In einem hat sie die aktuelle Forschungslage zusammengestellt, in einem anderen die Ziele der HEA. Außerdem hat sie einen Ordner zu den Mitarbeitern der HEA angelegt. Über Snyder selbst hat sie wenig herausfinden können, außer, dass er im Alter von einundzwanzig Jahren von Augsburg nach Harvard gegangen ist, Medizin und Biologie studiert, danach in der Molekularbiologie und in der Epigenetik in China gearbeitet hat, um schließlich in den USA die HEA aufzubauen. Drei Mal gewann er den M-Price der Methuselam-Foundation für die Erschaffung der ältesten lebenden Maus. Inzwischen lebt er abwechselnd in der Schweiz, Boston und Portugal.

Sie öffnet den Ordner »Ziele« und überfliegt Johns Notizen eines Gesprächs, das er in Boston geführt hat. Offenbar haben Snyder und seine Anhänger vor allem ein Ziel: die schrittweise Optimierung und Weiterentwicklung des Menschen bis hin zur Schaffung von etwas, das nach einer neuen Spezies klingt. H+: Humanity plus. Die nächste Generation. Technische und wissenschaftliche Erkenntnisse sollen dazu dienen, den Menschen aktiv zu vervollkommnen. Gesünder soll er sein, intelligenter und langlebiger. Von glücklicher oder zufriedener findet sie in den Texten nichts, aber für Menschen wie Snyder scheinen dauerhaft gesteigerte Konzentrationsfähigkeit und Glück Synonyme zu sein. Wie genau diese Optimierung erreicht werden soll, bleibt verhältnismäßig vage.

Ein amerikanischer Wissenschaftler namens Tenner phantasiert in einem Interview von Minirobotern, die in das Kreislaufsystem eingeschleust durch unsere Gefäße schwirren sollen, wo sie dann Viren, Bakterien und Krebszellen bekämpfen. Schon heute gebe es Möglichkeiten, sagt er, farbblind geborenen Menschen zu einem verbesserten Sehen zu verhelfen. Durch ein Cochlea-Implantat könnten Taube plötzlich hören. Künstliche Arme und Beine seien schon lange nichts Außergewöhnliches mehr. Andere HEA-Anhänger gehen davon aus, dass Computer dem Menschen durch ihre mathematische Intelligenz, ihre Schnelligkeit und ihre fehlenden »Entscheidungshemmer« bald deutlich überlegen sein könnten. Sie würden ein eigenes Selbstbewusstsein entwickeln, und ab einem gewissen Punkt wird man zwischen Mensch und Maschine nicht mehr zweifelsfrei unterscheiden können. Weshalb auch? Die Maschine, so die Idee, wird den Menschen nicht ablösen, sondern mit ihm verschmelzen. Künftig wird er seine Evolution selbst steuern.

Wann genau mit Mensch 2.0 zu rechnen ist, lässt Snyder offen. Bei ihm ist alles ein »Prozess«. Laut eines späteren Zeitungsartikels hat der Wissenschaftler jedoch schon eine eigene Universität gegründet, die sich allein mit solcherlei Fragestellungen beschäftigt. Große Internetfirmen sowie die NASA sollen zur Finanzierung beigetragen haben.

Neben der Frage der technologischen Innovationen beschäftigt sich die HEA mit der Optimierung des Menschen auch auf anderen Ebenen. Optimale Ernährung, Vitaminpräparate, Antioxidantienentwicklung – da wird in jede Richtung gedacht und geforscht. Sportprogramme und Gehirnjogging zur besseren Leistungsfähigkeit … Eine Benchmark jagt die nächste.

»Die sind besessen«, murmelt Sandra und überfliegt noch einmal die Homepage der HEA.

»Schläfst du jetzt gar nicht mehr?« Heide ist ins Wohnzimmer gekommen und schaut ihr über die Schulter. »Selbstbestimmt leben«, liest sie halblaut vor, während sie sich eine Zigarette dreht. »Mach ich schon mein ganzes Leben. Aber Überwindung ungewollter Lebenseigenschaften? Was soll das denn sein?«

»Falten, graue Haare, Schmerz und Enttäuschung …«

Heide zieht sich einen Stuhl an den Tisch. »Verstehe. Ich bin eine Masse zu überwindender Eigenschaften.« Sie zündet sich die Zigarette an und inhaliert genüsslich. »Du würdest meinen Nikotinkonsum sicher sofort eliminieren. Apropos, wer definiert denn ›ungewollt‹? Wer bestimmt das Ideal?«

Sandra zuckt mit den Schultern. »Wenn es nach Snyder geht, darf jeder frei entscheiden. Aber wie frei bist du noch, wenn jeder einen Chip im Kopf hat? Und niemand mehr Falten? Ansonsten der, der das Geld hat. Wenn implantierte Chips zu Konzentrationssteigerung erst zur Standardausstattung gehören, willst du derjenige sein, der sie entwickelt. Das ist ein Milliardenmarkt.«

Heide kneift die Augen zusammen, während sie weiterliest. »Die wollen Erinnerungen auf Datenträger speichern? Wenn sie dazu noch die Löschfunktion erfinden, muss niemand mehr zum Therapeuten – ist doch praktisch!« Sie lacht auf. »Sandra, meinst du echt, dieser ganze Schwachsinn ist es wert, dass du dich um deinen Nachtschlaf bringst?«

Sandra sieht vom Bildschirm auf. »Memory-Backup und Miniroboter kann man vielleicht als Science-Fiction abtun. Aber in anderen Bereichen wäre ich da vorsichtig. Ich hab dir doch von Mai-Lin erzählt. Wilhelms Assistentin?«

»Diese Japanerin?«

»Chinesin, aber egal. Sie hat mir von ihrem Bruder erzählt, der Mukoviszidose hatte – und dem Angebot dieser Forschungsgesellschaft, ihn mittels einer neuen Gentherapie zu heilen. Weißt du, was meine einzige Frage war?«

Heide zieht die Augenbrauen hoch.

»Ich hab sie gefragt, ob es geklappt hat. Ich habe nicht einmal in Erwägung gezogen, dass man die Therapie hinterfragen oder gar ablehnen könnte. Oder mich gefragt, woher die Forschungsergebnisse oder die Gelder dafür stammen, geschweige denn, welche Folgen diese Therapie hat. Ich habe nur gefragt: Hat es funktioniert?«

»Als Krankenschwester würde ich auch fast alles befürworten, was dem Patienten Leid erspart oder ihm hilft, gesund zu werden. Wenn eine Gentherapie einen Leukämiekranken heilt, würde ich ihm dazu raten. Als Privatperson habe ich eine andere Haltung.«

»Das heißt?«

»Na ja, ich übe mit dem Patienten das Aufstehen, das Anziehen und Waschen, ich gebe ihm Medikamente, um sein Leid zu lindern. Ich freue mich mit Frau Müller über jedes Kilo, das sie mit fünfundachtzig noch abnimmt, und mit Herrn Meier, wenn er die Auflagen seines Kardiologen einhält und seinen Zigarettenkonsum minimiert. Ich unterstütze sie bei allem, was ihr Leben verlängert. Und wenn Herr Meier dann doch einen Herzinfarkt erleidet, reanimiere ich ihn so lange, bis der Notarzt kommt und ihn an irgendwelche Maschinen anschließt. Das ist mein Job.« Sie geht zum Fenster und öffnet es. »Aber ich selbst sehe das ganz anders. Die Jugend war aufregend, ja, man war fitter und gesünder und schneller und schöner. Aber das Alter bedeutet auch Freiheit. Dass meine Haare heute grau sind, ist klar, die Frage ist lediglich, ob ich sie töne oder nicht. Und bei der Arbeit punkte ich, wenn überhaupt, mit Lebenserfahrung. Ich muss mich nicht mehr profilieren. Ich werde kein Studium mehr beginnen und schon gar keines abschließen. Ich werde nie wieder in eine Prüfung gehen. Ich muss nicht mit geföhnten Haaren und Negligé zu Hause auf meinen Mann warten, um neben der jungen Sekretärin zu bestehen.«

»Du trägst aber gerne Negligés, und mit dem Geld, das du beim Friseur lässt, hätte ich mir den nächsten TÜV finanzieren können.«

»Das ist es ja. Im Alter kann ich tun und lassen, was ich will. Wenn ich rauchen will, rauche ich; wenn ich trinken will, trinke ich, und wenn ich den ganzen Tag in Negligés rumlaufen möchte, dann mach ich auch das. In dieser verfluchten Perfektionshölle, die wir uns erschaffen haben, ist das Alter doch die einzige Belohnung für alle vorherigen Optimierungsmaßnahmen. Und wenn man dabei dick und langsam und dusselig im Kopf wird, na und? Umso besser! Dann vergisst man vielleicht, mit welchem Unsinn man einen Großteil seiner Lebenszeit vergeudet hat!«

»Soll das heißen, du bist gerne alt?«

»Wenn ich die Wahl hätte, zwischen jung, zufrieden und unangepasst oder alt, dann sicher nicht. Aber in unserer Welt bekommen Abiturienten Burnout, Zwanzigjährige sparen nicht mehr auf den Führerschein, sondern auf den plastischen Chirurgen, und die Wochenenden verbringst du Mails checkend vor deinem Computer oder beim Joggen im Wettstreit mit virtuellen Freunden. Ich meine, guck dich doch selbst mal an. Du und deine Generation, ihr seid so abhängig von euren Jobs – psychisch, meine ich –, dass ihr darüber zu leben vergesst. Manchmal habe ich das Gefühl, ihr habt es einfach verpasst. Verpasst, jung zu sein, verpasst, euch um den Verstand zu vögeln, verpasst, zu feiern, zu tanzen, zu singen, verpasst, Kinder zu sein, verpasst, Kinder zu bekommen. Ganz im Ernst: Ich sehe nicht, dass der technische Fortschritt der letzten Jahrzehnte unterm Strich ein Gewinn für den Menschen gewesen ist.«

»Und warum sollte das für die Alten nicht gelten?«

»Oh, das tut es. Erst war 30 das neue 20, dann war 50 das neue 35, inzwischen ist 60 das neue 40. Ich bin sicher, dass 80 bald das neue 55 sein wird, aber ich will doch sehr hoffen, dass ich das nicht mehr mitmachen muss. Für mich gilt noch: Bist du alt, bist du vogelfrei.« Heide kichert und gießt sich ein Glas Kognak ein. »Und glaub mir, es gibt nichts Besseres!«

NEUNZEHN

»Und? Zufrieden?«

Sandra richtet ihre Frage an Berlioz, der ihr missmutig beim Umziehen zusieht, doch es ist Heide, die den Kopf durch die Tür steckt und antwortet:

»Nicht übel. Ein bisschen viel Stoff für einen wie Francesco.«

»Was soll das denn heißen?« Sandra mustert das schwarze Etuikleid.

»Zum Reden trifft der sich bestimmt nicht mit dir. Den Eindruck hat er auf mich jedenfalls nicht gemacht. Da können seine Augen noch so blau sein.«

»Warst du schon immer so, oder hat das mit dem Alter zugenommen?«

»Hm. Ich schätze, ja. Nur dass ich es jetzt auch ausleben darf. Das meinte ich gestern. Wenn du alt bist, kannst du machen, was du willst!«

»Als hättest du dich früher nicht ausgelebt.«

Statt zu antworten, sagt Heide: »Hat schon ein bisschen was von Sekretärin, findest du nicht?«

Sandra wirft ihr im Spiegel einen langen Blick zu. »Mit Sekretärinnen kennst du dich ja aus.«

»Schau an, jetzt wirst du doch noch schlagfertig.« Sie gibt ihrer Tochter einen Kuss auf die Wange. »Genieß den Abend, Kleines, und wehe, du kommst vor Mitternacht zurück.«

+

»Ich glaube, hier ist eine Verschwörung im Gange.« Entgeistert blickt Francesco ins Innere des Restaurants. »Erst der Wasserschaden im Felice und jetzt das.« Das indische Restaurant, zu dem sie von der Pizzeria aus gelaufen sind, wirkt verwaist. Die Tür ist verschlossen, die Räume liegen im Dunkeln. Sandra zeigt auf ein kleines Schild in der Tür. »Du hast recht: Montag Ruhetag. Das klingt eindeutig nach Verschwörung.«

»Mannaggia!«

So reagiert er also, wenn nicht alles nach Plan läuft, denkt Sandra grinsend und vergräbt die Hände in den Manteltaschen. Eine Bö bläst ihnen Schnee in die Gesichter. »Wir finden schon was. Es wird in Schaffhausen ja wohl mehr als zwei Restaurants geben.« Sie zieht ihn mit sich über einen leeren Platz.

»Dein Optimismus in allen Ehren, aber hier ist überall Montag.«

Sandra zeigt auf ein beleuchtetes Fenster an einer Hausecke. »Mexikanisch?«

Francescos Blick folgt ihrem ausgestreckten Arm. »Da willst du rein?«

»Und ob!« Sandra stiefelt los. »Komm!«

Feuchtwarme Luft schwappt ihnen entgegen, als sie die Tür des mexikanischen Lokals öffnen. Der Raum ist kaum größer als Heides Wohnzimmer. Ausgeblichene Bilder von Santana, Frida Kahlo, Anthony Quinn und einer Zwanziger-Jahre-Schönheit mit Schlafzimmerblick sind in unregelmäßigen Abständen an den holzvertäfelten Wänden verteilt. Zwei Tische mit karierten Wachsdecken stehen zwischen Yuccapalmen und einem mannshohen Plastikkaktus am Fenster. Auf einem Barhocker lümmelt ein Mann vor seinem Bier, hinter dem Tresen läuft der Fernseher. Sandra steuert den hinteren der beiden Tische an.

Während sie sich noch aus ihren Mänteln schälen, öffnet sich die Küchentür, und ein Mann mit Hawaiihemd und Vokuhila-Frisur betritt den Raum. Er strahlt über das ganze Gesicht. Sein Blick wandert an Sandras Körper entlang, bleibt dann an Francesco hängen.

»Für mich Weißwein und ein Mineralwasser, bitte«, sagt Sandra.

»Ich hätte gern ein Bier, vom Fass, wenn Sie haben.« Francesco hängt seine Jacke über die Lehne.

»Und bekommen wir bei Ihnen noch etwas zu essen?«

»Natürlich, Señorita!« Und dann beginnt eine Aneinanderreihung spanischer Worte, die mit Enchiladas Suizas endet.

»Die Enchiladas für mich.«

»Zweimal, bitte.«

»Gern. Getränke bringe ich gleich.«

Sandra blickt dem Mann hinterher. »Hast du den Schnauzbart gesehen?«

Francesco nickt. »Warte nur ab. Gleich kommt McGyver um die Ecke.«

Sandra muss lachen. Tatsächlich wirkt der Mann wie einer Actionserie der Achtziger entsprungen. Der Gast am Tresen sieht missmutig zu ihnen herüber, greift nach der Fernbedienung und stellt den Fernseher lauter.

»Noch zwanzig Minuten bis zur Halbzeit, und schon jetzt scheinen sich die beiden Mannschaften auf ein torloses Remis geeinigt zu haben«, hört man die Stimme eines Sportmoderators.

Francesco, der nichts an sich dem Zufall überlässt, wirkt in diesem Laden wie ein Rassehund in einem Zwinger voller Straßenköter. Du wolltest hierher, sagt sein Blick.

Sandra quittiert es mit einem Lächeln, nimmt vom Kellner die Karaffe entgegen, lehnt sich zurück und blickt auf den Marktplatz hinaus. Zum ersten Mal seit Tagen lässt der Druck nach, und sie überrascht sich selbst mit der Erkenntnis, wie wohl sie sich in Francescos Gegenwart fühlt. Der Wind hat nachgelassen, große Schneeflocken taumeln vom Himmel herab, bedecken Vorplatz und Springbrunnen. Im Hintergrund hört sie leise die Fangesänge aus dem Fußballstadion. Sonderbar, denkt sie, um mich herum Mord, Totschlag und eine wahnsinnige Forschersekte, und ich sitze in einem mexikanischen Imbiss und fühle mich so gut wie lange nicht.

Sie deutet aus dem Fenster. »Wie friedlich alles aussieht.«

Francesco nickt. Er betrachtet Sandra so eingehend, dass sie beginnt, über ihr Sekretärinnen-Outfit nachzudenken. Heide hat nicht unrecht. Gewagt geht anders.

»Du wirkst müde.«

»Geht schon«, antwortet Sandra. »Ich habe paranoide Anwandlungen und schlafe auf dem Sofa meiner Mutter.«

»Paranoide Anwandlungen?«

»In den letzten Nächten hatte ich das Gefühl, das Haus würde beobachtet.«

»Von wem?«

Am Fenster läuft ein Paar vorbei, über den Platz und zu seinem Wagen. Der Mann trägt ein schlafendes Kind im Arm. Die Frau an seiner Seite schließt das Auto auf und sagt etwas, woraufhin der Mann zu lachen anfängt.

»Keine Ahnung. Wie gesagt: Es sind paranoide Anwandlungen.«

»Ich habe ein bisschen nachgeforscht – was dieses Institut angeht. Die halten sich schon sehr bedeckt. War nicht ganz einfach, an Infos zu kommen. Ich glaube aber nicht, dass du dir Gedanken machen musst. Das Institut besteht aus zwei Teilen. Einer Art stationärem Trakt für Privatpatienten, insbesondere solche mit seltenen Autoimmun- und Allergieerkrankungen. Dort ist auch Mia untergebracht. Und einem Teil, in dem wissenschaftlich gearbeitet wird. In erster Linie handelt es sich um die Weiterentwicklung kosmetischer Produkte. Eine Tochterfirma hat sich aber auch auf neue Medikamente spezialisiert und erst vor kurzem einige Räume bezogen. Die forschen da zu HIV und AIDS und seit neustem auch zu Ebola. Deshalb sind die auch so strikt, was ihre Sicherheitsmaßnahmen angeht.«

Das Paar mit dem Kind ist eingestiegen. Sandra sieht dem Wagen nach, wie er sich entfernt. Der fallende Schnee bedeckt langsam die Fußabdrücke auf dem Gehsteig.

»Übrigens habe ich auch mit Corinne Spengler gesprochen«, fährt Francesco fort. »Sie lässt herzliche Grüße ausrichten und bedankt sich noch mal dafür, dass du das Medikament vorbeigebracht hast. Sie entschuldigt sich für ihr unhöfliches Verhalten neulich.«

Sandra zuckt mit den Schultern. »Aber mit ihrer Tochter reden lässt sie mich nicht.«

Francesco möchte etwas erwidern, als der schnauzbärtige Kellner mit einem Tablett an den Tisch kommt.

»Einmal Enchiladas suizas für die Dame.« Er reicht Sandra eine Portion, die für zwei genügen würde. »Und einmal für den Herrn.«

Francesco wartet, bis der Kellner ihnen den Rücken zudreht, und legt Sandra die Hand auf den Arm. »Ich bin sicher, Mia geht es gut. Sie ist für ein paar Tage zur Beobachtung dort. Anscheinend reagiert sie weiterhin mit Übelkeit und Erbrechen, wie du es erzählt hast, und sie sind mit ihren Untersuchungen noch nicht fertig. Aber als ich sie gesehen habe …«

Sandra will gerade den ersten Bissen zum Mund führen. Sie stoppt in der Bewegung. »Du hast sie gesehen?«

»Ja. Als ich ihre Mutter getroffen habe, war sie für ein paar Stunden zu Hause. Sie ist ein wenig blass um die Nase, aber wohlauf. Ich bin sicher, Frau Spengler will sie nur schützen.«

»Vor wem denn? Ich tue ihr doch nichts!« Sie rammt ihre Gabel in ein Stück Huhn. Sauce spritzt auf den Tellerrand.

»Vielleicht, weil sie durch dich ständig an den Unfall erinnert wird. Liegt doch nahe. Ich würde auch in Ruhe gelassen werden wollen. Vor allem würde ich wollen, dass man meine Tochter in Ruhe lässt.«

»Wie soll man denn bitte den Tod seines Vaters vergessen? Das ist doch absurd!« Der Satz geht in einem Sprechchor unter.

»Das sind die Aktionen, die diese Partie bislang hat vermissen lassen!« Der Moderator ist aus seiner Trance erwacht. »Endlich kommt hier mal Bewegung ins Spiel!«

»Geht doch«, brummelt der Mann am Tresen.

Francesco schmunzelt. Auch Sandra kann ein Lächeln nicht unterdrücken.

»Rational gesehen gebe ich dir recht. Aber emotional gesehen … Ich meine, sie hat das Kind wie eine eigene Tochter großgezogen. Das war sicher nicht leicht. Und dann diese dauernden psychosomatischen Beschwerden. Kein Wunder, dass man da zur Helikopter-Mum wird.« Er widmet sich seinen Enchiladas.

Sandra beobachtet, wie er die mit Käse überbackenen Teigrollen öffnet, den Inhalt inspiziert und zögerlich eine Bohne in den Mund steckt. Und ich dachte, ich bin paranoid, denkt sie und schiebt sich einen Bissen in den Mund.

»So wird Fußball gespielt!« Die Zuschauer im Stadion teilen die Begeisterung des Moderators.

»Weißt du etwas über Mias leibliche Eltern?«, fragt Sandra über das Getöse hinweg.

Francesco sieht von seinem Teller auf. »Das ist kein Abendessen, das ist eine Dienstbesprechung!«

Sandra lächelt entschuldigend. »Es tut mir leid. Ich bin nicht besonders geübt darin.«

»Worin?«

Sie trinkt noch einen Schluck Wein. »Was weiß ich – Abendessen? Wenn man meiner Mutter glauben schenken will, habe ich noch gar nicht richtig gelebt.«

Francesco schmunzelt. »Ist manchmal nicht so leicht, sich von den Erwartungen seiner Eltern zu lösen.« Mit einem beherzten Schnitt zerteilt er seine Teigrolle. »Ich kenne das: immer unter Strom, nie richtig Feierabend. Stört mich nur nicht.« Er lächelt. »Zumindest nicht im Moment.«

Von wegen Schlagfertigkeit, denkt Sandra. Sie sucht nach einer Erwiderung und findet keine.

Mit noch breiterem Lächeln fährt Francesco fort: »Frau Spengler hat erzählt, Mias Eltern seien ebenfalls Wissenschaftler gewesen. Woher sie sich kannten, weiß ich nicht. Sie sind auf einer Bergtour verunglückt, als Mia noch kein Jahr alt war. Da die Todesumstände nicht geklärt werden konnten, hat das Adoptionsverfahren eine halbe Ewigkeit gedauert. Und als es dann endlich genehmigt war, hat Mia angefangen, erste Symptome zu zeigen. Die Kleine war wohl damals schon oft krank. Aber bis auf ein paar Allergien hat man keine wirkliche Ursache finden können. Und dann kamen noch die Streitigkeiten dazu …«

»Streitigkeiten?«

»Es gibt Gerüchte, dass es um die Ehe der Spenglers nicht immer ganz rosig stand. Sie behauptet jedoch das Gegenteil.«

»Und das glaubst du ihr?«

»Nein, aber tut das nicht jeder? Wer gibt denn schon gerne zu, dass er sich jeden Abend mit dem Partner streitet. Finde ich normal. Sie war während des Unfalls jedenfalls im Club und danach zu Hause, das haben wir nachgeprüft. Was für einen anderen Grund sollte sie auch haben, mich anzulügen?« Er gießt Sandra Wein nach.

Gute Frage, denkt Sandra. Vielleicht wollte Urs wirklich nur von seiner Frau weg und sich im Ausland ein neues Leben aufbauen. Und wenn Mia mit Übelkeit und Erbrechen auf Stress reagiert, waren die Symptome in der Nacht möglicherweise nichts als eine körperliche Reaktion auf den Schock. Und wenn Francesco recht hat und in der Klinik seltene Autoimmunreaktionen untersucht werden, ist auch klar, weshalb ihre Mutter sie dort untersuchen lässt, insbesondere wenn Corinne die behandelnden Ärzte kennt. Wenn, wenn, wenn …

»Sandra?«

Sie sieht Francesco an. »Hmm?«

»Bei dir in der Straße hat es gebrannt?«

Um ein Haar kommen ihr die Enchiladas wieder hoch. Sie greift nach dem Weinglas und nimmt einen Schluck.

»Als ich dich neulich besuchen wollte, habe ich das abgebrannte Haus gesehen.«

Sie bemüht sich um einen neutralen Gesichtsausdruck. »Ja, es hat gebrannt.«

»Ist jemand verletzt worden?«

»Ein junger Mann. Seit dem Brand … Die Leiche lag im Wohnzimmer – was von ihr übrig war …«

Bestürzt sieht Francesco sie an. »Aber das war nicht der, der immer deine Katze gefüttert hat?«

»Leider doch.« Sie presst die Lippen aufeinander. »Mein Kater mochte ihn sehr.« Sie starrt auf Francescos halbvollen Teller. Es sieht aus, als hätte er seine Enchiladas obduziert.

»Und du?«

»Ich kannte ihn kaum.«

Francesco legt sein Besteck beiseite. »Das klingt bedauernd.«

Sie hält seinem Blick stand und versucht, nicht zu weinen. »Ich glaube, ich hätte ihn gern näher kennengelernt. Im Grunde weiß ich nichts über ihn. Obwohl er mehr Zeit mit meinem Kater verbracht hat als ich. Ich glaube, ich hätte ihn mögen können.«

Francesco nimmt das abgelegte Besteck und kreuzt es über dem Teller. »Mein Vater ist vor kurzem gestorben. Wir hatten …« Er zögert. »Ich schätze, ich hätte ihn auch gern besser kennengelernt.«

»Glaubst du, das hätte etwas geändert?«, fragt sie und schenkt sich ein Glas Wasser ein.

»Ich weiß es nicht. Er war ein harter Mann, bis zuletzt, daran hätte sich bestimmt nichts geändert. Er war nie zufrieden mit dem, was ich so gemacht habe. Aber nun werde ich wohl nie erfahren, was ihn so hat werden lassen.«

Sandras Blick verliert sich – bis sie irgendwann merkt, dass sie seit geraumer Zeit den Flatscreen anstarrt und streichholzgroßen Männchen dabei zusieht, wie sie einem Ball hinterherlaufen.

»Wenn du wüsstest, dass dir nur noch ein Jahr bleibt, was würdest du tun?«

Stirnrunzelnd verschränkt Francesco die Arme vor der Brust. »Wo kommt denn diese Frage plötzlich her?«

»Na ja, wir sprechen darüber, was wir verpasst haben. Vielleicht gibt es Dinge, die man erst angeht, wenn man weiß, dass einem nicht ewig Zeit bleibt.«

»Und das soll ein unverfängliches Abendessen sein?«

Sie lacht. »Erst störst du dich an meinem Interesse an deinen beruflichen Erkenntnissen. Und wenn ich das Thema wechsle, ist es dir auch nicht recht.«

»Doch, ist mir sehr recht.« Er sieht sie an, als warte er auf den Startschuss.

»Also?«, fragt Sandra.

»Ein zweites Date.«

»Wie bitte?«

»Wenn ich jetzt erfahren würde, dass ich nur noch ein Jahr

zu leben hätte, würde ich dich als Erstes nach einem zweiten Date fragen.«

Sandra spürt die Röte in ihre Wangen schießen. »Wir sind doch noch nicht mal mit dem ersten fertig!«

»Ich hab nur noch ein Jahr – die Zeit ist knapp!«

»Okay, darüber reden wir später. Was noch?«

»Ein drittes?«

»Ernsthaft!«

»Sehr ernsthaft.«

Francesco sieht ihr direkt in die Augen. Himmel, sind die blau, denkt sie und sucht krampfhaft nach einer Antwort.

»Tor!« Ein Jauchzer vom Tresen, ein Schrei des Entsetzens aus der Küche und das Gebrüll von 43 000 Zuschauern lässt beide in Richtung Fernseher blicken. »Aus dem Nichts!«

Als sie sich wieder einander zuwenden, sagt Francesco: »Als Kind habe ich meine Sommerferien jedes Jahr bei meinen Großeltern in einem Dorf in Apulien verbracht. Die hatten einen Hof mit Ziegen und einem kleinen Olivenhain. Ich bin mit meinem Großvater oft in die Berge gegangen. Seit Jahren war ich nicht mehr dort. Möchte ich aber unbedingt noch mal. Vielleicht auch für länger.« Er trinkt einen Schluck Bier. »Und Wingsuit Flying – das will ich auch machen.«

»Wingsuit Flying?«

»Kennst du nicht? Du hast einen Anzug an, der dich in der Luft segeln lässt. Eine Mischung aus Drachenfliegen und Fallschirmspringen, nur eben ohne Fallschirm.«

»Hast du das schon mal gemacht?«

»Nein, aber ich war dabei, als ein Freund von mir es ausprobiert hat. Der hatte ein Leuchten in den Augen – Adrenalin pur.

Extremes Risiko. Sollte ich vielleicht erst in Angriff nehmen, wenn das Jahr sowieso fast vorbei ist.«

Sandra grinst. »Das bist also du, ja? Halb italienischer Ziegenhirte, halb Adrenalinjunkie?«

Bildet sie sich das ein, oder mischt sich etwas Wehmütiges in Francescos Lächeln?

»Ich wünschte, wir hätten uns früher kennengelernt.«

»Warum?«

»Ein Jahr ist zu kurz, um all die Dinge zu machen, die ich mit dir gerne noch erleben würde.«

Sandra atmet auf, als sein Handy klingelt.

»Sorry.« Er steht auf. »Dienstlich.«

Sandra zieht sich den Schal vom Hals. Sie hat das Gefühl, zu verglühen.

Francesco bedeckt das Telefon mit der Hand. »War ja klar. Jetzt, wo ich telefonieren muss, fängst du an, dich auszuziehen!«, flüstert er, dann geht er nach draußen.

Sandra sieht aus dem Fenster. Für einen Moment verschwindet Francesco aus ihrem Blickfeld, dann taucht er links des Lokals wieder auf und läuft mit langsamen Schritten über den Marktplatz. Zunächst scheint er nur zuzuhören. Als er antwortet, gestikuliert er mit der freien Hand. Den Südländer in sich kann er nicht verleugnen. Sie lehnt sich zurück und schaut sich im Raum um. Ein Ex-Fußballstar und ein Mann mit zurückgegelten Haaren analysieren das Spiel. Der Typ am Tresen hat sich eine Zigarette angezündet. Mit gelangweiltem Gesichtsausdruck blickt er auf sein Handy, während der Actionheld im Hawaiihemd ihm ein weiteres Bier hinstellt.

Sandras Blick wandert zurück zu Francesco. Er steht seitlich zum Restaurant auf dem Bürgersteig. Im Profil ist er noch attraktiver. Markantes Kinn, römische Nase. Entgegen Heides Erwartungen ist er ein guter Gesprächspartner. Und ein Faible für Sekretärinnen hat er wohl auch. Sandra überlegt kurz, dann winkt sie dem Kellner. »Wir hätten gern die Rechnung.«

+

»Ist lange her, dass ich ein Mädchen bei seinen Eltern abgeholt habe«, sagt Francesco, während er neben Sandra her zu seinem Wagen geht. Der Schnee hat alle Fußspuren verschluckt, ein glitzernder Teppich bedeckt den Platz. Unter ihren Sohlen knirscht es, während sie am Brunnen vorbeilaufen.

»Und wie ist es ausgegangen?«

»Ihr Bruder wollte mich erschießen. Nur mein guter Ruf als Messdiener hat mich gerettet.«

»Keine Angst, ich hab keinen großen Bruder«, sagt sie lachend und fügt in Gedanken hinzu: Und ein Mädchen bin ich auch nicht mehr.

»Das hat sie damals auch gesagt!« antwortet er, ebenfalls lachend, dann bleibt er stehen und sieht sie an, sehr ernst, und sagt: »Das war ein wunderschöner Abend, Sandra.« Er küsst sie auf die linke Wange. Es ist ein vorsichtiger Kuss, fast zaghaft. Sie kann sein Parfüm riechen, verharrt einen Moment länger und möchte den Kuss erwidern, als ihr Handy das erste Mal klingelt. Sein zweiter Kuss ist weniger zögerlich, sie spürt die Bartstoppeln an ihrer Wange, seine Hände in ihrem Haar, auf ihrem Rücken, an ihren Schenkeln. Der dritte Kuss fällt zusammen mit dem dritten Klingeln und nimmt ihr den Atem. Als er sie wieder loslässt, hat das Klingeln aufgehört.

»Wo fahren wir hin?«, fragt er, als sie die Autos erreicht haben.

Sie öffnet den Mund, möchte sagen: Zu meiner Wohnung brauchen wir maximal fünfzehn Minuten, als ihr Handy erneut klingelt. Sie zieht es aus der Tasche.

»Heide, das ist gerade wirklich …«, setzt sie an, doch ihre Mutter schneidet ihr das Wort ab.

»Besser, du kommst sofort nach Hause.«

ZWANZIG

Mit aufgelösten Haaren und theatralisch verlaufener Wimperntusche hat Heide ihren Männern früher häufig den Verstand geraubt. Ein solches Bild hätte Sandra nicht verwundert; wenn sie ehrlich ist, hat sie es sogar erwartet. Doch als Heide ihr die Tür öffnet, ist sie die Ruhe selbst. Sandra versetzt die Härte ihrer Züge einen Stich. Sie erinnert sie an die letzten Wochen ihres Vaters. Obwohl ihre Eltern seit Jahren in Trennung lebten, war Heide jeden Tag bei ihm gewesen. Sie pflegte ihn, wusch und fütterte ihn, hörte gemeinsam mit ihm Musik, las ihm vor und legte sich zu ihm, bis er eingeschlafen war. Abend für Abend, Tag für Tag. In dieser Zeit hatte Heide das erste und einzige Mal alt gewirkt, und die tiefe Traurigkeit ihres Blickes hatte in einem irritierenden Kontrast zur damaligen Härte in ihrem Gesicht gestanden.

Sie möchte Heide in den Arm nehmen, doch die wehrt ab.

»Ist Francesco nicht mitgekommen?«

Kopfschüttelnd tritt Sandra in den Flur und beugt sich zu ihrer Mutter hinunter. »Was ist los?«

»Im Wohnzimmer wartet ein Mann von der Polizei auf dich. Es geht um Wilhelm. Er weiß, dass du …« Sandra sieht ihre Mutter fragend an, doch in diesem Moment öffnet sich die

Wohnzimmertür und ein Mann tritt in den Flur: kariertes Jackett, senfgelbe Krawatte, Hundeblick. Der Labrador ist zurück.

»Frau Matthies, entschuldigen Sie die Umstände. Ob ich wohl kurz mit Ihnen sprechen könnte?« Er deutet ins Wohnzimmer. Sandra und Heide folgen ihm schweigend.

»Doktor Brauer ist heute mit einem Herzinfarkt ins Krankenhaus eingeliefert worden. Er ist ohnmächtig in seinem Labor gefunden worden. Man dachte erst, er sei tot, und hat uns verständigt.«

»Wie geht es ihm jetzt?«

»Momentan liegt er auf der Intensivstation.«

Sandra lässt sich auf einen Stuhl sinken.

»Zunächst habe ich mich geärgert, dass wir gerufen wurden. Ein Herzinfarkt ist kein Fall für die Mordkommission. Aber dann fiel mir sein Terminkalender in die Hände. Er lag aufgeklappt auf seinem Schreibtisch, und da stand Ihr Name. Komischer Zufall, oder?«

Sandra verschränkt die Hände vor der Brust. »Gar kein Zufall. Wilhelm ist ein alter Freund der Familie. Ich habe ihn gestern Vormittag besucht. Wir haben Kaffee getrunken, ein bisschen geplaudert, und dann bin ich wieder gefahren.«

»Und worüber haben Sie geplaudert?«

Sandra zuckt mit den Achseln. »Nichts Konkretes, wirklich.« Sie bemüht sich um eine möglichst ausdruckslose Miene.

Der Kommissar wirft ihr einen langen Blick zu. »Zeugen?«

»Ja, seine Assistentin. Ihr Vorname ist Mai-Lin. Den Nachnamen weiß ich nicht.«

»Frau Kwan können wir momentan nicht sprechen. Doktor

Brauers Herzinfarkt hat sie schwer mitgenommen. Sie hat sich krank gemeldet.«

»Ach herrje«, hört sie Heide sagen.

In den folgenden Sekunden ist das Ticken der Wanduhr das einzige Geräusch im Zimmer. Soll sie Herrmann alles erzählen? Aus dem Augenwinkel sieht sie Heide kaum merklich den Kopf schütteln.

»Gut. Wie gesagt, ein Herzinfarkt ist ja auch nicht strafbar. Ich fand es nur sonderbar, Ihren Namen dort zu sehen.« Der Kommissar betrachtet sie eine Weile ratlos, dann gibt er sich einen Ruck. »Weshalb ich eigentlich hergekommen bin …«

»Ja?«

»Ich wollte Ihnen mitteilen, dass wir zwei Arten von Patronenhülsen in Herrn Steinhöfls Haus sichergestellt haben. Außerdem wurde ein Brandbeschleuniger nachgewiesen. Wir können nun also mit großer Wahrscheinlichkeit davon ausgehen, dass es kein Selbstmord war und es einen Kampf gab, den zumindest eine Person nicht überlebt hat – vermutlich Herr Steinhöfl. Anschließend wurde der Brand gelegt, wahrscheinlich um Spuren zu beseitigen. Wissen Sie, ob Herr Steinhöfl eine Waffe besaß?«

»Keine Ahnung.«

»Wir haben nämlich keine gefunden. Der oder die Täter müssen sie mitgenommen haben.«

Der Kommissar sieht Sandra mit schiefgelegtem Kopf an. Sein Hundeblick hat etwas Lauerndes. »Haben Sie eine Idee, was das Mordmotiv gewesen sein könnte? Hatte Herr Steinhöfl Feinde?«

»Wie bereits gesagt: Ich kannte ihn nicht sehr gut.«

»Ja, das haben Sie gesagt. Mehrmals.« Er kratzt sich an der

Schläfe, erhebt sich und geht langsam in den Flur. Sandra folgt ihm. Während er sich seine Jacke zuknöpft, sagt er: »Wenn ich ein Geistlicher wäre, würde ich sagen, die Wege des Herrn sind unergründlich. Dummerweise bin ich Polizist.«

Sandra blickt ihm fest in die Augen. »Ich wüsste den Grund auch gern. Und ich verspreche Ihnen: Sollte ich ihn erfahren, sind Sie der Erste, den ich anrufe.«

EINUNDZWANZIG

Nachdem Heide die Tür hinter dem Kommissar geschlossen hat, lehnt sie sich mit dem Rücken dagegen. Sie sieht alt aus, denkt Sandra. Doch das Flackern in Heides Augen und die senkrechte Falte zwischen den Brauen sorgen sie mehr.

»Soll ich uns Tee machen?«, fragt Sandra.

Einen Moment lang starrt Heide vor sich hin, dann sagt sie: »Wilhelm hat angerufen.«

»Aus dem Krankenhaus?«

»Vorher. Er hat aus seinem Auto angerufen. Er wurde verfolgt.«

»HEA.«

»Das hat er angenommen. Er hat nur erzählt, dass vor seinem Haus ein dunkler SUV gestanden hat. Die ganze Nacht über. Am Morgen war er weg. Aber als er auf den Uniparkplatz gefahren ist, hat man schon auf ihn gewartet. Derselbe Wagen. Direkt neben dem Platz, der für ihn reserviert ist. Ein dunkelhaariger Mann mit Sonnenbrille hat dringesessen.«

»Und weiter?«

»Nichts weiter! Wilhelm hat sich um *dich* Sorgen gemacht. Er hat gesagt, du sollst vorsichtig sein. Er klang aufgewühlt, atemlos.« Heide fährt sich mit der Hand über das Gesicht, dann wendet sie sich plötzlich ab und beginnt im Flur herumzulaufen.

»Und was machen wir jetzt?«

Heide geht zum Garderobenschrank und öffnet ihn. »Wir haben schon viel zu viel gemacht.« Sie wirft einen Blick hinein, dann knallt sie die Schranktür wieder zu. »Erst der Vater dieses Mädchens, dann dein Nachbar, und jetzt bedrohen sie Wilhelm! Einem wurde der Schädel gespalten, einer ist erschossen worden und verbrannt, und Wilhelm ... Dagegen war die RAF ja der reinste Kindergeburtstag.« Sie läuft an ihr vorbei ins Wohnzimmer. Sandra folgt ihr mit Abstand.

»Aber das ist doch nicht meine Schuld.«

Ihre Mutter bleibt stehen. Ihr Blick irrt umher. »Das hilft uns momentan wenig«, ruft sie und läuft in den Flur zurück, bleibt wieder stehen, entdeckt ihre Handtasche neben den Pfandflaschen und beginnt, in ihr zu kramen.

Sandra ist im Türrahmen stehen geblieben. »Was tust du?«, fragt sie leise.

Heide nimmt eine Haarbürste und ein Päckchen Tabak aus der Tasche und schleudert beides zu Boden. Dann zieht sie einen Schlüssel hervor, den sie mit zitternden Fingern in die Höhe hält. »Ich schließe meine Tür ab, das mache ich! Von innen. Verdammt noch eins! Ich musste achtundsechzig Jahre alt werden, um mich einzuschließen. Nicht in Marseille, nicht in Nepal, noch nicht mal in Moskau habe ich von innen abgeschlossen.« Sie legt die Sicherheitskette vor und nestelt am Schlüsselbund.

»Ich weiß.«

Heide fährt herum. »Gar nichts weißt du. Du bildest dir wer

weiß was darauf ein, die Vernünftige von uns beiden zu sein – so viel besonnener als deine meschuggene Hippiemutter.« Sie starrt Sandra an. »Du bringst Menschen in Gefahr.«

»Jetzt wirst du unfair.«

Das Geräusch, das aus Heides Kehle dringt, klingt wie das Heulen eines Hundes. Erschreckt sieht Sandra ihre Mutter an. Heide hat den Schlüssel fallen lassen. Den Rücken gegen die Tür gelehnt, sinkt sie langsam zu Boden. Ihre Schultern zucken. In einer Armlänge Abstand setzt sich Sandra neben sie auf die Dielen.

»Es tut mir leid. Ich weiß, dass du und Wilhelm …«

Heide hebt den Kopf. »Ach, Kindchen, wenn ich über alle meine verflossenen Liebhaber weinen würde«, sie lächelt unter Tränen, »dann käme ich aus dem Heulen nicht mehr raus. Die paar Mal, das ist es nicht. Wilhelm, er …« Sie schüttelt den Kopf. »Weißt du, er war immer da.« Sie greift nach dem Tabakpäckchen, das zwischen den Pfandflaschen gelandet ist.

»Lass mich mal.« Sandra nimmt ihr die Blättchen aus den zitternden Fingern.

»Wilhelm ist immer eine Konstante gewesen. Über ihn hab ich deinen Vater kennengelernt. Mit Wilhelm hab ich ihn betrogen. Wegen Wilhelm hab ich mich fast scheiden lassen. Mit Wilhelm hab ich ihn zu Tode gepflegt, und mit Wilhelm hab ich getrauert. Wilhelm ist das Letzte, was mir von Georg geblieben ist«, sagt sie leise und sieht ihrer Tochter beim Drehen zu.

Sandra reicht ihr eine fertige Zigarette und gibt ihr Feuer. »Gut, dass Wilhelm das nicht weiß.«

Heide lächelt traurig. »Ach, das weiß er schon. Aber es ist okay.« Sie inhaliert tief. »Er hat mich immer geliebt, aber er hat auch Georg geliebt. Dein Vater war für ihn wie ein Bruder.«

»Und seine Frau?«

Heide verschluckt sich am Rauch. »Die haben wir vom ersten Tag an gehasst. Alle gleichermaßen«, sagt sie hustend.

Sandra lächelt. »Hast du irgendwo einen Aschenbecher?«

Heide reicht ihr eine der Pfandflaschen, die neben der Tür stehen. »Die tut's auch.«

Sie sitzen eine Weile schweigend nebeneinander, Heide an die Tür, Sandra gegen die Wand gelehnt.

»Ich muss dir etwas sagen«, sagt Heide. »Die ganze Zeit schon.«

Sandra hält ihr die Pfandflasche zum Abaschen hin und wartet.

Schließlich sagt Heide: »Du bist nicht paranoid.«

Erst passiert gar nichts, dann versteht Sandra plötzlich: »Die waren hier?«

»Im Haus.«

»Die Männer aus dem Institut?«

Heide weicht Sandras Blicken aus. »Gehe ich von aus. Ich will es dir schon die ganze Zeit sagen. Nachdem du gegangen warst, bin ich noch bei den Nachbarn drüben gewesen. Als ich wiederkam, hab ich ihn gefunden.«

Eine Ahnung steigt in Sandra auf. »Wen?«, flüstert sie.

Ihre Mutter kriegt den Namen nicht über die Lippen.

Sandra krallt ihre Finger um die Flasche. »Wo?«

»In der Badewanne. Sieh ihn dir nicht an. Bitte.« Sie will nach dem Arm ihrer Tochter greifen, doch die läuft bereits den Flur entlang.

Das einst seidige Fell ist mit Blut getränkt, die Augen starren trüb ins Leere, sehen sie nicht mehr. Sandra möchte den kleinen Körper an sich drücken, im Arm halten. Doch als sie ihre Hände unter das Fell schiebt, rinnt etwas Kaltes, Glitschiges durch ihre Finger. Sandra zieht die Hand zurück, Blut tropft auf den Boden. Vorsichtig dreht sie das Tier auf die Seite. Darmschlingen quellen aus dem Bauchraum hervor. Man hat Berlioz aufgeschlitzt. Von der Kehle bis zum Genital.

Erst geht der Zahnputzbecher zu Bruch, dann der Spiegel. Heide, die hinter Sandra ins Bad getreten ist, versucht, ihre Tochter festzuhalten, doch Sandras Schrei lässt sie zurückweichen. Noch nie hat Sandra eine solche Wut gespürt. Einen solchen Wunsch nach Rache. Vergeltung. Zerstörung. Mit einem Knall bricht der Übertopf von Heides Farn auf den steinernen Bodenfliesen in Scherben. Sie krallt sich an den Duschvorhang, will ihn aus der Verankerung reißen. Dann verlässt sie plötzlich die Kraft. Von einer Sekunde auf die andere hört das Wüten auf, wird abgelöst von einem Schmerz, der sie in die Knie zwingt. Die Finger in das Plastik des Vorhangs gekrallt, sinkt sie zu Boden. Heide kniet sich hinter sie und legt ihre Arme um Sandras Körper.

+

Diverse Zigaretten später sitzen sie wieder im Flur, dieses Mal neben der Badezimmertür. Berlioz liegt noch immer in der Wanne, allerdings hat Heide ihn in diverse Handtücher und Bettlaken gewickelt und so oft mit Paketband umwickelt, dass man in dem Päckchen eher einen Christstollen als einen Kater vermuten würde. Beide halten ein Glas Whisky in den Händen.

Zwischen ihnen steht eine Flasche Johnnie Walker Double Black Label. Sandras Kopf lehnt am Schuhschrank. Sie hat die Augen geschlossen.

»Vor drei Stunden saß ich mit Francesco in einem mexikanischen Imbiss in Schaffhausen. Es war das schrägste und vielleicht romantischste Date meines Lebens. Wir haben Enchiladas gegessen und gelacht, und für einen Moment dachte ich, es könnte für alles eine ganz banale Erklärung geben. Ich dachte echt, vielleicht ist alles ganz harmlos. Francesco hat den Verdacht, Mias Vater hätte seine Frau verlassen wollen. Dass er an dem Abend, als er verunglückt ist, einfach mit Mia abhauen wollte.«

»Und die Diamanten?«

»Na ja … *Sie* ist die mit dem Geld. *Ihrem* Vater gehörte die Bank. Sie hätte … ihm die Konten einfrieren können oder so. Er hat vorgesorgt.«

»Hm.« Wirklich überzeugt scheint Heide nicht zu sein. Sie steht auf und reicht Sandra die Hand. »Komm, lass uns ins Wohnzimmer umziehen. Mir schlafen die Beine ein.«

Gemeinsam wanken sie ins Wohnzimmer. Während sich Heide in einen Sessel setzt und ihnen Whisky nachschenkt, lässt sich Sandra auf das Sofa fallen.

»Und was ist mit Atmos?« Heide reicht ihr ein Glas. »Wie sieht da die banale Erklärung aus?«

»Bisher dachte ich, jemand hätte ihn beim Hacken der HEA-Datenbank erwischt und seine IP zurückverfolgt. Weil er zu viel wusste, was auch immer.«

»Aber?«

»Aber nach dem, was ich von Kristin weiß, hat Atmos kein

ganz risikoarmes Leben geführt. Könnte auch sein, dass ihn eine alte Geschichte eingeholt hat. Es gibt sicher eine Menge Leute, die was gegen ihn haben. Der Brand könnte also auch von jemandem gelegt worden sein, der mit der HEA gar nichts zu tun hat ...« Sie hält kurz inne und trinkt einen Schluck.

»Bleibt die Frage, was er in dieser Datenbank gefunden hat.«

»Richtig. Laut Francesco forschen die in dem Institut zu HIV, AIDS und Ebola. Das erklärt zumindest die Sicherheitsmaßnahmen.«

Heide runzelt die Stirn. »Für mich sah das aus wie ein Gefängnistrakt. Aber gut, lassen wir das mal. Wie erklärst du dir den Typ mit dem Schal?«

»Security?«

»Und der Wagen vor meinem Haus? Kristins Ängste? Und die Typen, die Wilhelm auf dem Parkplatz abgepasst haben? Die ganzen Leichen? Den Journalisten kannst du im Übrigen mit reinzählen. Dann haben wir mit Atmos drei Tote. Was verbindet sie? Das Institut?«

Sandra reibt sich ihre brennenden Augen. »Wohl kaum. Es geht um die Dachorganisation. HEA. So gehen die vor: Wilhelm, die Männer vor dem Kindergarten von Kristins Sohn, der Wagen in unserer Straße, Berlioz ... Die haben etwas zu verbergen, wollen es schützen und machen sehr deutlich, was passiert, wenn man ihnen zu nahe kommt.«

»Wäre es dann nicht doch vielleicht an der Zeit, Kommissar Herrmann einzuweihen?«

Sandra tippt sich an die Stirn. »Ich fürchte, dafür habe ich ihn inzwischen ein paar Mal zu oft belogen. Der hält mich ohnehin für verdächtig. Außerdem ...«

Heide hebt eine Braue.

»Ich weiß, das klingt albern, aber so lange ich nicht sicher weiß, dass es sich bei der verbrannten Leiche um Atmos handelt … Durch mich ist er in die Sache reingeraten. Wenn ihm irgendwie die Flucht gelungen sein sollte, würde ich den guten Herrmann auf seine Spur setzen.«

»Ach Kleines«, Heide streicht Sandra über den Kopf, »ich verstehe dich ja. Aber Atmos ist tot, hörst du?«

»Ich weiß.« Nur mit Mühe kann sie die Tränen zurückhalten. »Es tut so weh.«

Heide nickt.

Gedankenverloren blicken beide aus dem Fenster. Die Morgendämmerung hat eingesetzt und taucht die gegenüberliegenden Hausfassaden in gräuliches Licht. Flackernd erlischt die Straßenlaterne.

»Ich werde sie zur Rede stellen.«

Heide starrt sie ungläubig an. »Wen? Corinne Spengler?«

»Ja. Ich werde zu ihr fahren und mit ihr reden.«

»Dann bist du womöglich die Nächste, deren Wohnung in Flammen aufgeht.« Heide schüttelt den Kopf. »Ach nein, richtig, das muss sie gar nicht. Sie kann dich ja gleich hinter ihrem Haus aufschlitzen!«

Sandra steht auf. »Jetzt werde nicht hysterisch. Die Frau ist mir zutiefst unsympathisch, und als Vorsitzende der Hebe GmbH weiß sie bestimmt so einiges, aber eine Mörderin ist sie nicht.«

»Du kennst dich da aus, ja?«

»So eine High Society Lady macht sich doch nicht die Hände schmutzig. Aber vielleicht verplappert sie sich. Und wenn es brenzlig wird, kann ich immer noch Francesco anrufen.«

Ächzend erhebt sich Heide. »Ich kann mir vorstellen, dass der Mann gut im Bett ist. Aber ob er jedes Mal vom Himmel fällt, wenn du in die Hände klatschst, darauf würde ich mich nicht verlassen.«

»Ersteres weiß *ich* nicht, Letzteres … Ach, keine Ahnung. Er ist schließlich Polizist.«

Ihre Mutter verdreht die Augen. »Oh, das ändert natürlich alles. Dann bin ich ja beruhigt …« Sie steht auf und streicht ihrer Tochter übers Haar. »Können wir jetzt wenigstens noch ein paar Stunden schlafen?«

Sandra blickt auf ihre Uhr. »Ach, du Scheiße!«

✚ ZWEIUNDZWANZIG

Es ist fast elf, als Sandra in die Goldbacherstrasse einbiegt. Sie parkt den Spider in respektvoller Entfernung und geht den restlichen Weg zur Spengler'schen Villa zu Fuß. Natürlich findet sie das Tor verschlossen vor. Das, was sie von dem Anwesen in Augenschein nehmen kann, macht einen verlassenen Eindruck. Die Gardinen sind zugezogen, Reifenspuren zeichnen sich auf der verschneiten Auffahrt ab. Aus dem Kamin jedoch steigt Rauch empor. Sandra drückt den Klingelknopf. Aus dem Augenwinkel sieht sie die Kamera.

»Grüezi«, ertönt eine heisere Stimme.

»Guten Tag, Sandra Matthies hier. Ich würde gerne mit Frau Spengler sprechen.«

»Es tut mir leid, Frau Matthies. Frau Spengler ist nicht im Hause. Darf ich etwas ausrichten?«

»Und Mia? Ist die zu Hause?«

»Frau Matthies, ich bin nicht befugt, Ihnen Auskunft zu erteilen.« Sandra glaubt, ein leichtes Bedauern zu hören.

»Ich habe verstanden.« Kurz erwägt sie, wieder zu fahren, dann denkt sie an die Angst in Kristins Gesicht, den toten Journalisten, an Wilhelm, an Atmos und den toten Kater in Heides Badewanne und blickt zur Kamera hinauf. »Herr Kassli, sind Sie das?«

»Ja.«

»Mein Wagen steht etwas weiter die Straße runter. Die Reifen haben sich im Schnee festgefressen. Ich komm nicht weg, selbst wenn ich wollte. Könnten Sie mir vielleicht helfen und den Wagen anschieben?«

Einige Sekunden verstreichen.

»Ich bin gleich da.«

+

Kurz darauf tritt der Butler durch das Tor.

»Das ist sehr freundlich von Ihnen. Der Wagen steht da hinten.« Sie gehen nebeneinander die Straße hinunter. Als das Haus der Spenglers außer Sicht ist, sagt Sandra: »Vielen Dank, dass Sie mit mir sprechen.«

Der Butler bleibt stehen. »Sie benötigen gar keine Hilfe, richtig?«

»O doch, Herr Kassli, ich brauche Hilfe. Unbedingt sogar. Und ich bin mir sicher, Mia ebenfalls.«

»Ich kann nichts für Sie tun.«

»Ich sehe doch, dass Sie sich genauso Sorgen machen wie ich. Und Sie wissen ganz genau …«

»Mia geht es gut«, antwortet der alte Mann, den Blick an ihr vorbei auf die Berge gerichtet.

»Hören Sie auf, Herr Kassli. Ich weiß, dass Mia im Hebe-Institut behandelt wird, das bewacht wird, als wären dort Schwerverbrecher inhaftiert. Ich weiß, dass ihre Laborwerte jenseits jeder Norm liegen. Und ich weiß, dass alle Menschen, die sich in meinem Umfeld mit ihr oder dem Institut beschäftigen, verschwinden oder schwarze SUVs im Vorgarten stehen haben.«

»Ich kann Ihnen nicht helfen.«

Sandra hat ihn so weit. Fast.

»Wie lange sind Sie schon bei den Spenglers?«

»Seit neun Jahren.«

»Seit Mias Adoption, richtig? Sie haben sie aufwachsen sehen – all die Jahre. Von klein auf. Sie haben sie umsorgt, haben sie bewacht, haben sich gesorgt, wenn sie krank war …«

Ein Auto fährt an ihnen vorbei. Der Fahrer hat zum Rauchen eine Scheibe runtergelassen. Sandra dämpft ihre Stimme.

»Versprechen Sie mir, beim Leben der Kleinen, dass es ihr gut geht. Dass ihr keine Gefahr droht. Dann gehe ich und komme nicht wieder her.« Sie muss pokern. Anders kommt sie hier nicht weiter.

Der Butler sieht zu Boden. »Das werde ich nicht tun«, sagt er leise.

»Gut, dann lassen Sie mich mit ihr reden.«

»Mia ist wirklich nicht hier. Sie ist im Institut. Sie war zwischendurch nur kurz zu Hause. Es ging ihr nicht gut.«

»Was hat sie?«

»Ihr Immunsystem …«

»Hat sie eine Immunschwäche?«

»Es ist komplizierter. Die Ärzte wissen offenbar auch nicht, was zu tun ist.«

Sandra stellt sich dem Butler in den Weg, so dicht, dass er unmöglich an ihr vorbeisehen kann. »Und was daran ist so besonders, dass es geheim gehalten wird und Menschen deshalb zu Schaden kommen?«

Kassli schließt kurz die Augen. Seine Schultern hängen wie von Schnee beladene Äste. »Kennen Sie das Grand Hotel des Alpes?«

Sandra glaubt, ihren Ohren nicht zu trauen. Dann trifft sie die Erkenntnis wie ein heranrasender Zug. »Die Konferenz?«

Kassli hüllt sich in Schweigen, doch er blickt ihr direkt in die Augen. Auch eine Antwort. Sie erinnert sich an die Geheimniskrämerei im Vorfeld. Die HEA. Professor Snyder.

»Er ist der Einzige, der Ihnen Antwort auf Ihre Fragen geben kann. Aber seien Sie vorsichtig.« Der alte Mann wendet sich ab.

»Eine Frage hab ich noch, bitte! An dem Abend, als Mia und ihr Vater verunglückt sind … Wo wollte er da hin? Wollte er das Land verlassen? Und wusste seine Frau, was er vorhatte?«

»Frau Spengler ist eine sehr kluge Frau.«

Kaum hat Sandra den Wagen gewendet und das Haus der Spenglers hinter sich gelassen, kramt sie Atmos' Handy hervor. Nach dem achten Klingeln geht Max endlich ran.

»Ich freue mich immer über einen Anruf von dir, aber in der Küche ist gerade Rush hour!«

»Max, ich brauch dich!«

DREIUNDZWANZIG

»Sorry, das Licht ist kaputt.« Der Koch schiebt sie in die Speisekammer. »Aber ist ja nur für fünf Minuten. Dann werden die Häppchen hochgetragen, und du hast freie Bahn.« Er schließt die Tür hinter ihr.

Mit einem »Danke« auf den Lippen bleibt sie im Dunkeln zurück. Langsam tastet sie sich zur Wand vor, wo die Konserven gestapelt sind, und lässt sich vorsichtig darauf nieder. Es raschelt, als sie sich zurücklehnt, und innerhalb weniger Sekunden füllt sich der kleine Raum mit dem Geruch nach Sommertagen. Tomaten. Thymian. Und Basilikum. Sie denkt an Francesco, stellt sich den kleinen Bauernhof seines Großvaters in Apulien vor. Ein Sehnsuchtsort – so, wie er davon erzählt hat. Wer weiß, vielleicht würden sie im Sommer einmal gemeinsam dorthin fahren. Wenn alles vorbei ist.

»Wenn alles vorbei ist«, murmelt sie leise vor sich hin. Ihre Augen gewöhnen sich langsam an das Dunkel. Einzelne Regale beginnen sich abzuzeichnen, eine große Kiste mit Kartoffeln rechts von ihr, rote Beete. Sie muss widerwillig lächeln. Ganz zu Anfang hatte sie sich manchmal heimlich in einer der Wäschekammern mit Anwar getroffen, nun sitzt sie in einer Speisekammer und denkt über einen Polizisten nach.

Wie leicht sich der Abend mit ihm angefühlt hat! Obwohl sie über Atmos gesprochen hatten, den Brand, die Leiche. Und über Francescos verstorbenen Vater. Unkompliziert. Nett. Warum nicht mit einem netten Mann ein paar unkomplizierte Tage in Italien verbringen? Zeit würde sie haben. Nicht einmal auf Berlioz muss sie noch Rücksicht nehmen. Berlioz. Berlioz schnurrend an ihrem Fußende. Miauend auf dem Balkon. Auf der Straße neben Atmos. Sie versucht, die Bilder zu verscheuchen. *Er hat nie viel erzählt, weißt du,* hat Kristin gesagt, *aber von Berlioz hat er gesprochen. Und von dir.* Sie spürt, wie die Schwere auf ihrem Brustkorb zunimmt. Weitere Bilder tauchen auf: zerzauste Haare, grüne Augen. Atmos im Profil im Licht des Bildschirms. Atmos in ihrer Tür mit Berlioz auf dem Arm. *Er hat dich gemocht,* hat Kristin gesagt. Atmos, lachend, Katzenstreu unterm Arm. Den ausgebrannten Dachstuhl, den Kater, steif, mit aufgeschlitztem Unterleib in Heides Badewanne.

Sandra beißt sich in den Handrücken. Nicht jetzt. Nicht hier. Schritte nähern sich. Sie wartet ein paar Sekunden, dann öffnet sie die Tür eine Handbreit. Mario und die beiden neuen Azubis laufen den Gang zum Restaurant hinunter, silberne Platten mit Canapés in den Händen. Sie hört eines der Mädchen lachen, dann schließen sich die Flügel der Schwingtür hinter ihnen.

Sandra streckt den Kopf aus der Tür. Der Gang ist leer. Leise huscht sie den Korridor entlang an der Küche vorbei zum Dienstbotenaufgang und nimmt die Treppe in den zweiten Stock. Max hatte recht, die Besucher sind durch den Westflügel in den Konferenzraum geleitet worden. Bis auf eine Reinigungskraft, die summend hinter einer Mahagonitür verschwindet, ist alles ruhig. Sie läuft durch die leeren Flure, vorbei an Konferenz- und Seminarräumen, biegt in einen Seitengang ein und schreckt zurück. Wieder Schritte. Sie bleibt hinter einer Säule stehen und hält die Luft an. Die Schritte entfernen sich, eine Tür wird aufgeschlossen.

»Hier entlang. Es geht gleich los.«

Sandra späht um die Ecke. Sie kann gerade noch sehen, wie eine Tür geschlossen wird. Sie weiß, was sich dahinter befindet. Ein kleiner Büroraum mit direktem Zugang zum Konferenzsaal. Sie nähert sich langsam, bemüht, kein Geräusch zu verursachen, legt das Ohr an die Tür. Undeutlich vernimmt sie eine Stimme: »Wir wussten immer, dass die Notwendigkeit bestehen könnte.« Männlich. Amerikanischer Akzent. Snyder.

Ein Rascheln ist zu hören, die Antwort unverständlich. Eine Frau, soviel ist sicher. Sie scheint zu flüstern. Sandra presst ihr Ohr gegen die Kunststoffbeschichtung. Sie glaubt, das Wort »Stabilisieren« zu hören.

Snyder klingt ungeduldig, seine Tonlage wird lauter. »Diese Frau hat eine Menge Staub aufgewirbelt. Das Risiko ist zu hoch. Wir waren uns immer darin einig, wie für einen solchen Fall die Prioritäten zu setzen sind …«

Sandra kann die Antwort der Frau nicht verstehen, nur Snyder, der sagt: »Wir müssen jetzt rein. Hast du alles? Also bitte!« Danach schließt sich eine Tür, und alles ist still.

Sandra wartet mehrere Minuten mit klopfendem Herzen, bevor sie vorsichtig die Klinke drückt.

Der Raum ist leer. An einer Garderobe hängt Snyders grauer Kaschmirmantel. Daneben eine eisblaue Stola. Im Saal hört sie Applaus aufbranden. Sie nimmt die Stola in die Hand. Süßes, schweres Parfum. Den Geruch kennt sie. Sie hängt die Stola zurück und öffnet behutsam die Tür zum Konferenzraum. Snyders Stimme hallt durch den Saal:

Sie wissen, was das bedeutet? Was das de facto bedeutet?

Sandra wagt einen Blick. Sämtliche Stühle sind besetzt. Auch jenseits der Reihen haben sich Zuhörer versammelt. Bis auf Snyders Stimme ist nichts zu hören. Kein Räuspern, kein Hüsteln, nichts. Die Teilnehmer starren gebannt auf den schlanken Mediziner, der mit geübter Geste sein Publikum einfängt, um im nächsten Moment zu rufen:

Zum ersten Mal in der Geschichte der Menschheit können wir agieren, nicht reagieren. Unsere Entwicklung wird nicht länger vom Zufall determiniert. In Zukunft steuern wir unsere Entwicklung selbst. Wir brauchen keine Medikamente mehr, die uns Milliarden kosten und trotzdem Nebenwirkungen haben, wir brauchen gar keine Medikamente mehr! Wir heilen den Menschen, bevor er krank wird, wir heilen Ihre Frau, Ihren Vater, wir heilen Ihr Kind, bevor es krank wird.

(Einzelne Zuhörer fixieren, persönlichen Bezug herstellen)

Sie haben nicht den Mut, daran zu glauben, aber in Ihren Herzen wissen Sie es längst: Gen-Editing wird unsere Zukunft bestimmen. Eins jedoch wissen Sie noch nicht. Wir sind so weit! Diese Zukunft beginnt nicht morgen oder übermorgen, sie hat bereits begonnen!

Sandra schlüpft in den Saal, zieht die Tür hinter sich zu und mischt sich unter die Zuhörer. Um die Bühne besser im Blick zu haben, schiebt sie sich an einem Herrn vorbei. Snyder trägt einen silbergrauen Anzug, eine Hand hält er zum Publikum erhoben. Der Mann weiß eine Bühne zu füllen.

Einige von Ihnen haben den Wunsch geäußert, die hiesige Forschungsstätte in Augenschein zu nehmen. Das ist der Grund, weshalb wir die Konferenz hierher verlegt haben. Ich lade Sie ein: Kommen Sie morgen Nachmittag zu uns, und Sie werden sich selbst überzeugen können. Ich gebe Ihnen mein Wort: Dank unserer Bemühungen werden Krankheiten wie Krebs und AIDS innerhalb der kommenden fünfundzwanzig Jahre ihren Schrecken verlieren.

Snyder richtet seinen Blick ins Auditorium. Ein allgemeines Raunen hat eingesetzt. Er quittiert die erstaunten Blicke mit einem Lächeln seiner blendend weißen Zähne. Gegen ihren Willen fühlt sich Sandra an Francesco erinnert.

Ich möchte, dass Sie sich jetzt und hier eine Frage stellen: Wenn Krankheit das Gegenteil von Gesundheit ist, was bedeutet dann Gesundheit für uns?

(Publikum fixieren)

Was bedeutet Gesundheit für Sie? Was bedeutet es für Ihre Kinder? Ihre Angehörigen? Ihre Nachbarn und Freunde? Per Definition ist Gesundheit ein Idealzustand. Aber ist das der Fall? Wenn wir die Krone der Schöpfung sind, wie kann es sein, dass …

(Schaubild)

… 64 Prozent der Bevölkerung noch immer an einer Sehschwäche leiden, dass 15 Prozent einen IQ zwischen 70 und 84 haben und sich somit an der Grenze zur geistigen Behinderung befinden, dass in Deutschland allein 200 000 Kinder an einer Lernbehinderung leiden und sieben Millionen weder lesen noch schreiben können?

Sandra spürt Ekel in sich aufsteigen, kann den Blick aber nicht von Snyder abwenden. Einmal ertappt sie sich sogar dabei, zu seinen Worten zu nicken. Langsam bewegt sie sich zwischen den anderen Zuhörern weiter nach vorne. Wieder ein Nicken Snyders, das Bild hinter ihm wechselt erneut.

Wir werden älter und älter, und doch läuft jeder zweite Mann über fünfzig mit einer Glatze durch die Welt, und die Unfruchtbarkeitswahrscheinlichkeit einer Frau über fünfzig liegt bei annähernd hundert Prozent.

Sandra kneift die Augen zusammen und drängt sich vorsichtig an einer Gruppe Anzugträger vorbei. In der ersten Reihe sitzt eine Frau im eisblauen Kostüm.

Und wir alle sterben früher oder später an der gnadenlosesten Krankheit überhaupt: dem Alter!,

Die Frau hebt lächelnd den Kopf. Corinne Spengler.

Sandra bleibt stehen, beobachtet, wie Snyder Corinnes Lächeln mit einem angedeuteten Zwinkern beantwortet, und in diesem Moment kommt es ihr vor, als falle der erste Dominostein.

Können wir da wirklich von optimalem Wohlbefinden reden? Wollen wir uns damit abfinden? Ist das unsere Vorstellung vom Idealzustand des Menschen?

Heute, sehr verehrte Freunde, heute ist der Tag, an dem das Versprechen eingelöst wird! Heute zeigen wir der Welt, dass wir stolz darauf sein können, uns Menschen zu nennen.

(NICHT warten, bis der Applaus nachlässt)

Mensch sein bedeutet Wandlung! Und in Zukunft werden wir es sein, die entscheiden, was wir sein wollen.

Während immer mehr Menschen sich von ihren Plätzen erheben, zieht Sandra sich langsam zurück. Neben ihr ruft ein Mann im Cordanzug: »Mensch sein heißt frei sein!«

Corinne Spengler dreht den Kopf in ihre Richtung. Eine Zehntelsekunde überlegt Sandra, ob sie hinter den anderen Zuhörern in Deckung gehen soll. Dann hebt sie den Kopf, richtet sich auf und erwidert Corinnes Blick, deren Lächeln im selben Moment erstarrt. Erst dann dreht Sandra sich um und bahnt sich betont langsam einen Weg zurück durch die Menge.

Die Zeit ist gekommen, in der Kritiker und Skeptiker einsehen müssen, dass wir nichts anderes tun, als Gottes Plan zu vollenden! Wir sind frei, zu entscheiden, welche Beschränkungen wir in Kauf nehmen wollen und welche nicht! Wir sind frei, uns gegen das Siechtum, gegen die Krankheit, gegen das Alter zu entscheiden.

Nur wenige Meter trennen Sandra noch vom Ausgang. Sie streckt die Hand nach der Türklinke aus. Dann spürt sie eine Hand auf ihrer Schulter.

»Francesco?«

»Was machst du hier?«

Sandra ergreift Francescos Hand: »Komm mit! Schnell!«, ruft sie und zieht ihn mit sich.

Und in den Büchern wird stehen: Und am achten Tag wandelte er unter ihnen, als einer von ihnen, als einer von vielen. Und sie spürten die Kraft der Unendlichkeit!

Und alle Kriechtiere auf dem Land, alle Fische des Meeres und alle Vögel des Himmels verneigten sich vor der Schönheit, der Jugend und der Kraft, die von Jenen ausging, die gekommen waren, eine Welt zu erschaffen, in der Milch und Honig fließen und ewiger Friede herrschen wird, einer Welt ohne Krankheit, ohne Angst, einer Welt ohne den Schrecken des Todes!

(Applaus abwarten, Verbeugung)

✚ VIERUNDZWANZIG

»Mach jetzt nicht auf Verkehrspolizist!« Sandra trommelt auf das Armaturenbrett.

Francesco fädelt in den Verkehr ein. »Weshalb sollen wir da überhaupt hinfahren?«

»Als ich Snyder und Frau Spengler gesehen habe …«

»Frau Spengler war unter den Anwesenden?«

»Hast du sie nicht gesehen?«

Francesco schüttelt den Kopf.

»Sie hat vor der Tribüne gesessen, erste Reihe Mitte.«

»Bist du sicher?«

»Ganz sicher!«

»Okay. Ich meine, sie ist Vorstandsmitglied, oder? Was macht dir denn solche Angst?«

»Ich habe die beiden belauscht. Glaube ich wenigstens. Bevor Snyder in den Saal gekommen ist, hat er mit einer Frau gesprochen. Das war sie, da bin ich mir ziemlich sicher. Jedenfalls hat sie etwas von Stabilisieren gesagt. Er ist darauf nicht eingegangen, hat gesagt, diese Frau habe viel Staub aufgewirbelt. Damit war ich gemeint, vermute ich. Und dann hat er von einem Risiko gesprochen, das sie nicht länger eingehen könnten, und dass doch immer klar gewesen sei, wo in so einem Fall die Prioritäten lägen.«

»Weshalb soll er denn *dich* gemeint haben? Ihr kennt euch doch gar nicht.«

»Erkläre ich dir gleich. Ich bin mir sicher. Außerdem ist Corinne förmlich die Kinnlade runtergefallen, als sie mich gesehen hat. Sie hat mich angestarrt wie ein Gespenst. Dieser Blick, da war so viel Hass. Und Angst.«

»Und deshalb willst du jetzt ins Institut?« Er wechselt die Spur.

»Ich will wissen, was sich da abspielt. Jetzt sind die noch im Hotel – das ist unsere Chance, uns da umzusehen. Und Mia rauszuholen.«

Er wirft ihr einen Seitenblick zu. »Wenn ich mir ohne Durchsuchungsbefehl Zutritt zu einem privaten Forschungsgebäude verschaffen soll, brauche ich mehr als eine Vermutung! Da braucht es Gefahr im Verzug!«

»Glaub mir – der Kassli hat mich nicht ohne Grund zum Vortrag geschickt.«

»Der Butler? *Den* kennst du auch?«

»Woher kennst *du* den denn?«

Francesco fährt auf die rechte Spur. »Bist *du* neuerdings der Polizist von uns beiden?«

Sandra übergeht die Bemerkung. »Herr Kassli hat gesagt, Snyder hätte die Antworten. Und als Snyder davon geredet hat, den Anwesenden morgen das Institut zu zeigen. Und von dem Risiko gesprochen hat …«

»Wovon redest du?«

»Mia, verdammt, ich rede von Mia! Und jetzt gib Gas. Hier *ist* Gefahr im Verzug!«

»Ich verstehe es immer noch nicht. Was soll mit Mia sein?«

»Mia ist der Beweis.« Sandra sieht ihn an. »Verstehst du nicht? Mia ist nicht einfach nur krank. Mias Blutwerte sind alle jenseits der Norm – die reinste Achterbahn!«

»Woher kennst du Mias Laborwerte?«

Sie schließt für einen Moment die Augen. »Dafür haben wir jetzt keine Zeit.«

In diesem Moment setzt Francesco den Blinker, reißt das Lenkrad herum und kommt mit quietschenden Reifen auf dem Seitenstreifen zum Stehen.

Sandra schreit auf. »Was soll das?«

»Sandra, halte mich nicht zum Narren. Bevor du mir nicht erzählt hast, was du weißt, fahre ich keinen Meter weiter.«

»Du kannst doch nicht ...«

»Ich habe für dich Leute observiert und Informationen eingeholt, und jetzt soll ich mir illegal Zugang zu einem Institut verschaffen, ohne zu wissen, worum es eigentlich geht? Das kann mich meinen Job kosten, verdammt!«

»Okay. Ich erzähle dir, was ich weiß, aber könntest du bitte weiterfahren?«

Francesco fährt weiter. Mit dem Tempo einer Pferdedroschke.

»Urs Spenglers – sein Tod. Ich glaube, es war kein einfacher Unfall.«

»Jetzt spekulierst du.«

»Vielleicht hat irgendwer Mias Vater verfolgt, als er mit ihr abhauen wollte.«

»Wieder Spekulation.«

»Mag sein. Aber ich glaube nicht, dass es hier nur um einen Ehestreit ging. Der Butler meinte, von einer anderen Frau wüsste er nichts. Urs Spengler wollte seine Tochter wegbringen. Gegen Corinnes Willen. Ich habe Flugtickets bei ihm gefunden.«

»Und das erzählst du mir jetzt?«

»Für ihn und seine Tochter – unter falschem Namen. Spengler wollte sie in Sicherheit bringen und fürchtete, irgendwer könnte ihn davon abhalten.«

»Irgendwelche Beweise für diese Annahme? Hast du auch Pässe gefunden?«

Sie wirft einen Blick auf den Tacho. »Tu mir den Gefallen und versuche nicht noch rückwärts zu fahren! Also: Warum sonst fährt man bei dichtem Schneetreiben mit solchem Tempo eine Passstraße entlang? Insbesondere wenn man ein Kind auf dem Rücksitz hat!«

»Schon wieder Vermutungen. Du hast keinen Beweis, oder?«

Sie atmet tief durch. »Nein. Aber Urs ist nicht das einzige Opfer.«

Francesco will schon wieder rechts heranfahren.

»Fahr weiter, um Himmels willen!« Sandras Stimme überschlägt sich fast.

Francesco tut es, wenn auch widerwillig.

»Mein Nachbar kannte sich mit Computern aus. Er hat versucht, sich in eine Datenbank einzuhacken, um an Informationen über Mia zu gelangen.«

»Wird ja immer besser. Hat er was gefunden?«

»Bis auf eine Tabelle mit sonderbaren Laborwerten nichts. Oder er konnte es mir nicht mehr sagen, weil vorher sein Haus in Flammen aufgegangen ist – und er gleich mit.«

»Wenn du so weitermachst, bin ich am Ende dieses Abends nicht nur meinen Job los, sondern sitze im Knast.«

Sandra sieht seine Kiefer mahlen.

»Die Laborwerte? Hast du die noch?«

»Ja. Eine Kopie habe ich einem Freund gezeigt. Einem ärztlichen Kollegen meines Vaters. Das war vorgestern. Er kannte die HEA und ihre Methoden. Er sagte mir, die Laborwerte seien seltsam. Er wollte herausfinden, was es damit auf sich hatte.«

»Das ist aber nicht …?«

»Doch, es ist Wilhelm Brauer. Der Freund meiner Mutter, wegen dem ich gestern Abend nach Hause musste und der jetzt auf der Intensivstation liegt. Er hatte einen Herzinfarkt. Aber vorher hat er meine Mutter noch angerufen. Er ist verfolgt und beobachtet worden. Sie haben ihn bedroht.« Jetzt knetet sie ihre Finger schon wie Kristin. Flehentlich sieht sie Francesco an.

Der Polizist blickt starr geradeaus. »Wann hattest du denn vor, mir das alles zu erzählen?«

»Eigentlich gar nicht. Ich wollte meinen Nachbarn schützen. Und mich.«

»Vor mir?«

»Was weiß denn ich!«

Er lacht auf. »Das ist dir ja wunderbar geglückt.«

»Bitte, Francesco. Sie waren gestern auch bei meiner Mutter. Als sie nicht zu Hause war, haben sie meinen Kater aufgeschlitzt. Ich hab wirklich Angst um Mia.«

Er beschleunigt. Die Droschke wechselt vom Trab in den Galopp.

»Du hättest mir das alles viel früher erzählen müssen. Ich

sag dir jetzt was: Wir haben das Hebe-Institut schon länger im Auge. Zunächst ging es nur um steuerrechtliche Fragen. Inzwischen wird aber auch aus anderen Gründen ermittelt. Wenn wir jetzt da einfach reinrennen, gefährden wir alles.«

»Weshalb wird ermittelt?«

»Neben unrechtmäßiger Verwendung von Stiftungsgeldern gibt es Hinweise auf fremdnützige Forschung und Verstöße gegen das Embryonenschutzgesetz. In Portugal, wo Snyder eine Zeitlang gearbeitet hat, wird außerdem wegen Körperverletzung ermittelt.«

»Ach, und wann hattest *du* vor, mir *das* zu erzählen?«

»Das sind laufende Ermittlungen! Ich darf dir das gar nicht erzählen, geschweige denn da jetzt mit dir hinfahren.«

Sie wirft ihm einen zaghaften Seitenblick zu. »Aber wir machen es trotzdem, oder?«

Francesco gibt einen undefinierbaren Laut von sich. Irgendwas zwischen Stöhnen und Knurren. »Am Ende passiert dem Mädchen wirklich noch etwas. Dann kann ich mein zweites Date mit dir vergessen. Dabei habe ich doch nur noch ein Jahr.«

»Danke.« Sie küsst ihn auf die Wange.

»Bedank dich nicht zu früh.«

Er zieht sein Smartphone aus der Tasche und wählt eine Nummer. »Hallo, Francesco hier. Wir brauchen Verstärkung. Ich bin auf dem Weg ins Hebe-Institut, Nideltobel drei. Nein, außer mir ist noch eine weibliche Person im Wagen.« Er wirft Sandra einen Blick zu, bevor er fortfährt. »Nein, kein Beschluss. Gefahr im Verzug. Hoffe ich wenigstens. Sag Justin und Reto, sie sollen sich bereithalten. Ja. Okay.« Er steckt das Telefon wieder ein. »Wenn da noch mehr so Typen rumlaufen wie der neulich, dann ist es besser, wir sind nicht allein. Zwei Kollegen machen sich auf den Weg. Inoffiziell.« Er zieht ein Blaulicht unter dem Sitz hervor.

Sandras Lächeln ist ein Versprechen. »Na bitte«, sagt sie. »Ich verstehe gar nicht, weshalb die Leute immer behaupten, die Schweizer wären langsam.«

+

Es ist bereits dunkel, als sie in den Waldweg einbiegen. Trübe Schlieren hängen über den alten Getreidebunkern. Francesco stellt den Wagen vor der letzten Biegung ab. Er beugt sich zu Sandra hinüber. Sie schließt die Augen und hält die Luft an, doch der erhoffte Kuss bleibt aus. Stattdessen hört sie ein Rascheln, schlägt die Augen auf und sieht, wie Francesco eine Pistole aus dem Handschuhfach zieht und in seine Tasche steckt. Als er dabei ist, auszusteigen, klingelt sein Smartphone. Das Telefon am Ohr bleibt er neben dem Auto stehen. Seine Antworten fallen kurz aus. Er blickt in Richtung des Instituts. »Verstanden. Ich werde jetzt reingehen. Wahrscheinlich durch den Hintereingang. Der alte Backsteinbau. Ja. Ist gut.« Er steckt das Telefon ein und wendet sich Sandra zu, die ebenfalls ausgestiegen ist.

»Diese Laborwerte – da gibt es keine Zweifel?«

»Nein.«

»Hast du sie hier?«

»Nein, bei meiner Mutter.«

»Okay. Du bleibst im Wagen. Mit etwas Glück bin ich mit Mia zurück, bevor die Verstärkung da ist.«

Sandra schüttelt den Kopf. »Ich komme mit.«

»Auf keinen Fall.«

»Auf jeden Fall! Mia wird nicht einfach so mit dir mitgehen. Außerdem können wir behaupten, ich sei ihre Tante.«

»Wem willst du das erzählen – dem Pförtner?«

»Nein, aber falls uns jemand fragt …«

»Wenn wir das hier wirklich durchziehen, müssen wir einbrechen. Anders kommen wir da nicht rein. Ist dir das klar?« Francesco taxiert sie.

»Vollkommen.«

»Und du bist dir sicher?«

»Absolut sicher. Ich gehe da rein. Was du tust, ist deine Entscheidung.«

»Vielleicht sollte ich dich im Wagen einschließen.«

Sie zieht lächelnd den Schlüssel ab und verriegelt die Türen. »Keine Chance«, sagt sie und steckt den Schlüssel ein.

Er betrachtet sie lange. »Niemand kann behaupten, ich hätte es nicht versucht.«

+

Seite an Seite laufen sie den schmalen Teerweg durch das letzte Waldstück. Es hat angefangen zu tauen. Die Umrisse der Bäume lösen sich im Dämmerlicht auf. Mehrfach bleibt Sandra stehen, irritiert von einem plötzlichen Geräusch. Doch es ist nur Schnee, der von den Ästen fällt. Als der erleuchtete Parkplatz zwischen den Bäumen hervorscheint, hält Francesco inne.

»Ich gehe vor«, sagt er. »Das bedeutet, du bleibst hinter mir.«

»Ich bin nicht doof.«

»Nein, aber eigensinnig.«

In Sandras Ohren klingt das wie ein Kompliment. Francesco

macht ein Handzeichen und geht vor, Sandra folgt ihm mit zwei Schritten Abstand. Sie hört leise das Rauschen eines Flusses. Irgendwo in der Ferne bellt ein Hund. Ihr Atem umgibt sie wie eine Nebelglocke. Francesco ist stehengeblieben. Stirnrunzelnd blickt sie zu ihm hinüber, als sie plötzlich ein Rascheln links von sich hört. Sie starrt in die Dunkelheit, bis ihr die Augen tränen. Schnee tropft ihr in den Nacken und läuft zwischen den Schulterblättern den Rücken hinab. In der Dunkelheit blitzen zwei Augen auf. Sie hält den Atem an. Dann raschelt es wieder, und etwas Kleines huscht an ihr vorbei quer über den Parkplatz und verschwindet zwischen den Müllcontainern. Ein Marder.

Während ihr Körper damit beschäftigt ist, sich von der plötzlichen Adrenalinausschüttung zu erholen, spürt Sandra ihr Telefon in der Jackentasche vibrieren. Fast hätte sie laut aufgelacht. Bestimmt wieder eine Nachricht von Marie. Die Frau hat wirklich ein Talent für den passenden Augenblick. Sie ignoriert ihr Handy, blickt zu Francesco. Der macht ihr ein Zeichen: weiter! Sandra ist noch mit Atmen beschäftigt, also nimmt er ihre Hand und zieht sie hinter sich her. Im Schutz der Bäume arbeiten sie sich um den Parkplatz herum.

»Da drüben!«, zischt sie.

Zwei Männer schleichen sich an den Müllcontainer heran, unter dem der Marder verschwunden ist. Einer von ihnen tritt mit Wucht dagegen, woraufhin der Marder auf der anderen Seite in wilder Panik davonrast. Beide lachen wie über einen verdammt guten Witz.

Der beste Moment, sich ungesehen an der Schranke vorbei auf das Gelände zu schleichen. Francesco und Sandra drücken sich gegen die Rückseite des verlassenen Pförtnerhäuschens. Sie spürt seinen Atem an ihrem Gesicht, so nah sind sie sich. Er drückt ihre Hand, sieht ihr fest in die Augen. Dann formt er mit seinen Lippen ein Wort: Jetzt!

Sandra läuft im Schatten der Mauer zur Rückseite des alten Backsteingebäudes. Francesco wartet hinter einem Wacholderbusch neben einer Holztür.

»Wenn wir irgendwo reinkommen, dann hier.« Er zieht ein schwarzes Mäppchen aus einer der hundert Taschen seiner Funktionsjacke.

»Und wenn wir hier nicht reinkommen?«

»Ein bisschen mehr Vertrauen wäre an dieser Stelle hilfreich.« Er entnimmt dem Etui zwei silbern glänzende Gegenstände, die Sandra an Skalpelle erinnern, und macht sich an der Tür zu schaffen. Keine dreißig Sekunden später hört sie ein leises Klicken, und die Tür springt auf. Francesco lächelt.

Eine Treppe führt in den ersten Stock und mündet in einen dunklen Korridor. Sandra hält inne. Ein beißender Geruch steigt ihr in die Nase. Nagellackentferner. Ammoniak.

»Mäuse!«, kommt es von Sandra und Francesco wie aus einem Mund.

»Hier machen sie die Tierversuche«, sagt Sandra und drückt die Klinke einer Tür zu ihrer rechten. Die Tür ist verschlossen. Stattdessen ertönt von drinnen ein leises Geräusch.

»Da lang.« Francesco zeigt auf ein Schild an der Wand: *Station A/B*.

Sandra legt ihr Ohr an eine Tür. »Hier ist jemand. Hast du den Schrei nicht gehört?« Sie drückt ein weiteres Mal die Klinke, rüttelt vorsichtig an der Tür. Das vielstimmige Geschrei, das als Antwort nach außen dringt, lässt sie zurückweichen. Affen!

Francesco leuchtet ihr mit einer LED-Leuchte ins Gesicht. »Jetzt sag bitte nicht, dass du heute Nacht auch noch Tiere befreien willst!«

»Heute Nacht nicht«, murmelt sie und folgt ihm durch eine Schleuse und zwei weitere Flure, bis sie eine Tür erreichen, durch deren Spalt ein Lichtschein fällt. Francesco beleuchtet mit der Taschenlampe einen Schriftzug. *Trakt A*. Der Durchgang zum Institutsgebäude.

Sandra nickt ihm zu, Francesco legt seine Hand auf die Klinke und drückt sie langsam herunter. Sollte er Angst haben, ist sie ihm nicht anzumerken. Sandra dagegen hört ihr Herz rasen. Francesco nickt ihr zu. Die Tür ist unverschlossen.

Weiß getünchte Wände, Neonröhren, Stahltüren zu beiden Seiten des Gangs. In einige sind Fenster eingelassen, Sandra sieht Laborgeräte, Computer, Schreibtische. Hier und da ein Untersuchungsraum mit Bett. Weit und breit keine Mitarbeiter. Ein leises, hohes Surren, ansonsten ist es gespenstisch ruhig im Gebäude. Francesco zieht sein Smartphone heraus.

»Was?«, fragt sie.

»Kein Empfang.«

»Wundert mich nicht.«

Sie laufen weiter, passieren zwei Schleusen, die sich automatisch öffnen und mit einem dumpfen Beben hinter ihnen schließen.

Sandra hält inne. Durch das Fenster einer Tür sieht man ein leeres Kinderbett. Francesco nimmt ihren Arm, zieht sie weiter. Durch das Fenster der nächsten sieht sie zwei Babybetten an der Wand stehen. In jedem ein Baby. Aus ihrer Warte sehen die Säuglinge völlig identisch aus.

»Francesco.«

Er hebt die Augenbrauen, wirft einen Blick durch das Fenster. »Zwillinge?«

Und dann sagt eine dritte Stimme: »Der Einfachheit halber schlage ich vor, sie als Mehrlinge zu bezeichnen.«

FÜNFUNDZWANZIG

»Das stand zu befürchten – so, wie Sie sich in die Kleine verguckt haben.«

Einen Moment lang ist Sandra vollständig gelähmt. Nicht einmal denken kann sie. Dann ruft sie sich in Erinnerung, dass Francesco bei ihr ist. Und seine Kollegen müssen auch jeden Moment eintreffen. Sie versucht, gleichmäßig zu atmen. *Francesco ist bei mir.* Sie wiederholt die Worte wie ein inneres Mantra, während sie sich langsam zu Snyder umdreht.

Der Professor ist nicht allein. Neben ihm steht Corinne Spengler.

Snyder lächelt. »Sie hätten im Hotel auf mich warten können, Frau Matthies. Mein Chauffeur hätte Sie mitgenommen. Nicht wahr, Justin?«

Ein Mann tritt in die Tür. Er füllt den gesamten Rahmen aus. Eng zusammenstehende Augen, Schlangentattoo. Der Mann vom Waldweg.

»Wo ist Mia?«, fragt sie.

»In den besten Händen«, erwidert Snyder.

»Lassen Sie mich zu ihr! Die Polizei ist ohnehin gleich da.«

»Aber die ist doch schon da.« Snyder bleckt seine weißen

Zähne. »Kümmere dich um sie.« Er gibt seinem Chauffeur ein Zeichen.

»Francesco!« Ihre Stimme hallt von den Wänden wider. Eines des Babys beginnt zu weinen.

Plötzlich legt sich Francescos Hand auf ihre Schulter. »Lass gut sein, Sandra.«

Wie in Zeitlupe dreht sie sich um. »Und die Verstärkung?«

»Ist doch längst hier«, antwortet der Professor an Francescos Stelle. Gemeint ist Justin.

»Tut mir leid, Sandra.« Einen Moment lang glaubt sie, Bedauern in Francescos Blick zu erkennen. »Ich habe dir gesagt, du sollst im Wagen bleiben. Du hättest auf mich hören sollen.«

Sie spürt Tränen der Wut in sich aufsteigen, möchte Francesco in sein schönes Gesicht spucken, ihn schlagen und treten, doch mit Mühe gelingt es ihr, die Enttäuschung zu unterdrücken.

Sie sieht ihm fest in die Augen, als sie sagt: »Ich habe dir gesagt, ich würde reingehen, und du musst für dich entscheiden, was du tust. Ich habe wirklich geglaubt, du würdest dich anders entscheiden.«

Francesco wendet den Blick ab und geht an ihr vorbei auf Snyders und Corinne Spenglers Seite. »Brauchen Sie mich noch?«

Sandra taumelt, prallt gegen die Tür. Das zweite Baby beginnt zu schreien. Die schreien sogar gleich, denkt sie.

Der Professor klopft Francesco auf die Schulter. »Vorerst nicht. Aber bleib in Reichweite. Es kann sein, dass ich noch eine Aufgabe für dich habe.« Er mustert Sandra. »Oder auch zwei.«

Sandra rührt sich nicht. Sie starrt Francesco hinterher, der mit gleichmäßigen Schritten den Flur hinuntergeht. Als sich die Schleusentür hinter ihm schließt, hört sie Snyders Stimme.

»Das Leben ist voller Enttäuschungen, nicht wahr?«

Sie spürt seine Hand in ihrem Rücken. Er deutet auf die weinenden Babys.

»Ich bedaure, die beiden morgen nicht den Kollegen vorführen zu können. Dafür ist die Welt einfach noch nicht bereit. Aber die werden noch von sich reden machen.«

»Sie wollen Mia umbringen.«

Professor Synder sieht sie an. »Sie missverstehen da etwas. Von Wollen kann keine Rede sein. Und ›umbringen‹ scheint mir eine missglückte Wortwahl zu sein.«

Corinne, die bisher schweigend neben ihnen gestanden hat, tritt an Sandra heran. In ihren Augen die reine Verachtung. »Das ist allein Ihre Schuld! Ihrer Penetranz wegen muss Mia sterben. Wie alle anderen, die Sie mit reingezogen haben ... Um ein Haar hätten Sie alles zerstört!«

Professor Snyder betrachtet die beiden Frauen mit einem nachsichtigen Lächeln. »Mia ist eine Abkürzung. Sie steht für Medical Investigation Attendee. M. I. A. Sie ist ein Prototyp. Damit hat sie eine wichtige Rolle in der Forschung eingenommen. Aber man sollte ihren Wert auch nicht überschätzen.« Er fährt sich mit aneinandergelegten Zeigefingern unter dem Kinn entlang. »Wussten Sie, dass man einen Soldaten, der bei einer Mission als vermisst oder gefallen gilt, im Englischen ebenfalls MIA nennt?« Er lächelt. »Ist das nicht komisch? Nein? Ist doch komisch, oder? Als sei ihr Ende vorbestimmt gewesen.«

Sandra starrt ihn an. »Sie sind pervers.«

»Ihre Ablehnung ist nichts als ein romantischer Reflex. Ihnen fehlt lediglich die nötige Perspektive. In Wirklichkeit erschaffen wir hier die Zukunft. Kommen Sie, ich möchte Ihnen jemanden vorstellen.« Er schiebt Sandra den Gang entlang.

Justin folgt auf dem Fuß.

Corinne Spengler bleibt zurück. »Ich werde in der Zwischenzeit die Vorbereitungen treffen.«

Professor Snyder nickt ihr zu. »Ist gut, Corinne. Ich bin gleich bei dir.« Der Druck von Snyders Hand in Sandras Rücken wird stärker. »Kommen Sie! Es gibt wenig, das ich mehr verabscheue als Unwissenheit. Daher werde ich Sie teilhaben lassen. Sie dürfen sich als privilegiert betrachten.«

Sie passieren den Durchgang zu einem Treppenhaus. In Sandras Ohren rauscht es. Soll sie es versuchen?

»Jetzt kommen Sie mal nicht auf dumme Gedanken.« Snyder kann anscheinend in ihren Kopf schauen. »Hier kommt nur rein, von dem ich möchte, dass er reinkommt. Dasselbe gilt für die andere Richtung. Außerdem möchten Sie sich doch von Ihrer kleinen Freundin verabschieden, nicht wahr?«

»Ist Mia hier?«

»Wo soll sie sonst sein? Das ist ihr Zuhause, Frau Matthies, ihr Geburtsort. Hier wurde Sie erschaffen.« Er lächelt. »Ich betone das, weil es die Wahrheit ist. Hier ist ihr Zuhause. Das wollen viele nur nicht hören. Es ist schwer, auf Dauer all die Skeptiker zu ertragen, ihre Zweifel, ihre Entwertungen, ihr moralisches Dilemma.«

»Was heißt das – sie wurde erschaffen?«

»Wir haben bestes genetisches Material zur Anwendung gebracht: keine bekannten Erbkrankheiten, hoher Intelligenzquotient, exzellente sportliche Fähigkeiten, keine Herz-Kreislauf-Auffälligkeiten, beide in den besten Jahren. Mia sollte das Vorbild für eine neue Generation, eine neue Spezies werden. Infinity 1.0. Wir haben alle bekannten genetischen Risiken ausgeschaltet und uns auf das konzentriert, was uns am Herzen lag: den Alterungsprozess! Etwas hoch gegriffen, zugegeben. Aber wer nicht hoch greift, wird sich nie über sich selbst erheben. Und Sie dürfen nicht vergessen: Damals standen wir erst am Anfang!« Seine Augen glänzen. »Woran sterben wir? An Krebs! An Herzinfarkten und Schlaganfällen! An Diabetes, an verschleppten Erkältungen und viralen Infekten! An den banalsten Kleinigkeiten! Aber das sind alles nur die Folgen, verstehen Sie? Wenn wir jung sind, arbeitet unser Immunsystem auf Hochtouren. Jeden Tag werden im Körper Krebszellen freigesetzt, jeden Tag atmen wir zig Tausende von Viren ein, jeden Tag setzt sich etwas Fett an unseren Gefäßwänden ab. Aber wenn wir jung sind, greift das Immunsystem ein. Es geht gegen die Krebszellen vor, es hält den Viren stand. Unsere Nieren und unsere Leber entgiften den Körper, Stunde um Stunde, unsere Organe halten dem Druck stand. Doch das ändert sich. Das Immunsystem wird schwächer, immer mehr Schadstoffe gelangen in den Körper, immer mehr bösartige Zellen können sich bilden, immer mehr Viren wittern ihre Chance, immer weniger gesunde Zellen sprießen nach. Und dann ist es so weit: Unsere Organe versagen. Das ist Altern.« Er verzieht das Gesicht. »Bei Mia sind uns noch einige Fehler unterlaufen, doch mit dem neuen Gen-Editing-Verfahren haben sich uns völlig andere Möglichkeiten eröffnet. Die beiden Babys, die sie eben durch ihr Geschrei aufgeweckt haben, haben eine prognostizierte Lebenserwartung von 120 Jahren. Sie werden nicht fett, werden nicht dement.

Sie werden nicht altern wie wir, und sie werden auch nicht sterben wie wir.« Er gestikuliert, während er spricht. Es sind kurze, harte Gesten, kleine Bewegungen, präzise auf Inhalt und Betonung seiner Worte ausgerichtet.

»Warum geht es Mia dann so schlecht?«

»Wie bei allen Prototypen waren es auch bei ihr die Kinderkrankheiten, die uns zu schaffen machten. Zellen, die für die Immunabwehr zuständig sein sollten, greifen plötzlich körpereigene Zellen an. Die Magenschleimhaut wird attackiert, eigene Blutzellen, das Muskelgewebe, sogar ihr Nervensystem wird angegriffen. Dieselbe Logik wie bei einer allergischen Reaktion. Nur dass Mia mit weit mehr als mit tränenden Augen und Schnupfen reagiert.«

»Deshalb die Medikamente.«

Snyder nickt. Fast scheint es, als freue er sich über Sandras wachsendes Verständnis. »Ganz richtig! Nur dass Mia bei der Geschwindigkeit, in der ihre Leber und ihre Nieren arbeiten, normale Arzneimittel innerhalb kürzester Zeit verstoffwechselt. Wir mussten daher eine besondere Form von Medikament entwickeln. Die Nebenwirkungen – das kennt jeder, der Heuschnupfen hat – sind Müdigkeit, Kopfschmerzen, Benommenheit. Aber künftige Generationen werden diesen Defekt nicht mehr haben. Wir können inzwischen viel präziser arbeiten.«

Sandra weiß nicht, was sie wütender macht: dass er von Mia wie von einem Baukasten spricht oder als existiere sie bereits nicht mehr. Snyder scheint sich vor allem gerne selbst reden zu hören und fährt unbeirrt fort.

»Unser Tool hat beim Gen-Austausch andere Teile des Erbguts beschädigt. Die neue Methode arbeitet aber so genau, dass wir solche Kollateralschäden künftig ausschließen können. In Mias Fall hat das leider noch nicht funktioniert. Es ist wie mit neuer Software: Die 1.0-Version ist niemals ausgereift. Mias Symptomatik konnte dank einiger Modifikationen ihrer Stammzell-DNA zwar verbessert werden, aber ein gutes Vorbild gibt sie trotzdem nicht ab. 1.0 bleibt 1.0.« Einen Moment lang sieht es wirklich so aus, als bedauerte er diesen Umstand. Dann deutet er den Flur entlang in die Richtung, aus der sie gekommen sind. »Aber Sie haben die Zwillinge gesehen! Waren sie nicht wunderschön? Adam und Eva. Die Ersten, die den Namen Humanity plus wirklich verdienen. Die Erste Generation, die ihre Evolution aktiv steuern wird.«

»Ach«, erwidert Sandra. »Die beiden Säuglinge haben sich ihre Gene selbst ausgesucht?«

»Nein. Aber das haben Sie schließlich auch nicht. Anders als bei Ihnen allerdings werden die Zwillinge sich glücklich schätzen, sie zu besitzen.«

»Mia scheint über ihre Gene weniger glücklich zu sein! Sie wünscht sich nichts sehnlicher, als normal zu sein.«

Snyders Lächeln kommt von sehr weit oben, von einem Gipfel, den Sandra noch nie bestiegen hat und nie besteigen wird. »Was ›normal‹ ist, Frau Matthies, hat jede Gesellschaft zu jeder Zeit und mit jeder Generation neu verhandelt. Was kommende Generationen für normal halten werden, können wir uns noch nicht einmal vorstellen. Wir können nur den Anfang machen.«

Er bleibt neben einer Tür stehen. »Hier sehen Sie, womit ich meine Besucher morgen konfrontieren werde – der Zukunft.« Er winkt sie zu sich. »Kommen Sie!«

Zögerlich tritt Sandra an die Tür heran, in deren oberem Drittel ebenfalls ein Fenster eingelassen ist. Auf einer Pritsche sieht sie eine kleine Gestalt unter einer Decke liegen. Dunkle, verfilzte Haare schauen unter dem Stoff hervor.

»Ist das auch … ein Kind?« Ihr Hals ist trocken.

»Leider nicht. Wie gesagt: Für meine menschlichen Schöpfungen ist die Zeit noch nicht reif. Ich verbessere mich – sind meine Kollegen noch nicht reif. In zehn, fünfzehn Jahren, wenn sie anfangen, alt und gebrechlich zu werden, wenn sie am eigenen Körper spüren, welche Qualen die Sterblichkeit mit sich bringt, dann ist meine Zeit gekommen. Es ist zwar ein Zufall, aber dann werden Adam und Eva gerade in der Geschlechtsreife sein. Wer weiß, vielleicht präsentiere ich ihnen dann auch gleich Kain, Evas Erstgeborenen.« Er gluckst vor Freude bei dem Gedanken.

Sandra blickt zu der Gestalt unter der Decke hinüber.

Professor Snyder legt ihr die Hand auf die Schulter. »Entschuldigung, ich schweife ab. Das ist Johann.« Er wendet sich ihr zu. »Eigentlich Johann Sebastian.« Der Professor betätigt einen Schalter und spricht in ein Mikrophon, das neben der Tür angebracht ist. »Hallo, Johann!«

Die Decke bewegt sich etwas.

»Zeig dich mal unserem Gast.«

Die Gestalt stützt sich auf und dreht sich mit gesenktem Kopf der Tür zu. Die Decke rutscht dabei hinunter und gibt einen schmächtigen, dunklen Körper frei, der von schwarzem Fell bedeckt ist. Als das Wesen den Kopf hebt, blickt Sandra in zwei große blaue Augen. Sie weicht einen Schritt zurück.

»Sie müssen keine Angst haben. Johann ist wie alle Bonobos

ein recht friedliebender Kerl. Die Menge menschlichen Genmaterials, die er in sich trägt, ist gering genug, damit das so bleibt.«

Sandra ist wieder an die Tür herangetreten. Sie legt eine Hand an das Fenster. Der Zwergschimpanse starrt an ihr vorbei ins Leere.

»Ist wohl nicht sein Tag heute«, stellt der Professor fest. »Dabei kann er sich wirklich glücklich schätzen.«

Sandra glaubt, sich verhört zu haben. »Glücklich?«

»Er hatte schon Typhus, Cholera, HIV und Krebs, Letzteres sogar zweimal. Sein Körper regeneriert unheimlich schnell. Und wie sie sehen: Es geht ihm prächtig! Wir haben noch eine Versuchsreihe mit alten Pesterregern vor uns, aber das ist mehr so eine akademische Spielerei. Ich bin mir sicher, er wird sich gut halten.«

Der Schimpanse wendet sich ab und legt sich wieder auf seine Pritsche, wobei er sich die Decke über den Rücken zieht.

»Morgen wird ein großer Tag, Johann! Mach dich bereit!« Mit diesen Worten löscht er das Licht in dem kleinen Raum und dreht sich wieder zu Sandra um.

»Was ist er?«

»In erster Linie Bonobo. Menschlich modifiziert, würde ich sagen. Seine Augenfarbe, das war nur des Effektes wegen. Aber sein Immunsystem ist fast zu hundert Prozent mit dem menschlichen identisch. Er hat auch dieselben Immunkrankheiten, dieselbe Neigung zu Allergien, na ja, anscheinend auch zu Stimmungsschwankungen. So ist das wohl bei hochintelligenten Wesen. Aber wenn er gut drauf ist, kann er das Ave Maria spielen. Seine musikalischen Fähigkeiten sind bemerkenswert.« Wieder fährt Snyder sich gedankenverloren übers Kinn. »Wir haben ihn jetzt auf Mirtazapin eingestellt. Wirkt stimmungsaufhellend und verbessert den Nachtschlaf. Vielleicht füge ich noch eine geringe Dosis Amphetamine hinzu. Wäre doch schade, wenn wir unser kleines Konzert morgen streichen müssten.«

Sandra hat keine Worte mehr. Stumm läuft sie neben Professor Snyder den Gang entlang, bis er an einer Tür stehenbleibt.

»Die Führung ist beendet. Ich könnte Ihnen noch viele andere wunderbare Dinge zeigen, aber dafür fehlt uns leider die Zeit. Wir müssen uns auf morgen vorbereiten.«

Er schließt den Raum auf und macht eine einladende Geste. »Es tut mir leid, die schöneren Zimmer sind gerade belegt. Und Handyempfang gibt es hier auch nicht. Aber ich versichere Ihnen, Sie werden hier nicht lange bleiben.« Damit schließt er hinter ihr die Tür.

SECHSUNDZWANZIG

Sandra läuft in dem kleinen Raum hin und her, bleibt vor der Sicherheitstür stehen. Sie muss es gar nicht versuchen, sie hat das Schloss einrasten gehört. Das Handy in ihrer Tasche ist nutzlos. Sie lehnt sich mit dem Rücken gegen die kühle Wand. Was wird Snyder mit ihr machen? Einfach so gehen lassen kann er sie nicht – nicht, nachdem er sie in seine Schatztruhe hat blicken lassen. Und nicht nach allem, was sie Francesco erzählt hat.

Francesco. Der erste Eindruck auf dem Parkplatz der Talstation: wie ein Schauspieler, hatte sie gedacht, ein Schauspieler, der einen Polizisten mimt. Die Vertrautheit zwischen Corinne und ihm bei ihrer ersten Begegnung. Ob all die anderen Dinge auch gelogen waren? Der Bauernhof in Apulien? Sein Traum vom Fliegen? Sie geht zum Fenster und starrt in die Nacht hinaus. Sie empfindet Enttäuschung, aber auch Mitleid für ihn. Vielleicht sollte sie mit dem Hassen mal anfangen. Wobei – viel Zeit bleibt ihr ohnehin nicht mehr.

Die Angst kommt in Schüben, und wenn sie kommt, liegt sie schwer auf ihrer Brust. Schwerer wiegt nur die Trauer. Das soll es gewesen sein? Dieselbe Frage, das zweite Mal innerhalb einer Woche. Als sie mit ihrem Wagen auf den Abgrund zuraste, hatte sie ihre eigene Enttäuschung erschreckt. So blass, so langweilig war Sandra ihr Leben vorgekommen. Doch heute fühlt es sich anders an. Sie fühlt sich anders. Lebendiger. Leichter. Das erste Mal seit Jahren. Vielleicht das erste Mal überhaupt. Und sitzt in der Falle.

+

Schritte. Stimmen jenseits der Tür.

»Hast du dich verabschiedet?«, hört sie Snyder sagen.

»Ja.« Corinne Spengler?

»Gut«, antwortet Snyder. Und nach einer Pause: »Wir haben alle gehofft, dass unsere Bemühungen gleich beim ersten Mal den gewünschten Erfolg zeitigen würden. Aber wir wussten auch, dass diese Hoffnung nicht realistisch war.«

»Ja.«

»Ein weiteres Herauszögern würde das gesamte Projekt gefährden. Und noch mehr Kosten bedeuten. Es wird neue Mias geben, andere, bessere. Nächste Woche werden die Zwillinge gefunden werden, und du wirst sie adoptieren und ihr Potential zur Entfaltung bringen. Es wird großartig sein!«

Nach einer Pause hört Sandra Frau Spengler sagen: »Und was machen wir mit ihr?«

»Nun, da sie solche Zweifel an unserer Menschlichkeit hatte, dachte ich, wir geben ihr ebenfalls die Chance, sich von Mia zu verabschieden. Anschließend werden sich Justin und Francesco um sie kümmern.«

Sandra hält den Atem an. Nach einer Weile hört man noch einmal die Stimme von Frau Spengler. »Tun wir das Richtige?«

»Daran kann kein Zweifel bestehen, meine Liebe. Wir verändern die Welt – zum Besseren.«

Die Frau entfernt sich mit klappernden Absätzen, anschließend öffnet sich mit einem feinen Surren die Tür.

»Frau Matthies, jetzt haben Sie so viele Strapazen auf sich genommen, um Mia zu sehen. Kommen Sie!« Snyder macht eine einladende Handbewegung. Sandra folgt ihm in den Flur.

Der Professor entriegelt eine Tür zu seiner Rechten. »Ich würde es begrüßen, wenn sie das Mädchen nicht unnötig aufregten. Das wäre unethisch.«

»Sie wollen mir etwas von Ethik erzählen?«

»Frau Matthies, ich habe Nachsicht mit Ihnen, weil Sie es nicht besser wissen. Sie kennen mich nicht. Und Sie haben nicht den Intellekt, die Situation in ihrer Gänze zu erfassen. Ich handele immer, ich betone: immer, nach moralischen und ethischen Grundsätzen.«

»Und gehen dabei über Leichen.«

»Ich lege den Grundstein. Ich rette Leben, nicht eines, nicht zwei, unzählige. Ich ermögliche unserer Spezies, ihre gottgewollte Größe zu erreichen.« Er scheint tatsächlich gekränkt zu sein. »Verstehen Sie, Frau Matthies? Was ich tue, was wir hier tun, ist jenseits von heutigen Gesetzen, heutiger Ethik oder Moral. Es ist der Beginn eines neuen Zeitalters. Einer neuen Ethik.«

Sandra betrachtet den Mann mit einer Mischung aus Faszination und Ekel, möchte zu einer Antwort ansetzen, als sie eine Vibration in ihrer Jackentasche spürt. Ihr Handy? Sollte es hier plötzlich doch Empfang geben?

Snyder legt ihr Schweigen als Zustimmung aus. »Ich freue mich, dass Sie ein Einsehen haben. Ich möchte, dass Sie verstehen, weshalb Sie das Institut nicht verlassen werden. Gehen Sie zu Mia und verabschieden Sie sich. Entgegen Ihren Vermutungen bin ich kein Untier. Nehmen Sie sich die Zeit, die Sie brauchen.« Mit diesen Worten zieht er die Tür auf und schiebt sie in einen abgedunkelten Raum.

Sie hört, wie die Tür hinter ihr verschlossen wird, seine Schritte auf dem Flur, dann nichts als eine raumfüllende Stille. Sie tastet nach einem Lichtschalter, versucht, etwas zu erkennen, findet nichts, zieht Atmos' Handy aus der Tasche. Zwei Nachrichten. Sie überfliegt die neueste:

In acht Minuten über die Treppe im Westflügel.

Sie erinnert sich an die zweite Nachricht. Draußen auf dem Parkplatz. Ebenfalls ein anonymer Absender:

You never walk alone.

Ihre Gedanken überschlagen sich. Hat Francesco ihr die erste Nachricht geschrieben, während sie wie versteinert die Männer auf dem Parkplatz beobachtete? Hat er sich am Ende doch für sie entschieden? Ist das alles Teil seines Plans, und er war in Wirklichkeit doch immer auf ihrer Seite? Oder … Der Gedanke, Atmos könnte noch leben, nimmt ihr den Halt. Ihre Hand tastet nach der Wand, der Tür, irgendeinem Fixpunkt. Doch ihre Finger greifen ins Leere.

Plötzlich ein Rascheln. Trippelnde Schritte nackter Füße.

Sandra spürt eine kleine, warme Hand nach ihren Fingern greifen, dann schlingen sich zwei Arme um ihre Taille.

»Ich habe gedacht, du hast mich vergessen!«

»Hast du nicht«, erwidert Sandra.

»Stimmt. Aber ich hatte Angst davor.«

Sandra tastet nach dem Kind. Die kleine Nase. Das Wirrwarr der Locken. Der knochige Körper unter weichem Flanell. Der vertraute Geruch. Die zarten Finger der linken Hand, die rechte in Gips.

»Du bist es wirklich.«

»Kannst du mich denn nicht sehen?«

Unter Tränen lächelt sie. »Es ist stockdunkel hier drin.«

»Das macht nichts. *Ich* kann dich sehen. Der Professor sagt, ich hätte die Augen einer Katze.«

Sandra schluckt. »Mia, wenn du im Dunkeln sehen kannst, kannst du mir mal zeigen, wie schnell du dich im Dunkeln anziehen kannst?«

»Ich bin doch angezogen. Ich hab meinen Pyjama an.«

»Ich weiß, aber zieh dir alle Pullover und Jacken über, die du hier hast. Und deine Schuhe. Schnell.«

Sandra hört es wieder rascheln, Schranktüren werden geöffnet und wieder geschlossen, dann ist es still.

»Bist du so weit?«

»Hmmm.« Das Mädchen seufzt. »Ich mag Schleifenbinden nicht. Kann ich barfuß gehen?«

»Besser nicht.«

»Aber Momo geht auch immer barfuß.«

»Momo?«

»Ja, du hast gesagt, ich erinnere dich an Momo. Ich hab Gottfried gefragt, und der hat mir das Buch mitgebracht.«

In dem Moment hört Sandra ein Surren. Mit einem leisen Schaben öffnet sich die Verriegelung der Tür.

Mia greift nach ihrer Hand. »Muss ich jetzt sterben?«

Sandra erwidert den Druck der kleinen Finger. »Wie kommst du darauf?«

»Corinne – sie war so … Als hätte sie mich plötzlich lieb.«

Sandra legt auch ihre zweite Hand um Mias Finger. »Weißt du, wo der Westflügel ist?«

»Logisch.«

»Dann muss vielleicht keiner von uns sterben. Jedenfalls nicht heute.«

Der Gang ist dunkel. Aber nicht nur der. Überall scheint das Licht erloschen zu sein. Leise, das Mädchen an der Hand, lässt Sandra sich führen.

Dann, erschreckend nah, plötzlich Snyders Stimme.

»Was ist denn jetzt schon wieder?«

»Das ist heute schon das zweite Mal. Ich weiß nicht, woran es liegt.« Sandra kann die Stimme nicht zuordnen. Vielleicht der Chauffeur?

»Aber warum springt das Notstromaggregat nicht an?«

»Der Hausmeister gibt mal wieder den Mardern die Schuld.«

»Wenn im Labor die Kühlung ausfällt, gefährdet das die Arbeit von Monaten! Holen Sie den Elektriker her, sofort!«

Die Stimmen entfernen sich. Sandras Herz rast, innerhalb von Sekunden ist sie schweißgebadet.

»Weißt du, was ich gedacht hab?«, hört sie Mias leises Stimmchen hinter sich.

»Nein, Mia, aber bitte erzähl es mir später. Wir müssen jetzt erst mal zur Treppe und dann aus diesem Haus raus, bevor uns jemand sieht.«

»Du bist gerade an der Treppe vorbeigelaufen.«

Sandra drückt Mias Hand. »In Ordnung. Du führst mich. Ich bin direkt hinter dir.«

Mia läuft los. Sandra hat vergessen, wie schnell das Mädchen rennen kann. Außer Atem erreicht sie die Tür zum Treppenhaus. Sie ist nicht verriegelt. Gemeinsam rasen sie die Treppen hinunter. Dann das Schlagen einer Tür. Wieder Schritte. Zwei Personen kommen ihnen entgegen, eine hält ein Handy in der Hand, um den Weg auszuleuchten. Mia zieht Sandra in eine Ecke des Treppenhauses.

»Ich bitte Sie! Der Professor ist außer sich.« Francesco. Sie presst sich noch dichter an die Wand.

»Vorhin war der Strom schon einmal weg. Aber nur kurz. Hab mir nichts gedacht dabei. Die Sicherungsanlage ist es nicht, die hab ich gecheckt.«

Die Männer stehen keine zwei Armlängen entfernt. Sandra hält die Luft an.

»Und die Tür unten? Haben Sie die aufgeschlossen?«

»Nee, die Türen öffnen sich bei einem Notfall nach dreißig Sekunden automatisch. Und bei Stromausfall auch.«

Die beiden Männer gehen an ihnen vorbei.

»Wollen Sie damit sagen, alle Türen sind offen?«

»Ich nehm's mal an. War ja noch nie der Fall.«

Sie hört, wie sich die Schritte beschleunigen. Sie hört Francesco sagen: »Gehen Sie schon mal vor. Der Professor erwartet Sie im Labor. Ich muss etwas überprüfen.«

Dann fällt die Tür ins Schloss, und Sandra jagt mit Mia die Treppen hinunter ins Freie.

+

»Deine Kondition hast du im Institut aber nicht verloren«, keucht Sandra, während sie den Privatweg entlangrennen.

»Es geht mir auch wieder viel besser.«

»Haben sie dir neue Medikamente gegeben?«

»Ja, auch. Aber sie haben auch irgendwas mit meinem Blut gemacht.«

Sandra zeigt dahin, wo der Weg sich in den Wald schlängelt. »Da hinter der Biegung steht ein Auto. Wenn wir da drinsitzen, haben wir schon fast gewonnen.«

»Was denn?«

Sandra kommt nicht zum Antworten.

»Stehenbleiben!« Keine zehn Meter vor ihnen, eine Waffe in der Hand, steht ein Mann und versperrt ihnen den Weg. Sandra erkennt Snyders Chauffeur bereits an der Silhouette. Sie greift in die Hosentasche, zieht Francescos Autoschlüssel hervor und drückt ihn Mia in die Hand.

»Wenn ich ›jetzt‹ rufe, rennst durch den Wald vor zum Auto und schließt dich darin ein.«

Sie spürt, wie sich Mias Finger um den Schlüssel schließen, das wortlose Einverständnis. Dann gibt sie der Kleinen mit einer Berührung an der Schulter zu verstehen, dass sie sich nicht bewegen soll.

Sandra geht auf den Chauffeur zu. Sie bewegt sich langsam. Schritt für Schritt für Schritt. »Was wollen Sie tun – mich erschießen?«

Justin nimmt Sandras Kopf ins Visier. »War nicht direkt der Plan, aber wenn Ihnen das lieber ist …«

Noch einen Schritt. »Was war denn der Plan?«

Jetzt ist sie ihm so nah, dass sie in die Mündung des Pistolenlaufs sehen kann.

»Es wie einen Unfall aussehen zu lassen«, erwidert er. Die Schlange an seinem Hals bewegt sich mit jedem Pochen der Halsschlagader.

»Jetzt!«, ruft Sandra.

Eine Sekunde später ist Mia im Dickicht verschwunden.

»Das ist natürlich jetzt Gift für die Stimmung«, sagt Justin, holt aus und schlägt Sandra den Knauf seiner Pistole ins Gesicht. Sie hört ihr Jochbein brechen. Als ihr Körper auf den nassen Asphalt schlägt, hat sie das Bewusstsein bereits verloren.

+

»Können Sie mich hören?«

Sandra spürt Schnee und Dreck auf ihrer Wange. Sie öffnet ein Auge. Eigentlich will sie beide öffnen, aber das klappt nicht. Vor ihr hockt ein Mann in Uniform. Oder sind es zwei? Alles erscheint sonderbar unscharf. Die Scheinwerfer des Wagens blenden sie, die kreisenden Blaulichter erzeugen Übelkeit.

»Können Sie sich aufsetzen?«

Sie tut es. Blut läuft ihr aus dem Mund und den Hals hinab in den Ausschnitt.

»Frau Matthies?«

Wird sie erschossen, wenn sie nickt? Oder gerettet?

»Wir haben einen anonymen Anruf erhalten«, erklärt der Polizist.

Sandra sieht ihn aus verkniffenen Augen. Gott, tut ihr Kopf weh.

»Können Sie aufstehen?«

Der Polizist reicht ihr die Hand. Zögerlich lässt sie sich helfen. »Das sieht nicht gut aus. Wir fordern einen Krankenwagen an. Wo ist das Mädchen?«

Ihre Antwort kommt schnell und instinktiv: »Noch da drin.«

Sie deutet Richtung Parkplatz. »Beeilen Sie sich. Ich warte im Wagen, der steht da vorne.«

Der Polizist fasst sie am Arm: »Sind Sie sicher?«

»Ganz sicher. Holen Sie die Kinder da raus. Es sind noch zwei weitere da drin.«

Während der andere Polizist über Funk Verstärkung anfordert, steigt sein Kollege zu ihm in den Wagen. Der Polizist wirft Sandra einen besorgten Blick zu.

»Na los, fahren Sie schon!«

Er nickt ihr zu. Im nächsten Moment rast der Wagen an ihr vorbei den Weg zum Institut hinunter. Sandra stolpert so schnell es ihr möglich ist den Weg entlang. Vor ihr die Biegung. Und Francescos Wagen. Gott sei Dank. Umrisshaft erkennt Sandra den Lockenschopf hinter der Windschutzscheibe. Mia ist auf den Fahrersitz geklettert.

Am Wagen angekommen, bleibt Sandra stehen und stützt sich auf der Motorhaube ab. Ihr ist kotzübel, ihre Unterschenkel sind bleischwer. Ihr linker Arm rutscht weg. Mit den Fingern der rechten Hand tastet sie vorsichtig nach ihrem Jochbein. Ein beißender Schmerz fährt ihr in die Glieder. Sie versucht sich an einem zuversichtlichen Lächeln, doch Mias Reaktion ist ein Schrei. Das Mädchen blickt mit aufgerissenen Augen an ihr vorbei.

Justin. Der Chauffeur tritt mit vorgehaltener Waffe aus dem Dunkel. Sandra spürt keine Angst mehr, keinen Schmerz, gar nichts.

»Hatten Sie mal Schaben in der Wohnung?«, fragt der Mann. »Das sind unglaublich hartnäckige Viecher. Immer wenn man denkt, man hat sie erwischt, krabbeln sie aus irgendeiner Ritze hervor.«

»Sie müssen es ja wissen«, sagt Sandra und steuert langsam auf den Wald zu. Wenn sie schon erschossen werden soll, dann nicht vor Mias Augen.

»Aber Schaben sind nicht unsterblich.« Er neigt etwas den Kopf, legt an.

Entfernt nimmt Sandra wahr, wie hinter ihr ein Motor gestartet wird, Lichter flammen auf. Justin schirmt mit der freien Hand die Augen ab, und dann ruft Mia »Jetzt!«, und Sandra hechtet in den Graben.

Sie hört einen dumpfen Aufprall, Bremsen. Sandra öffnet ein Auge. Francescos Wagen steht schräg auf dem Weg. Der Chauffeur liegt vor der Kühlerhaube auf dem Boden. Am Steuer Mia.

Sandra öffnet die Fahrertür. »Du kannst Auto fahren?«

Mia blickt auf ihre eingegipste Hand: »Anscheinend.«

»Rutsch rüber!«

+

Die Straße ist zu schmal, um zu wenden, und vorfahren zum Institut will sie nicht. Also legt Sandra den Rückwärtsgang ein und steuert rückwärts den gewundenen Teerweg entlang.

»Bist du okay?«, fragt sie.

»Ja. Aber du nicht.«

Sandra kann den Wagen kaum auf der Straße halten. Zweimal steuert sie ihn beinahe in den Graben. Sie sieht alles wie durch Schlieren, und die Schmerzen in ihrem Kopf sind unerträglich. Aber sie will Abstand zwischen sich und dieses Institut bringen, so viel und so schnell wie möglich.

»Weißt du, was ich gedacht habe?«, hört sie Mias Stimme neben sich.

»Sag.«

»Ich hab doch Momo gelesen. Und erst dachte ich, der Professor ist wie der Meister Hora. Aber dann …«

»Ja?«

Mia sieht sie aus ihren großen dunklen Augen an. »Dann habe ich nachgedacht. Und dann hab ich gedacht, in Wirklichkeit ist er auch nur einer von den grauen Herren.«

Sandra hört ihr nur mit halbem Ohr zu. Noch fünfzig Meter und sie haben die Straße erreicht. »Und wie bist du darauf gekommen?«

Mia zuckt mit den Achseln. »Ich hab das Gefühl, der will mir immer die Zeit klauen.«

Sandra überlegt, was sie darauf antworten soll, als das Mädchen sie unterbricht: »Siehst du, jetzt schon wieder.«

Sandra dreht kurz den Kopf. Vom Institut her nähert sich ihnen mit hoher Geschwindigkeit ein Wagen. Sandra tritt aufs Gaspedal. Sie müssen hier raus, so schnell es geht. Doch die Reifen drehen durch. Das Auto kommt immer näher. Dann anders! Sie legt den Vorwärtsgang ein, versucht ein hektisches Wendemanöver. Zweimal schrammt sie gegen Bäume, noch einmal drehen die Reifen durch, dann steht das Auto endlich in der richtigen Richtung. Sandra legt den Vorwärtsgang ein und will gerade das Gaspedal durchtreten, als sich der SUV mit einem dumpfen Stoß in ihren Kofferraum schiebt. Ihr Wagen gerät kurz ins Schleudern, doch sie bekommt ihn wieder unter Kontrolle, biegt auf die Straße ab und tritt das Gaspedal durch. Getreidebunker fliegen vorbei, Lagerhallen, dann sind sie im Wald. Sie wagt einen Blick in den Rückspiegel, der SUV ist zu weit entfernt, und sein Fernlicht macht sie blind. Doch er kommt näher. Bis die beiden Wagen den Waldweg verlassen, liegen keine zehn Meter mehr zwischen ihnen.

»Was machen wir jetzt?«

»Weiterfahren.« Sandra geht im Kopf die Strecke durch. »Gleich sind wir auf der Passstraße. Bist du angeschnallt?«

Mias Stimme ist kaum zu hören. »Logisch.«

»Festhalten!« Sie sieht in Mias blasses, ebenmäßiges Gesicht. Das Schönste, was ich je gesehen habe, denkt sie noch, dann schiebt sich der SUV erneut in ihren Kofferraum. Entsetzt blickt sie in den Rückspiegel – und kann den Blick nicht mehr abwenden. Die Straße, der Steilhang, die Geräusche der Reifen auf dem matschigen Boden – für einen Moment ist alles sehr weit weg. Sogar ihr Blinzeln scheint ewig zu dauern. Sie schließt ihr offenes Auge, öffnet es wieder, doch das Bild bleibt bestehen. Nicht Justin sitzt hinter dem Steuer des Autos, es ist Francesco.

Mit verzerrtem Gesicht beschleunigt der Polizist und rammt erneut ihren Wagen, diesmal jedoch nicht frontal, sondern auf der rechten Seite. Ihr Auto kommt ins Schleudern. Sie reißt das Lenkrad herum, schafft es, den Wagen auf der Straße zu halten. Zu ihrer Linken tut sich der Abgrund auf. Sandra hält das Lenkrad umklammert, hört Mia schreien, tritt das Gaspedal durch. Doch der SUV ist schneller. Wieder kracht es, ein metallisches Dröhnen wie von einer Schrottpresse. Erneut gerät der Wagen ins Schleudern. Die Bremsen greifen nicht. Sandra betätigt die Handbremse, der Wagen rutscht seitlich weg, der SUV muss ausweichen und schiebt sich zwischen ihren Wagen und die Felswand. Seite an Seite rasen sie die Passstraße hinab und auf den Abgrund zu. Francesco sieht zu ihr herüber. In seinem Blick unendliche Trauer. Dann mischt sich Mias Schrei mit einem ohrenbetäubenden Knall, Metall schiebt sich in Metall, Glas splittert.

Das war's also wirklich, denkt Sandra.

Wenigstens hab ich's versucht.

+ SIEBENUNDZWANZIG

Finger. Kleine dünne Finger, die nach ihr greifen und sie nicht mehr loslassen. Eine Gipshand. Ein Wust weicher Locken an ihrem Hals. Dann warme, süße Dunkelheit.

+

Sie tastet auf der Bettdecke, doch die Hand greift ins Leere. Keine Finger, keine Locken, nichts außer kühlem Laken. Langsam schlägt sie die Augen auf. Im Zimmer ist es hell. Sie versucht, etwas zu fokussieren, doch es gelingt ihr nicht. Die Wände, das Fenster, der Tisch, sogar der Stuhl, auf dem die schlafende Heide kauert, alles zieht an ihr vorbei, nichts lässt sich halten. Oh, hallo Mama, denkt sie, und dann erst wird ihr klar, wie sonderbar dieser Gedanke ist: Mama. Sie hört eine eigentümliche Melodie, ein Piepen und Brummen. Jahrmarkt, denkt sie noch, dann nimmt sie der Schlaf wieder mit sich.

Als sie das nächste Mal die Augen öffnet, bewegen sich die Wände nicht mehr. Nur Heide sitzt noch immer auf dem Stuhl und ist wieder Heide und nicht mehr Mama. Oder doch? Vielleicht sollte sie mal darüber nachdenken.

»Das wurde aber auch Zeit.« Ihre Mutter beugt sich vor. »Weißt du, wer ich bin?«

Sandras Stimme klingt heiser. Sie versucht sich an einem Lächeln. »Wie könnte ich dich vergessen!«

Ihre Mutter wendet sich ab.

Sandra tastet nach ihrer Hand. »Nicht sentimental werden. Das steht dir nicht.«

Heide lacht und wischt sich die Tränen von den Wangen. »Wie fühlst du dich?«

Sandra spürt, wie der Schlaf erneut nach ihr greift. »Weiß nicht«, antwortet sie, frag mich später noch mal. Was ist mit Mia? Aber die Stimme gehorcht ihr nicht mehr.

+

Wieder ist es hell im Zimmer, doch der Stuhl ist leer. Langsam streckt Sandra Arme und Beine aus. Alles noch da. Beim Versuch, sich aufzurichten, spürt sie einen bohrenden Schmerz in Schulter und Rücken. Während sie noch mit der linken Hand nach dem Klingelzug angelt, öffnet sich die Tür. Ein Gesicht erscheint. Kommissar Triefauge.

»Sie sind wach«, stellt er fest, während er seine Jacke über eine Stuhllehne hängt.

»Scheint so.« Sandra betrachtet ihn verwirrt. »Sie waren schon mal hier?«

Selbst wenn der Mann lächelt, sieht er aus wie ein Labrador.

»Mehrfach. Aber bisher hatte ich nur das Vergnügen, mit Ihrer Mutter zu sprechen. Das hat uns aber auch schon geholfen.« Er nimmt neben ihrem Bett Platz, blickt ein paar Atemzüge lang aus dem Fenster und sagt: »Zweimal derselbe Baum.«

»Wie bitte?«

»Sie haben es fertiggebracht, zweimal im selben Baum hängenzubleiben. Als wollte er sie auffangen. Vielleicht sollten Sie ihm eine Schleife umbinden.«

Schweigen.

»Können Sie mir ein paar Fragen beantworten?«

Sandra zuckt die Schultern. Kommissar Herrmann zieht einen Block und einen Stift aus der Tasche. Bevor er zur ersten Frage ansetzen kann, fällt ihm Sandra ins Wort. »Was ist mit Mia?«

»Dem Mädchen geht es den Umständen entsprechend gut. Sie war einen Tag zur Beobachtung auf der Pädiatrie, aber die Ärzte sagen, alles scheint stabil zu sein.«

Sandra hat das Gefühl, vor Erleichterung gleich wieder ohnmächtig zu werden.

Kommissar Herrmann betrachtet sie mit einem Schmunzeln. »Immer wenn wir uns begegnen, brechen Sie in Tränen aus.«

Zwischen den Schluchzern muss Sandra lachen. »Ich dachte wirklich …«

»Ich weiß. Sie hatten beide verteufeltes Glück.« Er geht ins Badezimmer und holt eine Rolle Klopapier. »Sie putzen sich jetzt mal die Nase und versuchen, sich zu entspannen. Sie haben ein gebrochenes Jochbein, einen angebrochenen Lendenwirbel und ein Schädel-Hirn-Trauma. Ich will nicht schuld sein, wenn sich Ihr Zustand wieder verschlechtert. Hören Sie mir einfach zu. Und dann sagen Sie, was Sie wissen. Und diesmal wirklich, in Ordnung?«

Sandra nickt, ohne ihn anzusehen, und schnäuzt sich die Nase. Der Schmerz, der ihr dabei in die Seite fährt, nimmt ihr den Atem.

»Ach, richtig.« Der Kommissar verzieht das Gesicht. »Drei gebrochene Rippen.«

Sandra lehnt sich zeitlupenartig ins Kissen. »Ich bin ganz Ohr.«

ACHTUNDZWANZIG

»Nein.« Sandra deutet ein Kopfschütteln an. In der letzten halben Stunde hat sie herausfinden müssen, dass fast jede Bewegung mit Schmerzen verbunden ist. Das Sprechen, das Atmen, alles. »Ich kann mich nur daran erinnern, wie wir vom Institut losgefahren sind. Alles andere ist weg.«

Der Kommissar nickt. »Kein Wunder bei der Gehirnerschütterung. Aber die Spuren an seinem Wagen lassen wenig Interpretationsspielraum. Offenbar hat Herr Villano versucht, Sie von der Straße abzudrängen. Während der Baum Ihren Sturz verhindert hat, ist er über die Klippen gestürzt. Eine tückische Stelle. Da es tagsüber getaut hat, ist eine Menge Schmelzwasser abgeflossen, das dann am Abend wieder gefroren ist. Er hatte keine Chance.«

»Er hat mich belogen. Von Anfang an.«

»Ihre Mutter hat es mir erzählt. Vielleicht tröstet es Sie, wenn ich Ihnen sage, dass Sie nicht die Einzige sind, der er etwas vorgemacht hat. Wir haben mit den Schweizer Behörden gesprochen. Es gab da wohl schon länger die Vermutung, dass sich Herr Villano nebenbei etwas dazuverdient hat. Es liefen auch interne Ermittlungen, aber die hatten bisher zu nichts geführt. Allerdings hat mir ein Schweizer Kollege erzählt, Villano habe in den letzten Tagen sehr in sich gekehrt und irgendwie traurig gewirkt. Der Kollege hat ihn gefragt, was los sei. Und Villano soll geantwortet haben, er habe die Frau seines Lebens getroffen. Der Kollege hat das natürlich nicht verstanden. Er sagte mir, diese Antwort hätte er als Letztes erwartet.«

Sandra spürt, wie ihr erneut die Tränen kommen. Kommissar Herrmann, der das ebenfalls merkt, räuspert sich ausgiebig, bevor er weiterredet: »Was wir jedoch immer noch nicht wissen, ist, wer uns den anonymen Hinweis gegeben und für den Stromausfall gesorgt hat.«

»Der Hausmeister hat etwas von Mardern gesagt.«

Herrmann schüttelt den Kopf. »Angenagte Kabel hat man nicht gefunden. Die Hardware hat fehlerfrei funktioniert. Und außerdem«, er lächelt ein bisschen, »rufen Marder eher selten aus italienischen Internetcafés an und melden einen Notfall oder schicken SMS.«

Sandra muss bei der Vorstellung ebenfalls lächeln.

»Was ist mit Snyder?«

»Der ist leider tot. Wir haben ihn festgenommen. Aber er hat sich in der Untersuchungshaft das Leben genommen. Zyankali. Ungewöhnlich eigentlich, dass einer wie er auf ein so altes Mittel zurückgreift.«

Sandra ordnet ihre Gedanken. »Er wollte die totale Kontrolle – bis zum Ende.«

»Ja, so kann man das sehen. Er wollte die Fäden nicht aus der Hand geben.« Der Polizist seufzt. »Warum haben Sie uns so lange nichts gesagt?«

Sandra weicht seinem Blick aus. »Ich dachte, Sie halten mich für schuldig. Außerdem hatte ich …«

»Das Geld, ich weiß. Ihre Mutter hat es widerwillig an mich ausgehändigt.«

»Ja, das auch. Aber es gab da noch eine Quelle. Ich habe versprochen, sie zu schützen.«

»Frau Stiemen? Kristin Stiemen?«

Sandra runzelt die Stirn.

»Sie hat sich bei uns gemeldet, nachdem die Verhaftung und der Selbstmord des Professors durch die Medien gegangen sind. Wir werden den Fall ihres Freundes, dieses vermissten Journalisten, wohl noch einmal aufrollen. Bezüglich Ihres Nachbarn gibt es leider kaum Neuigkeiten. Unsere eigenen Recherchen haben nichts weiter ergeben. Er taucht nirgendwo auf. Keine Ahnung, wer er wirklich war. Und Snyders Handlanger mauern. Sie behaupten, noch nie etwas von einem Moritz Steinhöfl gehört zu haben. Das Einzige, was wir wissen, ist, dass es außer Justin und Francesco noch einen weiteren Mitarbeiter gegeben haben muss. Wer weiß, vielleicht haben wir ja auch dessen Leiche im Haus Ihres Nachbarn gefunden. Um das zweifelsfrei feststellen zu können, bräuchten wir allerdings eine DNA-Vergleichsprobe.«

»Die Sie nicht haben.«

Er lächelt. »Auf manche Fragen bekommt man eben keine Antwort. Oder nur aus italienischen Internetcafés.«

Sandra übergeht die letzte Bemerkung. »Was ist mit Snyders Chauffeur?«

»Schweres Schädel-Hirn-Trauma und doppelter Oberschenkelhalsbruch. Mia hat ihn sauber erwischt. Er wird erst in den kommenden Tagen vernehmungsfähig sein. Die Kollegen in der Schweiz hoffen, dass er ihnen ein bisschen was erzählt, um sein

Strafmaß zu reduzieren. Den Stick haben jetzt übrigens wir. Beziehungsweise …« Er kratzt sich am Kinn. »… also offiziell haben wir ihn nicht mehr. Er wurde uns abgenommen. Die ganze Sache wird mit höchster Geheimhaltung behandelt. Der BND hat übernommen.«

»Das wundert mich nicht.«

Der Kommissar reibt sich die Augen. Er sieht müde aus. »Wir haben es uns aber nicht nehmen lassen, vorher noch einige von Snyders Geschäftspartnern zu befragen. Nach intensiver Rücksprache mit verschiedenen Anwälten hat man uns irgendwann Auskunft gegeben. Der Professor hatte Kontakte weit über Deutschland und die Schweiz hinaus. Die Beamten haben in dem Institut verschiedene Versuchstiere gefunden, mit denen er seine Fähigkeiten beweisen wollte, auch die Übertragbarkeit auf den Menschen. Nach der Konferenz sollte es zum Verkauf der ersten Patente kommen.«

Sandra lächelt bitter. »An den Höchstbietenden, nehme ich an.«

Der Kommissar nickt. »Aus seiner Sicht ist das sogar nachvollziehbar. Er hat die Methode maßgeblich mitentwickelt, er hat die Kinder« – Herrmann malt mit den Fingern Anführungszeichen in die Luft – »›in die Welt gesetzt‹. Frau Spengler war übrigens von Anfang an in alles involviert. Bisher fehlt jede Spur von ihr, aber Europol ist dran. Zusammen mit Snyder hat sie Mias Eltern ausgewählt. Die befruchteten Eizellen wurden geneditiert Corinne eingepflanzt. Aber die hat sie abgestoßen. Daraufhin hat man sich entschieden, die manipulierten Eizellen doch wieder der leiblichen Mutter einzupflanzen. Nur hat die dann offenbar Muttergefühle entwickelt und wollte das Kind nicht mehr rausrücken. Wahrscheinlich werden die Todesumstände von Mias leiblichen Eltern auch noch einmal untersucht werden. Jedenfalls konnte Corinne nach deren Tod das Kind selbst großziehen – ganz wie es in der Studie vorgesehen war.« Der Kommissar erhebt sich schwerfällig. »Ich sollte Sie jetzt in Ruhe lassen. Wir werden ohnehin noch miteinander sprechen müssen. Aber Sie brauchen keine Angst zu haben. Ich vernehme Sie lediglich als Zeugin, alles andere ist vom Tisch.«

Sandra sieht dem Kommissar zu, wie er seine Jacke vom Stuhl nimmt. »Herr Herrmann?«

»Ja?«

»Was wird aus den Kindern?«

»Offiziell gibt es sie nicht. Aber ich weiß, dass intensiv nach einer geeigneten Pflegefamilie gesucht wird, bei der sie nach Möglichkeit einigermaßen normal aufwachsen können. Mit neuen Identitäten natürlich.«

»Und unter besonderer Fürsorge des Geheimdienstes, nehme ich an?«

»Auch davon ist auszugehen.« Der Kommissar hebt bedauernd die Hände. »Zumindest wird man die Zwillinge wohl zusammen lassen.«

»Und Mia?«

Der Kommissar nestelt an seiner Jacke. »Mia, nun ja. Also offiziell wurden im Institut zwei Kinder sichergestellt. Adam und Eva. Mia ist Corinnes Adoptivtochter. Da sie keine Angehörigen mehr hat, die sich um sie kümmern können und niemand sagen kann, wie lange ihr gesundheitlicher Zustand stabil bleibt, haben wir bis auf weiteres eine ganz befriedigende Zwischenlösung gefunden. Was weiter geschieht, wird man sehen.«

»Werde ich sie denn besuchen dürfen?«

»Davon gehe ich aus.« Er öffnet die Tür und bleibt lächelnd stehen. »Ah, der nächste Besuch.«

Wenige Sekunden später krallen sich zwei kleine Ärmchen um ihren Hals. Umrahmt von einem Wust dunkler Locken strahlen ihr ein Paar blitzende Augen entgegen.

NEUNUNDZWANZIG

»Geh doch noch mal ins Bad, und schau, ob ich auch nichts vergessen habe.«

Mia rennt durchs Zimmer und verschwindet im Bad. Ein paar Sekunden später kommt sie mit einer Haarbürste in der Hand wieder zum Vorschein. »Lag noch auf dem Waschbeckenrand.«

»Was würde ich nur ohne dich machen?« Sandra nimmt sie ihr ab und stopft die Bürste zu den anderen Sachen in die Tasche.

Mia hüpft von einem Bein auf das andere. »Und du kommst jetzt wirklich zu uns nach Hause? So ganz und für immer?«

»Ja, Mia. So ganz und für immer. Kein Krankenhaus mehr für mich.«

Mia schlingt ihre Arme um Sandras Taille.

»Vorsicht! Meine Rippen heilen nicht so schnell wie deine.« Sandra geht mit ihr zum Krankenbett. »Setz dich mal hin.«

Mia springt mit einem Satz auf das Bett und blickt sie aufmerksam an. »Aber Heide kommt uns doch gleich abholen«, sagt sie und baumelt mit den Beinen.

»Heide ist in Genf beim Gemmologen, das dauert.«

»Was ist ein Gemmologe?«

»Das ist ein Mensch, der sich besonders gut mit Edelsteinen auskennt.«

»Und was will sie von dem?«

Sandra streicht ihr über die Locken. »Das erzähle ich dir, wenn du ein bisschen älter bist.«

Mia wirft ihr einen empörten Blick zu, doch bevor sie eine Diskussion anfangen kann, zieht Sandra ein Foto aus ihrer Handtasche.

»Das hat mir neulich ein Freund geschickt«, sagt sie.

Mia betrachtet das Bild. Im Vordergrund sieht man eine Katze auf einer Bank, die sich behaglich in der Sonne rekelt, im Hintergrund und leicht unscharf eine sich ausdehnende Dünenlandschaft, dahinter dunkelblau das Meer. Zwischen den Dünen ist ein kleines Holzhaus zu erkennen. Etwas improvisiert sieht es aus, mit einer blauen Tür und dunkelroten Fensterrahmen. Diverse Surfbretter lehnen an der Wand, vor dem Eingang liegen aufgespannt mehrere Segel zum Trocknen im Sand. Ein blühender Oleanderbusch steht neben der Tür. Darüber hängt ein Schild. *Surfing St. Moritz.*

Mia dreht das Foto um und liest vor, was darauf geschrieben steht: »*Berlioz würde es hier gefallen.*« Mit gerunzelter Stirn blickt Mia von dem Foto auf. »Liegt Sankt Moritz nicht in der Schweiz?«

Sandra lächelt. »Ich tippe eher auf Sardinien.« Sie streicht Mia über den Kopf und denkt an Heide und die sechs kleinen Steine in ihrer Tasche. Keiner kann sagen, wie viel Zeit Mia noch bleibt, aber fürs Erste sind sie versorgt.

»Hast du nicht mal gesagt, du würdest gern surfen lernen?«

✚

Edgar Rai
Nächsten Sommer
Roman
236 Seiten. Broschur
ISBN 978-3-7466-2732-8
Auch als E-Book erhältlich

Und am Ende der Straße steht ein Haus am Meer

Was ist das Leben? Eine Wundertüte? Eine Losbude mit zu vielen Nieten? Kleines Drama oder großes Kino? – Ein wunderbar sehnsuchtsvolles und witziges Roadmovie, das den Sommer, die Freiheit und die Liebe atmet.

»Ein Buch, das nach Aufbruch schmeckt. Planen Sie es gleich für den Sommerurlaub ein.« Hans Rath

»Fraglos das lässigste Reisebuch der Saison!« Bücher

»Voller Sehnsucht und Versprechen, glitzernd wie ein Tag am Meer.« Neon

Regelmäßige Informationen erhalten Sie über unseren Newsletter. Jetzt anmelden unter: www.aufbau-verlag.de/newsletter

atb aufbau taschenbuch

Eliot Pattison
Die vier Toten von Tibet
Ein Tibet-Krimi
Aus dem Englischen
von Thomas Haufschild
416 Seiten. Broschur
ISBN 978-3-7466-3666-5
Auch als E-Book erhältlich

Weise wie ein Mönch – klug wie Sherlock Holmes

Shan, der Ermittler, den man nach Tibet verbannt hat, muss tatenlos zusehen, wie ein Tibeter vor seinen Augen erschossen wird – angeblich hatte er sich der Korruption schuldig gemacht. Doch dieser Tod ist nur der Beginn einer Reihe von mysteriösen Todesfällen. Die Chinesen versuchen ein großes Projekt gegen alle Widerstände durchzuziehen: den Bau eines Staudamms in einem Gebiet, das den Tibetern heilig ist. Shan scheint auf verlorenem Posten zu kämpfen. Doch da taucht ein Mensch auf, dem er all sein Wissen und seine Weisheit verdankt. Der alte Mönch Lokesh tritt wieder an seine Seite.

Ein packender, sehr atmosphärischer Thriller um alte Götter, korrupte Beamte und die Suche nach Wahrheit

Regelmäßige Informationen erhalten Sie über unseren Newsletter. Jetzt anmelden unter: www.aufbau-verlag.de/newsletter

atb aufbau taschenbuch

Henrik Siebold
Inspektor Takeda und das doppelte Spiel
Kriminalroman
416 Seiten. Broschur
ISBN 978-3-7466-3514-9
Auch als E-Book und Hörbuch erhältlich

Verschwörung auf Japanisch

Inspektor Takeda, mittlerweile beinahe in Hamburg heimisch geworden, wird zu einem Fall gerufen, der ihn besonders erschüttert. In einem hässlichen Gewerbehof wird die Leiche eines Mannes gefunden, der brutal hingerichtet wurde. Und der Tote ist ein Landsmann und prominent obendrein: Matsumoto ist ein Profifußballer, der beim HSV unter Vertrag steht. Takeda und seine Kollegin Claudia Harms vermuten zunächst ein Verbrechen im Fußballmilieu. Doch dann entdecken sie mysteriöse Dinge in der Vergangenheit des Spielers, die bis in hohe Yakuza-Kreise in Japan reichen. Und sie entschließen sich, gegen jede Vorschrift zu einer heimlichen Reise nach Japan.

Klug, hellwach und warmherzig – Inspektor Takeda ist der ungewöhnlichste Held in der deutschen Krimiszene.

Regelmäßige Informationen erhalten Sie über unseren Newsletter. Jetzt anmelden unter: www.aufbau-verlag.de/newsletter

atb aufbau taschenbuch

Katharina Peters
Bornholmer Schatten
Kriminalroman
384 Seiten. Broschur
ISBN 978-3-7466-3639-9
Auch als E-Book erhältlich

Fluchtort Bornholm

Sara Pirohl galt als hoffnungsvolle Kommissarin, doch gleich ihr erster eigener Fall in Rostock ging schief. Ein Mädchen wurde ermordet, und der Hauptverdächtige beging in der Haft Selbstmord. Wenig später aber wurde eine zweite Leiche gefunden – auf die gleiche Art getötet. Weil sie sich ihre Ermittlungsfehler nicht verzeihen kann, zieht Sara sich nach Bornholm zurück. Bis Henrik, ein ehemaliger Kollege, vor ihrer Tür steht. Ein weiterer Mord ist passiert, und es gibt Hinweise, dass der Täter eine Verbindung zu Sarah hat. Dann wird die nächste tote Frau gefunden – ausgerechnet auf Bornholm.

Ein atmosphärischer, packender Roman von der Bestsellerautorin der Romane »Schiffsmord« und »Todeswoge«

atb aufbau taschenbuch